LE HASARD ET LA NÉCESSITÉ

DE LA MÊME AUTEURE

Aux éditions De Borée

Les Petits Mouchoirs de Cholet, 2013, 2019

La Belle Créole, Grand Prix Périgord de littérature, 2015, 2021

Le Diable à portée de la main, 2017

Une vie de porcelaine, 2017

Les Dames de Pécharmant, 2019

Le Temps des vieux moulins, 2019

La Demoiselle de Hautefort, 2020

Le Secret de la forge, 2020

Isabeau de Limeuil, 2021

Isabelle Artiges

LE HASARD ET LA NÉCESSITÉ

Les Heures du matin I

Roman

TERRES D'ÉCRITURE

de Borée

45, rue du Clos-Four – 63056 Clermont-Ferrand Cedex 2

« Nous ne sommes rien d'autre,
entre le hasard et la nécessité,
que le fruit des circonstances
où nous nous débattons
et qui nous constituent. »
Jean d'Ormesson

PREMIÈRE PARTIE

1

Une nuit d'orage

Mai 1895, dans un village de Corrèze.

Des éclairs striaient le noir de la nuit. Des bourrasques cognaient contre l'habitation, soulevant la toiture qui gémissait sous l'épreuve. On entendait le craquement des branches fines des vieux tilleuls, cassées par la poussée du vent. Une détonation assourdissante déchira l'air. Son écho se répandit dans la maison. La pluie, enfin, se déversa en trombe, étouffant les lointains bourdonnements de l'orage.

Jean Dumond était assis dans la chambre maritale près d'une commode en merisier, sa chemise de nuit remontée jusque sur son ventre. Le cœur vide, recevant les déluges de la nature comme une épreuve supplémentaire. Il enfonçait inconsciemment ses ongles dans la peau de ses cuisses dénudées. Les fracas du tonnerre étouffaient les soupirs d'agonie de sa femme qui s'agitait dans le fond du lit. À chaque clarté nouvelle, il apercevait la forme désordonnée d'un corps jeune qui luttait contre la mort.

Ce fut la plus longue nuit de son existence. Pourquoi la nature se déchaînait-elle en mai alors qu'aucune forte chaleur n'avait sévi ? Était-ce un signe du destin ? Son esprit s'échappa un moment vers les champs et les prairies qui entouraient la maison. Ce déluge allait noyer les jeunes pousses d'orge et de blé de printemps. Le ruissellement emporterait les semences de maïs mises en terre seulement depuis une semaine.

Entre deux coups de tonnerre, il perçut un grattement sur la porte. Il se leva, alla ouvrir. La lueur d'une chandelle lui révéla une jeune fille au visage grave, qui l'interrogea du regard.

— Va te recoucher, Maria. Il n'y a rien de nouveau.

Maria jeta un œil vers le lit désordonné que des éclairs illuminaient comme un spectacle d'apocalypse. Elle se signa, fit demi-tour, rejoignant sans hâte la chambre des filles. Aucune d'entre elles ne dormait. La chaleur humide de cette nuit d'orage mêlée aux souffrances de leur mère les agitait comme des puces.

Elle s'assit sur le bord de son lit tandis que ses sœurs se blottirent contre elle. Un grondement plus violent que les autres les surprit. Maria se sentit prise en étau entre deux corps raidis par la peur. Marguerite, la plus jeune, pleurait. Ses larmes inondaient le visage de Maria qui caressait cette enfant de quatre ans. La nuit, l'orage, sa mère en souffrance l'effrayaient. Devinait-elle la profondeur du drame qui se jouait ? Pressentait-elle la puissance destructrice de l'absence ? Déjà solitaire et renfermée, elle ne surmonterait pas son chagrin.

Louise avait huit ans. L'âge des questionnements sur la vie et la mort, sur Dieu, le paradis et l'enfer. Mais Louise, au tempérament gai et avenant, dominerait sa peine. Dans ses pires moments, elle s'acharnerait sur ses chèvres avec son bâton ou donnerait des coups de pied aux poules.

L'orage s'éloigna. Les éclairs semblaient s'éteindre de minute en minute. Le tonnerre s'apaisait. Cependant, la pluie ne cessait pas et tambourinait toujours sur la toiture de chaume.

Maria songea à elle, à son quatorzième anniversaire que personne ne fêterait. En plus de son travail, elle avait récupéré les corvées de sa mère depuis qu'elle était malade. Elle la savait condamnée, le rebouteux ne leur avait laissé aucun espoir. La fièvre l'emporterait. Maria aurait trois hommes à nourrir et allait prendre en main le quotidien des fillettes. Et le père, allait-il rester seul ou chercherait-il à convoler de nouveau ?

Un dernier coup, lointain mais long comme une chevauchée, fit encore vibrer les carreaux. Maria sursauta, étendit ses bras comme des ailes protectrices sur les épaules des petites filles. Le jour pointait, des lueurs claires apparaissaient dans l'interstice des volets. Elle prit conscience du temps et du moment, de ses sombres pressentiments. Elle se signa pour chasser le mauvais sort. Il lui semblait avoir outragé le corps en lutte qui se débattait dans la pièce à côté.

— Il ne faut pas avoir d'affreuses pensées, murmura-t-elle. Ça porte malheur !

Un jappement dans la cour remplaça soudain les grondements qui régressaient. Le chien Bayard fêtait son maître. Il lui avait ouvert la porte de la grange.

Les hommes étaient levés. Elle avait oublié de faire chauffer la soupe. Écartant prestement ses deux sœurs, elle enfila un tricot de laine sur sa chemise et se précipita dans la cuisine. Le père réveillait les braises dans la cheminée. Léonard, le fils aîné, chaussait ses sabots. Il avait les yeux clairs et les cheveux châtains de la mère. Sa taille haute, bien prise, ses épaules larges lui venaient du père, sans aucun doute. Une barbe claire peu touffue recouvrait son menton et ses joues. Il ne la rasait pas afin de montrer à son père qu'il avait quitté l'enfance.

— Je vais voir si la pluie n'a rien abîmé ! s'écria-t-il avant de franchir la porte d'entrée.

De l'alcôve, installé près de la cheminée, surgit un jeune garçon au teint noir comme un pruneau, le visage boursouflé de trop de sommeil.

— T'as pas entendu l'orage, Antoine ? demanda Jean Dumond.

— Non ! Je dormais.

Il se gratta la tête, sans remettre d'ordre dans ses cheveux, sortit uriner sur le tas de fumier. Peu préoccupé apparemment de savoir sa mère malade.

Maria posa sur la grande table le pain noir qu'elle libéra d'un vieux torchon, quelques gousses d'ail, des oignons. Elle versa rapidement dans les écuelles une louche de cette soupe odorante que le feu avait réchauffée.

Des relents de terre mouillée emplissaient les narines alors qu'une douceur presque réconfortante entrait dans la pièce. Bayard jappait au loin contre quelque lapin sauvage.

Antoine ferma la porte avec fracas, se mit à table.

Le père mangeait sans hâte comme s'il voulait prolonger l'instant.

— Tu apporteras un peu de soupe à la mère ! ordonna-t-il à sa fille aînée tandis qu'elle finissait son assiette, debout, sur le bord de l'évier.

Léonard revint, s'assit face à son jeune frère, trempa son pain dans le bouillon.

— C'était pas si terrible ! marmonna-t-il. La terre était très sèche, les graines vont pouvoir gonfler.

Pas un mot de plus ne fut échangé. Une journée normale de paysan s'annonçait. Une journée de mai semblable à beaucoup d'autres. Une journée de labeur au cours de laquelle aucun état d'âme n'avait permission de se montrer.

* *
*

Maria alla réveiller Louise et Marguerite.

— Allez, debout, il faut ouvrir les poules, donner la *baccade* aux cochons, mener les vaches au pré.

Elles s'étaient endormies au lever du jour. Sans un soupir, tout en se frottant les yeux, elles passèrent leur tablier et filèrent à la cuisine.

Maria se dirigea vers la chambre de ses parents. La mère gisait sur le lit, sa chemise déchirée, souillée d'urine et de sueur. Son visage tourmenté par la douleur était effrayant. Derrière ses paupières fermées, elle semblait combattre le diable en personne. Elle donnait, par moments, des coups de pied dans le vide et ses poings serrés se levaient brutalement pour retomber tout aussitôt. Maria comprit qu'il serait vain de vouloir la nourrir. Elle ouvrit la fenêtre pour aérer la pièce. Un soleil généreux illuminait la campagne comme si les bourrasques contre la maison, les averses en trombe, les déchirements du ciel n'avaient été que des cauchemars qui hantaient les nuits. Elle déshabilla la malade, nettoya le corps avec un gant trempé dans le bac d'eau froide et frotté d'un vieux savon de Marseille. Sur le dos demeuraient les traces des ventouses posées chaque jour, depuis une semaine. Des ronds rouges s'étaient formés. La peau, en leur milieu, bleuissait. Elle sortit une chemise propre de la commode et la lui enfila tant bien que mal, cachant la maladie et ses misères. Elle passa un peigne dans les cheveux humides, leur octroya une forme présentable, puis elle tapa sur l'oreiller pour lui redonner du corps, y déposa la tête endormie de sa mère, enfin tira sur les draps.

Elle observa un instant le visage figé, s'étonna de sa respiration forcée comme si chaque inspiration était douloureuse. De nouveau la sueur perlait sur le front. Elle referma brutalement la fenêtre, se saisit du seau et de l'écuelle pleine de soupe et quitta la chambre sans se retourner.

* *
*

Louise et Marguerite allaient à leur rythme, celui de deux petites filles que l'air de la campagne enivrait. Les poules et les cochons furent nourris, elles sortirent les vaches, tandis que Marie Borderie, la femme du métayer, munie d'une fourche, évacua le purin des étables. Elles s'attardèrent dans la prairie à cueillir les premières fleurs de printemps. Elles se confectionnèrent des couronnes qu'elles posèrent sur leurs jeunes têtes. Elles oublièrent les odeurs de la maison, celle de la teinture d'iode dont on badigeonnait la mère, ses miasmes de femme à l'agonie. Elles furent cependant rattrapées par la faim qui les ramena près des étables jusqu'à ce que l'odeur des oignons frits les attire dans la cuisine. À la chute du jour, après avoir rempli leurs paniers d'herbes pour les lapins, sarclé une partie du potager, récolté les œufs dans le poulailler et ramassé les branches des tilleuls tombées sous l'orage, elles se réfugièrent dans le cantou, bâtissant l'une contre l'autre une masse informe et passant le temps en décortiquant des châtaignes grillées dans le feu.

Après la soupe du matin, Léonard et le métayer Joseph Borderie sortirent la paire de bœufs qu'ils attelèrent à la charrue. Après le labourage, ils semèrent les dernières céréales de printemps. Les pluies avaient raviné le champ en pente, une boue collante avait ralenti leur travail. Ils avaient accompli leur tâche avec application, ponctuant leur labeur à la mi-journée par un retour à la maison pour manger ensemble à la grande table un *galétou* aux pommes de terre et une fricassée d'oignons.

De son côté, le père avait attelé l'ânesse Fanchon, tandis qu'Antoine avait déposé dans la charrette le matériel rangé dans un coin de la grange. Assis côte à côte, le dos droit, le regard tourné vers la route, ils avaient disparu au bout du chemin.

Son travail terminé, Maria sortit à la tombée du jour, marchant sans hâte vers les champs. Elle avait besoin de se retrouver. En haut de la colline, à l'orée d'un bois, il lui prit l'idée de compter les chênes qui en formaient la lisière. Elle aimait cet exercice de l'esprit qui lui rappelait le temps de l'école. Quand elle en avait l'occasion, elle s'efforçait de lire les gros titres du journal, elle préférait cependant l'arithmétique. Pour se donner confiance en elle, elle recommença et, trouvant le même résultat, elle fit demi-tour pour gagner la maison. Ce fut à ce moment-là, alors que le soleil venait de disparaître, qu'elle aperçut une femme courant dans la prairie en contrebas. Sa robe blanche se soulevait dans un mouvement gracieux, ses cheveux volaient dans la lumière finissante, ses pieds touchaient à peine le sol. Paralysée par la surprise, Maria observa plus attentivement cette apparition. Elle reconnut sa mère et son profil de médaille. Elle poussa un cri d'effroi et, prise de panique, dévala la pente, se tordant les chevilles sur les cailloux échappés de la terre. Mais bientôt la vision disparut, ne laissant qu'une campagne froide et silencieuse habitée par des esprits.

Quand, essoufflée, elle pénétra dans la maison, le père était en train de recouvrir d'un torchon le petit miroir posé au-dessus de l'évier.

— La mère est morte ! murmura-t-il dans un soupir.

2

Veillées

À l'entrée de l'hiver qui suivit la mort de la mère, Maria remonta le champ dans lequel elle avait aperçu sa silhouette presque transparente se découpant sur un ciel clair. Elle chercha de nouveau cette dame blanche, le cœur plein d'appréhension, en vain. La campagne restait hostile à son appel. Pourtant, au fond d'elle, elle sentait des vibrations monter du sol jusque dans son échine. Elle marcha ainsi longtemps, dépassant les limites de la propriété, jusqu'à ce qu'elle découvre au milieu d'une clairière un rond de terre nue, sans herbe ni humus, protégé des vents par de grands bouleaux dont les troncs blancs et les branches entrelacées formaient une barrière.

S'attardant jusqu'à la tombée de la nuit, elle trouva à s'asseoir sur un rocher moussu, rond comme une balle, formant avec un second deux boules unies comme des seins maternels. Elle aperçut soudain, qui dansaient dans ce cercle nu, quatre femmes aux cheveux longs et rouges. Leurs robes transparentes s'enroulaient autour de leurs corps frêles, elles fredonnaient un air triste en levant aux cieux leurs mains croisées. Parmi elles, elle crut reconnaître sa mère. Elle aurait voulu les appeler, manifester sa présence, mais une sorte de barrière infranchissable l'en empêcha. Le temps passant, la forêt se nimba d'une clarté de lune presque éblouissante. La danse s'accéléra jusqu'à ce que s'envolent les quatre femmes. Maria se frotta les yeux, sentit des frissons sur ses épaules, ses pieds engourdis dans ses sabots, se souvint que l'on pouvait mourir de froid. Elle fit demi-tour et redescendit la colline, guidée par l'astre blanc qui inondait le noir de sa puissante lumière.

Une veillée était prévue ce soir-là à la maison. Alors qu'elle arrivait au bord du chemin, elle entendit craquer la glace dans la mare, comme si quelqu'un marchait sur l'eau gelée. Elle eut peur. Ses lèvres tremblèrent. Le chien aboya à peu de distance d'elle.

— Bayard ! cria-t-elle. C'est moi, viens !

Elle sentit la chaleur de l'animal, son souffle sur sa main. Elle le caressa, rassurée de cette présence familière.

— C'est bien toi ! répétait-elle. Ce n'est point quelque loup-garou !

Mais le bouvier se mit soudain à grogner, flairant alentour d'inquiétants mouvements.

Maria retint sa respiration jusqu'à ce qu'elle aperçoive sur le sentier des ombres qui s'agitaient sous la lune. Recouverts de lourds manteaux et de capuches d'hiver, les voisins avançaient en silence vers le Maleuvrault. Un éclaireur devançait la troupe, tenant à bout de bras un falot qui guidait ses pas.

Maria marcha vers eux, approcha de l'homme à la lanterne pour le saluer. C'était un jeune garçon au visage rougi par le froid qui lui sourit.

— *A Di siatz*, Maria ! s'écria-t-il gaiement.

— *A Di siatz !* répondit-elle en marquant un geste de recul.

Le voyant pour la première fois, elle s'étonna de sa familiarité.

Dans la grande salle, le père excitait la flambée en donnant des coups de pied dans les branches de châtaignier qu'il venait de poser sur les chenets. C'était du bois vert qui sifflait et bavait et craquait, laissant s'échapper jusqu'au milieu de la pièce des braises incandescentes.

Les voisins s'installèrent en cercle de part et d'autre de l'âtre. Les plus vieux s'asseyant dans le cantou, si bien que les flammes semblaient leur lécher les jambes. Pour cette veillée de solstice, le père avait demandé à ses enfants d'apporter des noix et des noisettes, ainsi que des pruneaux cuits sous la cendre. Il avait sorti de la cave quelques bouteilles de cidre. Les invités n'étaient pas en reste. Apparurent des boudins crus, du pâté de lapin, des tartes aux pommes. Marie Borderie déposa de chaque côté de la pièce de grands sacs remplis de châtaignes fraîches. Chaque convive se mettant à l'ouvrage pour les décortiquer, tresser de l'osier, monter des râteaux ou filer la laine. Les langues se déliaient plus encore que les doigts.

Le couple de métayers Joseph et Marie Borderie, n'ayant pas les moyens de fournir quelque nourriture, apportait son aide à Maria en cassant les noix, en servant le cidre, en coupant du pain.

Maria observa cette communauté soudée qui ne manquait jamais de se donner la main à la première difficulté. Les hommes se connaissaient depuis l'enfance. Ils avaient usé ensemble leurs culottes sur les bancs de la communale, s'étaient retrouvés après leur temps d'armée pour leur mariage. Ils veillaient leurs morts, priaient dans la même église, suaient sur une terre semblable, lourde et ingrate. Les femmes se rencontraient sur les marchés, aux grandes foires de printemps. Parmi elles, il y en avait toujours une plus vieille, que l'on appelait pour mettre au monde les enfants dans les chaumières. Ils étaient tous là ce soir, de tous âges, à tourner autour de la table en criant pour lutter contre le sommeil. Mais ce garçon fier à la moustache fine et aux yeux clairs, Maria ne l'avait jamais vu. Que faisait-il chez son père ? Il semblait pourtant que tout le monde le connaissait. On lui tapait sur l'épaule, on l'écoutait narrer des histoires d'univers mystérieux. On l'interpellait :

— Oh, Germain, raconte-nous-en une autre !

La soirée avançait. Les plats et les bouteilles se vidaient. À force de parler, Germain avait fini par lasser l'assemblée. Les langues se déliant, des légendes terrifiantes circulaient à travers la pièce. Marguerite, pelotonnée contre Maria, suçait son morceau de tissu et piquait du nez avant d'être chaque fois réveillée par un éclat de voix. Louise n'était jamais loin de ses sœurs, elle se gavait de châtaignes mises à cuire sous la cendre. Manger la tenait éveillée. Les autres enfants avaient fini par se calmer et retourner dans les jupes de leurs mères. Ne circulaient plus que des récits fantastiques, des contes de loups-garous, de sorcières, de fontaines bénies, de revenants. Maria écoutait, le cœur battant. Toutes ces légendes passant de génération en génération depuis la nuit des temps n'avaient-elles pas un fondement ? Pour preuve, ces apparitions dans le bois au-dessus de la maison.

Germain se rapprocha subrepticement d'elle, volant une châtaigne à Louise, tirant sur le tissu de Marguerite, leur arrachant des petits cris de rage, envoyant des clins d'œil à Maria.

— Crois-tu aux esprits de la forêt ? fit-elle avec assurance.

Germain cessa son manège, observa la jeune fille, s'interrogeant sur le sérieux de la question.

— Dans tes histoires, tu décris un monde fantastique. Est-ce invention de ta part ou bien as-tu vu quelque chose de semblable ? insista Maria.

— Je suis un bon conteur et rapporte seulement ce que j'ai entendu.

— Mais y crois-tu ?

— Parfois, quand le hibou chante au milieu de la nuit, il me semble qu'un monde étranger au nôtre émerge des entrailles de la terre. Pourquoi me demandes-tu cela ?

Elle sourit d'un air énigmatique, mais ne répondit pas. Elle le connaissait trop peu pour lui révéler l'apparition dans la forêt.

Lorsqu'il s'éloigna dans la nuit, Maria suivit tant qu'elle put la lumière du falot qui se rétrécissait jusqu'à disparaître. Enfin rendue à sa solitude, dans le fond de son lit, elle se demanda qui des femmes dansant sous la lune ou de ce garçon au regard doux elle pouvait réellement croire.

Elle le revit à la messe de Noël, Germain apparut dans le groupe qui psalmodiait ces vieux chants traditionnels qui résonnaient sur les chemins jusque devant l'église. Sous la lune blafarde, les coups de vent glacial, le froid qui prenait aussi sous les manteaux, ces mélopées qui trouaient le silence de la nuit, venues de tous les coins de la campagne, donnaient l'impression de descendre directement des cieux. Les torches de paille enflammées aux lueurs tremblantes d'où jaillissaient mille lucioles éclairaient les routes comme si les paysans se rendaient à la grotte de l'Enfant Jésus. Pas une âme n'aurait, ce soir-là, manqué à l'appel.

L'église étincelait de lumières, le patois se mêlait au français jusqu'au *Minuit, chrétiens* qui soulevait les cœurs et entraînait tout le monde, des plus jeunes au plus vieux, communiant dans un semblable élan de foi.

Même Marie Borderie, qui ne croyait plus en Dieu depuis longtemps, serrait les mains des deux petites et leur offrait sa chaleur de vieille femme.

Germain s'assit sur un banc à côté de Maria et, pour la tenir éveillée, tirait sur son châle. Il glissait de ses épaules, elle le remontait, mettait son index devant sa bouche. Il se calmait dix minutes et recommençait. Elle aurait aimé lui parler de l'apparition extraordinaire de ces quatre femmes dansant dans un cercle au milieu de la forêt. Elle tourna la tête vers le garçon, lui sourit. Était-il un cadeau du ciel que sa mère disparue lui envoyait ? Le destin se jouait-il d'eux ?

— Tu n'es qu'une païenne, lui disait une voix au fond d'elle. Prie et signe-toi !

Les voisins se dispersèrent à la sortie de l'église. Germain proposa de la raccompagner malgré la présence de son père et de ses frères.

Elle enfonça sa main glacée sous le bras protecteur.

— N'entendrons-nous pas le hibou cette nuit ? interrogea-t-elle malicieusement.

— Il fait trop froid ! Les fées et les lucioles restent au chaud !

Elle distinguait de l'ironie dans ses paroles.

— Tu n'y crois pas, n'est-ce pas ?

— Je suis comme saint Thomas, je ne crois qu'en ce que je vois !

Le temps n'était pas encore venu de lui parler des femmes aux cheveux roux.

Ils marchèrent côte à côte en silence. Puis, l'ayant remise à Jean, il disparut dans la nuit.

— Va pas te bercer d'illusions ! lui déclara son père en refermant la porte derrière eux. Il a fait quelques études, du droit, je crois. Il sera peut-être clerc de notaire dans une grande ville. Dans l'instant, il fait son armée. Il en a encore pour plus de deux ans. Il a pas eu de chance, au moment du tirage au sort. Alors oublie-le. Il te faudra trouver un brave paysan.

Ses paroles eurent sur Maria exactement l'effet opposé. Elle se mit à rêver du jeune garçon, persuadée que son père n'avait rien compris.

Il revint, Germain, dans les jours suivants. Lâchant son travail, elle chaussait ses sabots et l'emmenait casser la glace sur la mare, se perdre dans les fougères broyées par le froid, fouetter les grandes herbes de son bâton de coudrier.

Ils furent sages. Elle était si délicate. Il aimait chez elle son naturel, sa discrétion, son regard clair, sa taille fine. Il avait quelque pitié pour cette toute jeune fille obligée d'élever et de subvenir aux désirs simples de ses deux sœurs. Cela lui donnait de la maturité et la responsabilisait.

Le jour de son départ, il déposa un baiser sur cette bouche sage.

— Sais-tu lire, Maria ? demanda-t-il.

— Bien sûr, j'ai passé mon certificat d'études.

— Alors je vais t'écrire, si tu veux bien.

— Je te répondrai, Germain, sois-en sûr !

Elle le regarda s'éloigner sur le sentier droit qui menait au bourg. Ses godillots de cuir usé lui donnaient une démarche légère et régulière. Il se retourna une dernière fois, leva le bras au ciel en signe d'adieu.

Le dimanche suivant, délaissant ses sœurs, elle monta se perdre dans la forêt jusqu'à la clairière enchantée. Elle s'assit sur l'un des rochers, attendit, le regard fixé sur le tronc noueux d'un vieux bouleau. La nuit tomba vite. Une nuit sans lune, noire comme les ténèbres de l'enfer. Elle dut se rendre à l'évidence, il ne se passait rien. Elle se redressa, commença à marcher à tâtons, s'aidant de son bâton, mais elle ignorait la direction à prendre. Elle buta contre des troncs arrachés du sol, se perdit dans les fougères, se tordit les chevilles dans un champ au repos. Elle discernait les battements de son cœur dans ses oreilles, percevait de temps en temps une rumeur, une branche qui se cassait, fut surprise par le cri d'un hibou. Elle se figea alors, persuadée qu'elle allait surprendre le vol de quelque luciole sortie de terre. Rien ne se produisit, même pas un souffle d'air sur son visage. Elle reprit sa marche.

Une envie de pleurer la submergea au moment où elle aperçut, dans le fond du bocage, une lumière à travers une fenêtre. Malgré la bonne distance qui la séparait de ce logis, elle se sentit rassurée. Persuadée qu'il s'agissait de la maison de son père, elle se mit à appeler :

— Bayard, Bayard, Bayard, Bayard !

Épuisée, elle cessa ses cris, jusqu'à ce qu'elle perçoive la course d'un animal dans les fourrés, sa respiration saccadée, enfin un museau qui reniflait contre son manteau.

— Bayard, bon chien !

Elle lui caressa l'échine, déposa un baiser sur sa tête.

— Conduis-moi, mon Bayard, jusqu'à la maison.

* *
*

Un mois plus tard, alors qu'elle sortait du poulailler, les sabots englués dans la boue de la cour, portant sur la hanche un panier de grains, elle tomba nez à nez avec un garçon au regard vif, à la moustache blonde, aux joues rouges, avec, sur la tête, une casquette de postier et, sur son dos, un sac de cuir bien rembourré.

— Mademoiselle Maria ? J'ai quelque chose pour vous.

Il fouilla dans son courrier, prit son temps afin de sentir l'impatience de la jeune fille, lui tendit une carte remplie d'une écriture penchée. Germain lui envoyait son premier mot d'amour.

Le postier bomba le torse.

— Je suis porteur de bonnes nouvelles, j'espère ! s'enquit-il alors qu'il avait certainement lu le contenu de la missive.

Sans réponse de Maria qui buvait du regard la jolie photographie représentant la gare de Limoges, il fit demi-tour et reprit la direction du bourg.

3

La foire d'Uzerche

Jean Dumond n'était pas un paysan commun. Il descendait bien d'une lignée de gens ordinaires, de ces journaliers se donnant au plus offrant, parcourant la campagne leur vie entière pour trouver un travail, un gîte, un quignon de pain. Son père, qui savait compter, s'était élevé en devenant métayer. À force de labeur et d'honnêteté, il avait pu acquérir cet ensemble de maisons qu'il avait légué à son fils. Au sortir de l'école, l'enfant avait été confié à un chaumier. Jean Dumond était fier de cette formation et donnait le meilleur de lui. En deux générations, ces hommes aux racines campagnardes bien ancrées avaient su s'élever, apprenant à garder leurs biens, à mettre de côté l'argent gagné pour le dépenser à bon escient. Les années passant, son regard satisfait reflétait une assurance qu'un cultivateur normal ignorait. Son vocabulaire modeste s'était enrichi des termes techniques de son métier. Ses explications claires, le résultat de son travail avaient consolidé sa réputation.

Cette activité lui permettait de voir du monde à travers le pays. Il fréquentait même des messieurs bien nés, de ces gens ayant le sens de la propriété et le privilège de l'argent dans ces contrées presque entièrement habitées de modestes paysans.

Les terres voisines des siennes appartenaient à un vieux docteur de Brive, retiré dans sa campagne. Une année, il avait recouvert sa grange et engagé avec lui des conversations sur les maladies et les microbes. Le praticien avait parlé de Louis Pasteur, ce biologiste de génie qui vaccinait contre la rage. Il avait instruit Jean sur les germes et les bactéries qui tuaient plus qu'un coup de serpe ou le pied d'un taureau.

Son esprit curieux se nourrissait de ces découvertes. Il n'était pas de ces paysans butés qui refusaient les idées nouvelles. Il croyait depuis lors à l'efficacité d'un minimum d'hygiène. D'ailleurs, de tous ses voisins il était le seul à n'avoir pas perdu d'enfant de la tuberculose ou de la fièvre typhoïde. Ses vaches se portaient bien. L'étable était nettoyée régulièrement, le fumier mis en tas en aval du puits afin que ses écoulements ne se mélangent pas à l'eau claire dont on faisait la soupe.

La mort de sa femme l'avait fait douter. Comment un chaud et froid pouvait-il tuer ? Comment ne pas y voir le geste d'un sorcier, un sort jeté à sa maison ?

— Rappelez-vous ce que je vous ai expliqué, avait dit le vieux médecin consulté au plus fort de la maladie, des bactéries invisibles à l'œil ont colonisé ses poumons. Nous ne possédons aucun remède pour la soigner.

Alors, sans prévenir personne, Jean Dumond avait chargé sa pauvre Marie sur la charrette. L'ayant protégée d'une couverture épaisse, il l'avait conduite chez la rebouteuse du village. Les conseils de la vieille femme consistaient à visiter quatre bonnes fontaines. Il s'était attelé à la tâche, trempant à chaque fois un linge dans l'eau claire et fraîche, dont il avait frotté la poitrine de la malade, terminant son geste par un signe de croix. Ils avaient imploré longuement et rapporté à la maison quatre bouteilles remplies, que Marie utilisa chaque jour pour ses ablutions. Invoquer les saints et ajouter quelques rites païens à leurs prières les réconfortaient. Le hasard n'existait plus. Ce fut, pour Marie, le début de sa fin. À sa mort, Jean perdit la foi.

Il gardait la ferme de ses parents pour Léonard. En réalité, il avait hérité d'une terre de petite importance bien gérée, qui rapportait peu mais régulièrement. Trois maisons et une grange formaient un hameau relié à la route communale par un long chemin droit bordé de haies. Un puits fort généreux se trouvait au centre de la cour. Derrière le fenil, il y avait une mare peu profonde dans laquelle barbotaient les canards. La mère y lavait le linge en été. Tous les bâtiments étaient recouverts d'un chaume blond que le père entretenait avec application.

Sa famille et lui occupaient la plus grande des habitations. Ses murs épais étaient de pierre, des poutres de châtaignier encadraient les portes et fenêtres. Ses vieux parents, disparus depuis quelques années, avaient logé dans la seconde, aujourd'hui fermée, construite plus tôt en torchis, ainsi que la troisième dans laquelle vivaient Joseph et Marie Borderie, sans enfant. Lui poussait la charrue, semait, coupait le bois, fauchait la prairie et les bords de fossé, moissonnait. Depuis la mort de la mère, elle lavait le linge à la mare, tuait les poules, sortait le fumier de l'étable. Une vie de misère, réconfortée par la chaleur d'un foyer et un toit sur leurs têtes.

Léonard, le fils aîné, avait l'âme d'un paysan, mais Jean le sentait ouvert au progrès. Antoine n'avait que douze ans. Depuis bientôt deux ans qu'il le formait au métier de chaumier, le garçon commençait à prendre confiance en lui. Bien sûr, il lui manquait l'expérience et, l'hiver, il l'envoyait à l'école.

Ses fils avaient le goût d'un avenir serein. Chacun trouvait sa place. Restaient les filles. Les deux petites n'étaient pas encore sevrées. Il faudrait des années. Quant à Maria, il en avait besoin pour élever ses sœurs. Une idée lui traversa l'esprit, si fugace qu'elle s'envola vite, mais elle traçait son chemin. Pourquoi ne se remarierait-il pas ?

* *
*

Jean et Léonard partaient ce matin-là à la foire d'Uzerche vendre une truie et la douzaine de cochons que Maria et Marie Borderie avaient engraissés. Ils gardaient une femelle plus jeune et un verrat.

Maria remplit l'assiette de soupe de son père, qui lui jeta un coup d'œil à la dérobée. Elle avait maigri. Elle allait sur ses seize ans et ressemblait à une femme. Dans dix ans, elle serait vieille. Ce constat l'obligeait à des décisions sans appel. Elle resterait à la maison, nourrirait les poules, entretiendrait le potager, s'occuperait de ses sœurs. Pour le reste, Marie Borderie y pourvoirait. Elle était costaud, Marie, elle avait les épaules et le bassin larges, des poignets d'homme. Il la voyait traverser la cour portant des seaux de dix litres, sans suer, sans trébucher.

Marguerite entra dans la cuisine, mâchouillant un chiffon déchiré et noir de saleté. Depuis la mort de la mère, elle s'accrochait à Maria comme de la limaille de fer à un aimant. Alors, pour tenter de changer l'ordre des choses, la petite fille allait à l'école avec Louise. Malgré le long chemin, la froidure, les gerçures du corps, elle y trouvait un poêle qui ronronnait, une maîtresse attentionnée. À cinq ans, elle n'y apprenait pas grand-chose, elle se contentait d'écouter ânonner les tables de multiplication et rapportait parfois quelques bribes d'une fable de La Fontaine. Elle semblait définitivement triste. Son petit corps s'épaississait comme s'il entassait en lui toute la peine du monde.

Louise respirait la joie de vivre. Elle surmontait ses chagrins d'une manière incroyable. Si une ombre passait occasionnellement dans ses yeux clairs, elle courait à l'étable murmurer quelque secret à une vache ou se couchait au milieu de la cour, près de Bayard, le grand bouvier du père. Elle lui parlait à l'oreille, en enfouissant sa tête dans les poils chauds du poitrail.

Antoine était levé aussi. Il regardait son père se préparer.

— Je voudrais bien venir avec vous à la foire, je vous aiderais à débarquer les cochons.

— Tu as du travail ici. Tu finiras de couper le bois et tu en rentreras une bonne provision après l'école. Ça évitera à Maria de déplacer de trop lourdes charges. Tu ne lâcheras pas la main de tes sœurs sur le chemin. Je compte sur toi.

Jean posa son chapeau à large bord sur le haut de son crâne, redressa son tablier de droguet, cette étoffe façonnée par le tisserand, enfila un lourd pardessus, des chaussures en cuir pour remplacer les sabots du quotidien.

Maria en profita pour tourner la clé dans la serrure. Bayard se faufila dans ses jambes.

— Sa place est dehors ! ordonna le père malgré les caresses de Louise.

— J'ai reçu un courrier de Limoges, fit Maria à la va-vite.

— Germain ?

— Germain !

— Ne t'illusionne pas trop, ma fille.

— Quand même, je dois lui répondre. Peux-tu me rapporter une belle carte avec un clocher ou une croix de carrefour ?

Le père soupira. 4 heures venaient de sonner à la pendule de la cuisine. Il sortit sur le perron. Un air froid descendu du nord lui fouetta le visage, faisant couler de grosses larmes sur ses joues.

Une clarté de lune blafarde traversait l'épaisseur d'un brouillard dense. Léonard avait installé des lampes à huile de part et d'autre de la charrette. Elles diffusaient une lueur pâle, presque blanche. Tandis qu'il finissait d'atteler les bœufs, le père souleva chaque cochon de lait qu'il déposa sur la paille fraîche. Pour la truie, l'opération fut plus compliquée. Antoine et Maria furent sollicités. L'animal, poussé par toutes ces bonnes volontés, dut grimper sur une large planche. Elle grogna, tenta de mordre, mais dut se résoudre à se coucher près de ses rejetons.

Jean vérifia machinalement le cerclage des roues, les freins, les ridelles, observa les petits cochons qui fouillaient déjà la paille sous leurs pattes, s'installa près de son fils.

— On n'a pas de temps à perdre ! s'écria-t-il. On doit arriver avant la levée du jour.

* *
*

Ils empruntèrent une route en lacets sauvage et étroite, bordée de taillis, de bois et de prairies. Après quelques heures, le bourg d'Uzerche apparut au sommet d'un éperon rocheux, ceinturé par un méandre de la Vézère. Jean avait toujours une émotion au cœur à la vue de ces maisons de granit, de leurs toitures d'ardoise qui brillaient sous la rosée du matin. Le clocher de l'abbatiale Saint-Pierre léchait les nuages, ainsi que les tours pointues de riches demeures. L'ensemble comme enfoui dans un écrin de verdure.

C'était jour de foire, et cela se voyait. La nuit n'avait pas cédé sa place, il semblait que toute la population du pays migrait. La voie grouillait maintenant d'hommes et de femmes à pied, tirant une vache ou portant dans des cages des poulets, des lapins, ou leurs pauvres légumes dans un vieux panier d'osier.

Venus de tous les coins du Limousin, des chars de foin ou de bois se cognaient, s'égaraient des moutons sortis des troupeaux, grognaient des porcs engraissés ayant du mal à avancer, vaches et veaux, voitures et piétons, vieux et jeunes, l'ensemble criant, se heurtant, se croisant, se pressant et s'engouffrant à qui mieux mieux par la porte Bécharie jusque sur le champ de foire. Tel un fleuve qui charriait la campagne toute vivante. Rien ne semblait émouvoir cette foule sombre, ni les grelots, ni les fouets, ni les cris, beuglements ou coups de sabot des bovins.

Le foirail grouillait d'une agitation qui excitait les hommes. Ils élevaient la voix, secouaient sans but leurs bâtons, se gaussaient, se tenant sur le pied de guerre, prompts à jouer du coude si on les provoquait. Bref, le paysan semblait ici comme sur un champ de bataille.

Jean et Léonard déchargèrent leurs porcs à l'emplacement que leur attribua l'inspecteur. La concurrence était rude, mais Jean n'avait aucune inquiétude. Ces petits cochons roses à la tête et à la croupe noire possédaient une chair incomparable, goûteuse à souhait. Les charcutiers du Midi connaissaient la saveur de cette viande. Ils ne manquaient pas de monter jusqu'en Limousin pour s'approvisionner. S'ils ne pouvaient pas se déplacer eux-mêmes, ils envoyaient leurs commerçants. Pour la truie, ce serait plus difficile, elle n'était plus très jeune, mais gardait une bonne santé.

Ce fut Léonard qui mena la vente. Cela lui prit du temps, car la coutume obligeait le marchandage. L'idée étant de proposer à l'acheteur un prix exorbitant afin de pouvoir le baisser sans perdre. De toutes les manières, le futur acquéreur se serait cru trompé si, à force de discuter, il n'obtenait pas un rabais important.

L'affaire conclue, restait le passage du *langueyeur*, pour s'assurer que les porcs n'étaient pas ladres. Il suffisait d'examiner la langue des animaux. Une viande transmettant le ténia se retrouvait impropre à la consommation.

Jean Dumond avait un rendez-vous de travail. Il se fraya un chemin entre les bêtes et leurs propriétaires, salua en ôtant son large chapeau quelques connaissances. L'odeur de crottin et de paille souillée lui piquait la gorge. Il se retourna pour observer l'assemblée. Une rumeur de voix masculines survolait cet agglomérat, parfois un cri venait casser les murmures des négociations.

Il redescendit la rue de la porte Bécharie, passant devant l'hôtel Clédat, atteignit l'auberge que lui avait indiquée son client. La salle était pleine à craquer, un bruit assourdissant se mêlait à un air vicié. C'était un monde d'hommes qui se mélangeaient, se cajolaient ou s'agaçaient. Les bords souples des chapeaux de feutre se caressaient. Le vin coulait à flots, parfois la gnôle qui montait à la tête amplifiait les propos. Mis à part les serveuses, pas une femme dans ce brouhaha indescriptible.

Jean Dumond alla s'asseoir à une table placée à l'écart, dans un coin plus sombre de la pièce. L'attendait là un de ces riches paysans, vêtu d'un veston ordinaire sur une chemise à col haut, chaussé de bottines de cuir.

— *A Di siatz !* fit Jean.

— *A Di siatz !* répondit l'autre avant que Jean ait fini de s'asseoir. Je ne vais pas tourner autour du pot. J'ai des fuites à mes deux granges. La paille pourrit, je vais être obligé de la jeter alors que j'en ai à peine assez pour nourrir mes bêtes jusqu'au printemps.

Jean leva les sourcils en manière d'interrogation. Ses grands yeux bleus se piquèrent dans ceux de son vis-à-vis.

— Je vais vous envoyer Antoine. Je dois commencer un chantier du côté de Lubersac, je serai pris un bout de temps.

— C'est pas votre fils que je veux, c'est vous ! C'est un travail minutieux, j'ai besoin d'un vrai expert. Et je suis pressé, je ne peux pas attendre. En deux jours maximum, vous pouvez me régler mon problème.

Une chope de vin fut posée sans ménagement devant eux, ainsi qu'un pâté aux pommes de terre fumant et odorant. Jean n'avait rien mangé depuis 4 heures du matin. Il était midi. Au fur et à mesure qu'il remplissait son estomac, il sentait son cerveau s'éveiller. Son programme des mois à venir s'alignait dans sa tête. Il n'avait pas besoin d'un calepin pour mesurer la surface à recouvrir ni pour calculer un devis. Son œil lui servait de compas, il ne se trompait jamais sur la pente d'un toit.

— Je peux vous donner deux jours la semaine prochaine ! déclara-t-il après s'être rassasié. En plus des trous qui vont s'élargir, des moisissures vont se former sur les parties encore saines. Le froid et les pluies d'hiver ne vont rien arranger.

Le paysan, satisfait, lui envoya un grand sourire. Se sentant soulagé, il commanda de la gnôle.

— C'est pour moi, bien sûr, tout ça ! fit-il en caressant du regard les assiettes et les verres vides.

Ils se tapèrent dans la main parce que cette manière de conclure une affaire restait encore la meilleure.

Ils allaient se séparer lorsque Léonard apparut au milieu de la salle. Grand comme son père, le poil blond, les yeux gris, il contrastait avec la masse sombre des cultivateurs et des éleveurs attablés comme pour un banquet. Il paraissait satisfait, Léonard. Sa vente fructueuse, il tenait entre ses mains une bourse bien remplie. Il s'assit sans plus de manières à côté de son père, posa naïvement son pécule sur la table devant lui, termina le pâté et vida un verre de vin.

À quelques mètres d'eux, dans l'obscurité de la salle, trois beaux gaillards à l'affût d'une prédation posèrent leurs yeux sur le butin de la vente des petits cochons. Observant la tablée avec plus d'attention, ils repérèrent Jean Dumond dans sa blouse bleue bien repassée, dont ils connaissaient l'activité, ainsi que le paysan portant du droguet neuf. Les airs satisfaits de ce beau monde leur laissèrent penser que les affaires avaient été bonnes.

— On pourrait les bousculer et récupérer la bourse, proposa le plus jeune.

— On a mieux à faire ! s'empressa le deuxième. Je parierais qu'ils en cachent dans leurs poches.

— Ils vont emprunter la route de Lubersac, expliqua le troisième. On va les attendre au carrefour de Saint-Pardoux. Le père Dumond et son fils sont venus seuls. Ce sera facile ! On va le traiter comme il m'a traité ! ajouta-t-il en serrant son bâton dans sa main.

Sur ces bonnes paroles, ils laissèrent un sou sur la table et quittèrent la taverne non sans avoir donné un dernier coup d'œil à la bourse posée négligemment devant Léonard.

4

Une rencontre

C'était la mi-journée, le jour s'était à peine levé. Le ciel restait blafard. Le champ de foire se vidait, la foule se dispersait. Quelques moutons patientaient avant d'être emmenés. Des veaux bêlaient au milieu de la place tandis qu'un maquignon leur tâtait le poitrail et les jarrets.

— Attends, fit Jean à son fils, j'ai promis à Maria de lui rapporter une carte postale. On va passer à l'épicerie.

Ce fut devant la boutique dont l'étalage croulait sous les articles de ménage qu'il la vit pour la première fois. C'était une femme comme il les aimait. Fine, mais pas trop, la taille haute, des boucles blondes s'évadaient de sa coiffe de dentelle. Son profil de madone, ses longs cils, rien ne lui échappa. Elle achetait une paire de lacets. Or les cartes se trouvaient juste au-dessus de cet étal. Il tendit le bras, leurs mains se frôlèrent, la sienne était gantée. Il la dominait des épaules et de la tête. Elle se tourna vers lui, piqua dans ses yeux ses prunelles claires d'une tristesse infinie. Ses gestes lents, sa manière de se déplacer trahissaient sa classe. Ce n'était pas une paysanne endimanchée qui cachait dans des vêtements propres une humble origine. Ils échangèrent un sourire timide puis, s'emparant de son achat sans hâte, elle déposa une pièce sur le comptoir et s'éloigna avant de disparaître au coin de la rue.

Jean Dumond mit quelques secondes avant de reprendre ses esprits. N'arrivant pas à se décider, il acquit trois cartes et leurs timbres. Une qui représentait l'abbatiale Saint-Pierre, une autre, le château de Tayac, la dernière, la Vézère et ses eaux cristallines.

Il traversa la place pour aller rejoindre Léonard qui l'attendait à la sortie de la ville, la charrette nettoyée. Il marchait tranquillement, aidé de son bâton de coudrier qui ne le quittait pas. Il rencontra Léon Audrerie et son fils Gaspard, de Lubersac.

— On s'est dit, commença Léon, qu'on trouverait bien quelqu'un pour nous déposer au carrefour de Saint-Pardoux. On est venus à pied, on a mis toute la nuit dernière, on est fatigués.

— Avez-vous fait des affaires ?

— Ma foi, oui, on a vendu tous les veaux, fit-il en soupesant la bourse accrochée à sa ceinture.

Léonard avait abreuvé et nourri les bœufs, il leur donnait une tape affectueuse pour les encourager. Léon et Gaspard déposèrent leurs sacs ventrus sur la paille propre, la foire étant l'occasion d'effectuer de nombreux achats, et s'installèrent derrière la charrette, la ridelle du fond ayant été enlevée. Un paysan ne se déplaçant jamais sans son bâton, ils déposèrent les leurs contre leurs cuisses. Léonard tira sur les rênes, les larges roues cerclées de fer commencèrent à écraser les graviers, un léger balancement berçant les hommes. Les bœufs avançaient calmement, un pas après l'autre, leurs naseaux laissaient échapper une fumée blanche, leurs queues parfois s'agitaient pour une raison connue d'eux seuls. Léonard n'imposant pas une marche forcée, la première montée fut franchie sans trop de difficultés. Jean Dumond repensait à cette femme dont il avait effleuré la main. Marie était morte depuis plus de six mois. Il allait devoir songer à se remarier. Un homme comme lui ne pouvait pas rester seul. La maison avait besoin d'une vraie maîtresse et non d'une jeune fille n'ayant aucune expérience de la vie. Il avait beau doucement imposer à la famille quelques bouleversements, c'était une trop grosse responsabilité pour Maria que de tenir le ménage et de s'occuper de ses petites sœurs. C'était décidé, à la prochaine *gerbaude* il commencerait à chercher une nouvelle femme.

Les heures s'égrenèrent. L'équipage silencieux, engourdi par le froid, ne disait mot. De vieux chênes poussés sur le bord des fossés laissaient échapper de leurs branches des gouttes de rosée qui tombaient en pluie au moindre souffle de vent. Les hommes s'endormaient tandis que les bœufs avançaient avec régularité, jusqu'à un carrefour. Là, ignorant quel chemin emprunter, ils s'arrêtaient, provoquant une secousse qui réveillait tout le monde. Ils passèrent le moulin sur la Loyre, l'embranchement de la route de Saint-Ybard, celui de Vigeois, les quatre routes, enfin apparut le village de Saint-Pardoux-Corbier qu'ils traversèrent.

Léonard consulta sa montre.

— Préparez-vous à sauter, on arrive ! ordonna-t-il en tirant sur les rênes pour ralentir l'attelage. Je vous laisse à l'embranchement de la route de Troche.

Le chemin bordé de prairies était désert. L'après-midi bien avancé, le brouillard recommençait à tomber. Quelques corbeaux survolaient la campagne en poussant leurs croassements sinistres.

Au moment où Léon et Gaspard Audrerie mirent les pieds à terre, devant un bosquet de noisetiers qui indiquait la séparation des voies, trois gaillards en sortirent. Ils criaient comme des fous, brandissant des bâtons tordus. Ils se précipitèrent sur les deux hommes et commencèrent à les rouer de coups. Léonard et Jean, après une seconde d'interrogation, se saisirent de leur gourdin et, arrivant par-derrière, tapèrent de toutes leurs forces sur les assaillants. Surpris, les trois gaillards perdirent la confiance qui les menait, reculèrent. Ces mouvements donnèrent de l'air à Léon qui bastonna à son tour les agresseurs. À la fin, les trois hommes et le jeune Gaspard s'acharnèrent tant et si bien sur leurs attaquants qu'ils les obligèrent à fuir. Il aurait été facile de les pourchasser. Blessés de partout, ils avaient le dos en feu et leur visage en sang. Ils empruntèrent la direction de Troche en claudiquant. Quand ils se furent assez éloignés pour être sûrs de ne pas être poursuivis, ils se couchèrent dans le fossé, au milieu des feuilles pourries et de l'humus trempé.

— Tu avais dit qu'ils n'étaient que deux ! interrogea le plus jeune.

— Je jure que je vais me venger ! s'écria le plus vieux en frottant sa vilaine figure toute contusionnée. Père Dumond, tu vas me le payer un jour !

Jean et Léonard raccompagnèrent Léon et Gaspard jusque devant leur maison, une ferme rustique et malpropre. Ils avaient tous reçu des coups et grimaçaient sous la douleur.

— On va passer voir les gendarmes à Lubersac ! se fâcha Jean.

Léonard caressa la bourse pleine attachée à sa ceinture. Il fit demi-tour et reprit la direction de Lubersac.

— Je sais ce qu'ils voulaient ! remarqua-t-il. Ils ne vont pas en rester là ! Je me demande bien qui sont ces gars.

— J'ai ma petite idée... murmura Jean en plongeant son regard sur la route et apercevant, rassuré, les premières maisons qui indiquaient la proximité du bourg.

5

Jean le chaumier

La famille allait bientôt commémorer les quatre ans de la mort de cette pauvre Marie Dumond. Jean ferait dire une messe pour l'âme de sa femme et sa bonne conscience à lui.

Depuis ce drame, il surveillait sa couvée comme une mère poule. Si bien que ses enfants suaient parfois comme de beaux diables, sous une chaleur printanière que leur père considérait comme un danger. La pauvre créature était rentrée un soir d'avril toute ruisselante après avoir aidé à pousser une charrue. Elle en était morte.

Il s'ennuyait, Jean Dumond, dans le fond de son lit mais aussi autour de la table. Il aurait tant de choses à dire à une oreille attentive. Il avait donc décidé de se remarier. Les veuves ne manquaient pas dans la région. Elles apportaient parfois quelques bambins avec leur paquetage. La maison était assez grande. Et puis Léonard allait partir à l'armée.

Depuis un mois, Antoine et Jean Dumond prenaient chaque matin la direction du village de la Morénie, sur le chantier d'une grange ovalaire dont le propriétaire avait souhaité refaire entièrement le chaume. C'était un travail de plusieurs semaines que les pluies de printemps pouvaient retarder.

Il s'inquiétait, Jean, il venait de découvrir que sa réserve de paille de seigle ne suffirait pas pour terminer sa besogne. Avant de se rendre sur le chantier, il irait chez son fournisseur, en espérant qu'il en gardait en stock.

Les journées rallongeaient, les fossés se remplissaient d'herbes sauvages qui venaient caresser le bord des chemins. L'ânesse Fanchon, alléchée par de délicieuses jeunes pousses, s'écartait de temps en temps pour en croquer quelques-unes.

— Allons ! s'énervait Antoine. Tiens-toi tranquille.

Elle tournait ses grandes oreilles vers son maître et, pour le satisfaire, reprenait sa marche.

Lubersac leur apparut au détour d'un virage. Le clocher de l'église Saint-Étienne, l'école des frères, plus à droite, les tours et les toitures du château du Verdier. C'était un gros bourg particulièrement dynamique, nanti d'un grand nombre de commerces. Les ménagères se pressaient dans les boutiques à la recherche d'un morceau de viande ou de légumes frais. À la campagne, ils n'avaient pas ce genre de soucis, ils vivaient pratiquement en autarcie, à part pour le savon et le sucre. D'ailleurs, il faudrait profiter de ce voyage pour en rapporter à Maria.

— Je dois passer à l'épicerie, annonça-t-il à son fils dans un soupir.

Ils empruntèrent la nouvelle route de Limoges, baptisée avenue de l'Industrie. De grosses maisons de maître s'y perdaient dans le dédale d'entreprises récentes. Ils arrivèrent devant les établissements Champagne, la scierie Bardolle, puis, à main gauche, s'arrêtèrent près d'un hangar bas, recouvert de ces tuiles mécaniques venues des usines voisines.

Jean Dumond jeta un coup d'œil rapide dans le bâtiment, il aperçut dans un coin des gerbes de seigle empilées contre le mur. Il n'y en avait pas assez, cela le contraria. Un grand gars maigre, étouffant sous un chapeau trop large pour son crâne, sortit d'un bureau.

— *A Di siatz*, Jean Dumond.

— Combien tu en as ? demanda Jean, le doigt pointé vers les bottes blondes couchées les unes sur les autres, oubliant de saluer son fournisseur.

— Environ cinq cents !

— Ça ne suffira pas, il m'en faut au moins le double !

— J'ai du roseau, si tu veux, ou du blé !

— Il me faut du seigle, pour une bonne uniformité de couleur et d'épaisseur.

Le père Marsac se gratta le menton, fit des yeux le tour de son stock.

— Je peux en avoir, mais pas avant la semaine prochaine.

— Ça ira, il me les faut au même prix.

— Tu me connais, Jean, je ne vais pas te voler. Tu es un trop bon client.

— Je te prends tout ce stock, mais je dois revenir avec la charrette de Léonard. Celle-là est trop petite et l'ânesse ne pourrait pas traîner le fardeau.

Antoine rangea sous le siège les outils qui le gênaient à présent. Ils chargèrent une centaine de bottes. Une odeur de foin séché leur emplissait les narines. Une poussière fine recouvrait leurs manteaux.

— À demain ! s'écria Jean en s'installant près de son fils.

Antoine tira sur les rênes, l'ânesse, surprise par le poids, dut s'y prendre à deux fois pour s'engager.

Ils avancèrent vers le village, dépassant le quartier des Rubeaux, remontant la rue du même nom, atteignirent la place municipale. Devant la halle et son clocheton, l'alambic d'un bouilleur de cru était installé, tandis que près de l'atelier du maréchal-ferrant deux chevaux magnifiques attendaient d'être ferrés. Jean Dumond observa ces bêtes à la robe brillante, aux flans délicats, aux pieds fins.

— Quand je serai riche, dit-il à son fils, je m'offrirai une pouliche anglaise.

— Tu vas devoir en couvrir des toits de chaume ! s'écria Antoine, ironique.

Ils garèrent la charrette devant la vaste fontaine. L'ânesse pourrait boire.

— Essuie Fanchon, je lui trouve l'échine bien luisante, observa le père en s'éloignant.

Jean traversa la place. Sous les arcades de la maison Renaissance, une grande épicerie étalait sur ses marches une abondance de marchandises. Rien n'y manquait pour satisfaire la population. On y dénichait aussi bien des moulins à café que des paniers de pêche, des conserves, des pots de porc salé, de la vaisselle, des articles de droguerie. Et surtout, il y découvrit, qui choisissait des épingles et des boutons, la belle dame croisée trois mois plus tôt à Uzerche. Son cœur bondit dans sa poitrine comme s'il avait vingt ans. Elle portait une redingote sombre et un chapeau noir agrémenté d'une plume de faisan, des bottines en cuir. Mais il reconnut les boucles blondes, la peau diaphane, le regard triste. Il s'attarda devant le sucre et les caramels, attendant son tour patiemment. Elle ne le vit pas, il en était sûr, mais sa présence suffit à le combler. Quand elle sortit, il la suivit des yeux alors qu'elle traversait la place à petits pas. Il prit conscience de son émoi. Il n'avait pas fait tant de manières pour Marie. Ils s'étaient épousés sans se poser de questions.

— Alors, père Dumond, qu'est-ce que je vous vends aujourd'hui ? fit l'épicière devant l'air absent de son client.

Il acheta une boîte de sucre et un morceau de savon.

— C'est qui cette femme ? demanda-t-il, tout tremblant.

— C'est la nièce de la mère Boudu. Elle est de Ségur. Elle vient de temps en temps visiter sa vieille tante.

En retraversant la place, ses pensées le ramenèrent à la foire d'Uzerche, à sa main effleurant celle gantée d'une jeune femme au regard triste. Ils avaient été attaqués en rentrant par une bande de voyous. Les gendarmes avaient enquêté en vain. Personne ne semblait avoir jamais entendu parler de ces hommes et il n'y avait pas eu d'autres agressions dans la région. Il n'avait pas revu Léon Audrerie et était sans nouvelles de lui. Il rajusta son large chapeau de feutre, Antoine l'attendait, il ne fallait plus traîner.

6

À chacun suffit sa peine

En accord avec son père, Léonard gardait une parcelle pour y semer du chanvre. C'était à peine un hectare sur lequel il alternait avec du blé. Il ensemençait en mars. Son cycle court permettait une récolte en septembre ou octobre au plus tard. En juin, la plante était déjà haute. La floraison s'étalait jusqu'en août. Peu gourmande en eau, rustique, seul le fauchage présentait quelques difficultés. Elle était fibreuse. Mais Joseph Borderie maniait la faucille avec une telle dextérité qu'il en venait facilement à bout. Il mettrait ensuite à sécher les branches dans un coin de la grange jusqu'à l'automne suivant.

Jean Dumond tenait beaucoup à cette culture. Il broyait les graines le soir à la veillée et l'huile récoltée était utilisée pour les lampes de la maison et de la charrette. Joseph nourrissait les animaux avec le tourteau résiduel. La mère, autrefois, attisait le feu dans l'âtre avec les déchets appelés chenevotte. Quant à la tige défibrée, le père la confiait, une fois sèche, à un tisserand du bourg qui la filait avant de l'assembler.

Ainsi, chaque année pour Noël, il partait visiter l'atelier de l'artisan de Lubersac et rapportait une pièce blanche et souple. La mère la coupait, offrant à chacun de ses enfants un morceau de toile propre en remplacement de la plus ancienne. Car, si les matelas étaient remplis de paille, ils dormaient dans des draps de chanvre.

Léonard attacha les bœufs à la charrue, régla la hauteur de coupe pour un labourage profond, installa le semoir puis, tirant sur la corde qui entravait les bêtes, se dirigea vers le champ. Joseph suivait, tractant la herse et portant sur son dos le sac de semences. C'était un spécialiste de la volée. Il avait le coup pour répandre les graines avec régularité et les recouvrir sans qu'elles soient ni trop enterrées ni trop découvertes. Pour le chanvre, Léonard préférait la manière mécanique. Il travaillait plus vite.

Léonard respira fort en fermant les yeux. Il aimait l'odeur de la terre après la pluie. Elle entravait pourtant sa marche et collait à ses sabots. Il avait l'impression qu'elle le retenait. Il tourna la tête vers ses deux bœufs. Il éprouvait de l'affection pour eux, à n'en pas douter. Cette force tranquille qui émanait d'eux, leurs muscles saillants contrastant avec la douceur de leur regard. Sa vie de paysan le comblait. Il commença à tracer le sillon. Un soleil pâle apparut entre deux nuages. Il avait plu dans la nuit. Les feuilles des arbres luisaient sous la lumière, laissant glisser des gouttes sous la poussée d'un petit vent du matin. Peu abondantes, ces précipitations n'avaient provoqué aucun ruissellement dans les champs juste semés. Elles avaient humidifié le sol, obligeant les graines à gonfler.

Malgré sa bonne humeur, Léonard avait un caillou dans ses sabots. Il se préoccupait de son avenir et, dans peu de temps, il partirait à l'armée. Et puis, après, il lui faudrait se marier. Il avait bien remarqué quelque demoiselle à la foire de Lubersac... Soudain les bœufs s'arrêtèrent. Ils avaient vu le bout du sillon. Le garçon leur fit prendre le virage.

— Je vais bientôt recevoir ma feuille de route ! s'écria-t-il en direction de Joseph. Trois ans ! Je serai absent trois ans !

Qui va s'occuper de ceux-là pendant ce temps ! ajouta-t-il en caressant l'échine d'une des bêtes.

— Te plains pas ! fit Joseph en refermant son sac de semences. J'étais la dernière classe à faire cinq ans. En 89, ils ont voté une nouvelle loi, tu vas pouvoir en profiter ! Et puis tu auras des permissions ! T'inquiète pas, ton père saura prendre les bonnes décisions pour eux ! lança-t-il en se tournant vers les bœufs.

Léonard soupira, tira la bride, le cortège repartit pour tracer une nouvelle tranchée.

* *
*

La grange ovalaire de la famille de Beaune remplaçait à elle toute seule au moins trois entrepôts. Un vaste fenil occupait les combles. Au niveau du sol, la porte centrale débouchait sur une étable de bovins, alors que les petites ouvertures latérales desservaient d'un côté une bergerie, de l'autre une porcherie.

Jean Dumond se campa, droit comme un I, devant le vaste bâtiment, l'observa un instant. Ils avaient, Antoine et lui, posé à terre, pour les remplacer, les vieilles gerbes de seigle moisies.

La charpente apparaissait dans toute sa beauté. D'une seule pièce partant du sommet du faîtage et descendant jusqu'au sol. Elle était en forme d'ogive, afin de reporter son poids directement sur sa base qui reposait ici sur un mur de pierre épais, dans lequel avaient été percées les portes latérales. L'ossature était légère, en châtaignier. C'était le secret de la bonne tenue de cet ensemble. La hauteur sous toiture atteignait environ dix mètres.

Antoine déchargea les quelques bottes rapportées de Lubersac. Il retira ensuite de dessous le siège de la charrette les outils : le coupe-gerbe, le chevalet, le couteau et la crémaillère, la batte, enfin l'aiguille et le fil qu'il déposa dans le fond d'une panière.

Il installa l'échelle contre une poutre et commença à monter le seigle. Le père allait saisir son matériel au moment où apparut le propriétaire. C'était un fermier riche, qui portait, comme les paysans du coin, une blouse bleue et un feutre sur la tête. Mais contrairement à ses concitoyens en sabots, il était chaussé de bottes de cuir noir. Il parlait un français pur appris dans une école de la République et approfondi par un précepteur. Il montait une jument fine à la robe sombre tachetée de blanc, brossée et brillante.

— *A Di siatz*, Jean Dumond, fit-il en approchant du chaumier.

— *A Di siatz, moussu !* Vous possédez une bien belle bête ! s'exclama le père en tendant la main pour caresser l'échine souple.

M. de Beaune sourit, flatté de l'intérêt que suscitait sa jument.

— La saison n'est pas propice à ce travail ! fit Jean Dumond en approchant de la grange. Les pluies de printemps peuvent nous retarder et moisir les seigles.

— Je n'avais pas le choix ! J'avais trop de trous et trop de chaume pourri !

— On fera comme on pourra ! J'ai observé le parquet entre le fenil et l'étable. Les planches sont trop espacées, la poussière passe à travers et tombe sur les bêtes. Ça leur donne des maladies de peau et elles toussent. Je vous propose de boucher tout ça !

— Mais le foin ne va pas respirer, mon bon Jean !

— Il y a assez de courants d'air entre la toiture et le mur, croyez-moi !

— Bon, fit M. de Beaune, c'est vous le professionnel. Vous me compterez le surplus, avant de vous lancer dans ces travaux supplémentaires.

— Et puis, ajouta Jean Dumond, il y a, derrière la grange, sur le chemin qui mène les bêtes au pré, une charrette en train de pourrir, sur laquelle rouillent de vieux clous. J'ai remarqué hier une vache qui trébuchait contre. Demandez à un journalier de l'enlever, sinon vous aurez une patte cassée ou pire un de ces jours.

— Vous possédez un vrai bon sens paysan, mon bon Jean, fit M. de Beaune, je m'occupe immédiatement de cela. Passez me voir après votre travail, ajouta-t-il en lui tapant sur l'épaule.

Jean Dumond se saisit de son matériel et grimpa sur l'échelle. Antoine avait déjà trié les gerbes par tailles, rangeant la panicule vers le haut. En attendant son père, il les avait également ouvertes en coupant la corde qui les retenait. La pose se réalisait toujours en commençant par le bas du toit et en remontant jusqu'au faîtage. Jean les aligna les unes à côté des autres, façonnant le bord de la couverture avec sa batte, les serrant, accomplissant des gestes d'une précision d'horloger. Antoine admirait en silence la maîtrise de son père, son coup d'œil pour évaluer la pente.

— Allez, mon garçon, fit Jean en se redressant, aujourd'hui, c'est toi qui vas ligaturer la première gerbe. Je m'occuperai de la deuxième, la « manon », qui devra recouvrir la première et la cacher.

Antoine accomplit du mieux qu'il le put son travail de couture, utilisant une baguette de noisetier comme une aiguille, dans le trou de laquelle il passa des joncs qui servaient de liens. La tâche terminée, son père replaçait par-dessus la deuxième botte. À la fin, muni du fauchet, il lissa sans trembler le bout des gerbes, coupant à la serpe tout ce qui dépassait, de manière à obtenir une finition parfaite.

La journée passa ainsi, les deux hommes remontant jusqu'au faîtage. Le père descendait parfois du toit pour évaluer l'inclinaison et l'épaisseur.

— Tu te souviens, rappelait-il à son fils, une botte trop serrée, et on aura des problèmes d'étanchéité, si c'est trop lâche, un coup de vent peut tout emporter. Regarde bien la pente, les eaux de pluie doivent glisser sur le chaume sans s'attarder trop, sinon la moisissure s'installera.

À la tombée de la nuit, tandis qu'Antoine rangeait le matériel, Jean Dumond passa un moment dans la grande maison de M. de Beaune. Abandonnant ses sabots devant la porte de la cuisine, posant son large feutre déjà recouvert d'humidité, il écouta religieusement les nouvelles du jour en savourant un verre de cidre.

Il aimait ces instants de paix quand les femmes vaquaient à leurs travaux, que les hommes prenaient le temps de refaire le monde après une journée de labeur.

— Je crois que l'Antoine et moi, on sera les derniers chaumiers du coin, marmonna-t-il en avalant une goulée de cidre. C'est un métier qui se perd. Aujourd'hui, les gens préfèrent l'ardoise ou les tuiles, c'est plus vite posé.

— Il faut reconnaître que le chaume brûle facilement, coupa M. de Beaune. Je pense, mon bon Jean, que l'ardoise a moins d'avenir que les tuiles. C'est encore trop long à tailler. Le monde va en s'accélérant, il faudra construire vite. Vous verrez qu'un jour ils remplaceront les pierres de nos murs par quelque matériau fabriqué à la hâte.

— Vous êtes bien pessimiste, moussu, on n'a rien trouvé de mieux que la pierre. Le bois brûle, le torchis reste un pauvre ornement pour une maison.

Sur la table s'étalait un quotidien régional dont le titre, en lettres grasses, retint l'attention de Jean Dumond. L'affaire Dreyfus occupait le pays entier depuis plusieurs mois. M. de Beaune avait suivi le regard du chaumier.

— C'est une drôle d'histoire ! s'écria-t-il. Je ne sais plus de quel côté me mettre. Je ne peux pas m'empêcher de penser qu'il n'y a pas de fumée sans feu ! Et vous, mon bon Jean, quel est votre point de vue ?

— C'est beaucoup de bruit pour un capitaine. À force de dire qu'il est juif, on en oublie les motifs de la trahison. On finit par se demander si c'est pas sa religion qui dérange nos militaires ! Quand on veut tuer son chien, on l'accuse de la rage, c'est bien connu ! Enfin, ce que j'en dis !

M. de Beaune racla sa gorge sous l'effet de la surprise.

— Hum ! fit-il. Votre bon sens paysan m'ouvre un angle que j'avais négligé. Je vais reconsidérer mon point de vue. Quoi qu'il en soit, la mort de Félix Faure n'arrange pas les affaires de cette IIIe République. Elle tangue sur ses bases, malgré les efforts d'Émile Loubet.

Ils s'entendirent pour soupirer de concert. Le temps de prendre congé était venu. Jean Dumond se leva, salua son hôte, chaussa ses sabots et rejoignit son fils.

Il reviendrait demain et les autres jours. Il avait évalué sa durée de travail à environ cinq semaines. Après, il fermerait le plafond des vaches. La saison du fauchage et des moissons arriverait vite.

7

Premières turbulences

Les trois voyous n'avaient pas dit leur dernier mot. Quelques jours après avoir agressé les Dumond père et fils et les Audrerie, ils s'étaient enfuis vers Limoges. De leur point de vue, c'était assez loin pour qu'on ne les reconnaisse pas. Mais ayant dans le cœur beaucoup d'amertume et peu de remords, ils avaient sans attendre tabassé une pauvre domestique qui gardait des cochons dans un pré isolé et volé les bêtes. Revenue de sa surprise et des coups de poing qui l'avaient défigurée, Thérèse put donner un signalement aux gendarmes. Les trois compères furent arrêtés rapidement alors qu'ils venaient d'égorger les gorets. En avril, ils purgeaient une peine à la prison de Limoges, se retrouvant tous les trois dans la même cellule.

L'endroit était sale, sombre et l'humidité mortelle. Ils passaient leurs jours assis sur la paille moisie à ressasser de vieilles vengeances.

Riquet, le plus âgé, semblait avoir abandonné tout effort pour se sentir intégré dans la société. Il était pouilleux. Ses cheveux raccourcis à la serpe, quelques mèches raides, trop longues, lui caressaient le cou. Il coupait sa barbe avec son couteau, cela donnait des plaques rouges, recouvertes de croûtes sur ses joues. Ses dents, enfin ce qu'il en restait, s'étaient transformées en chicots. Il était si laid qu'il ressemblait au diable en personne. C'était le plus virulent des trois, il gardait contre Jean Dumond une rancune tenace.

— Il m'a foutu dehors alors que j'avais aucun toit pour me protéger, répétait-il à ses compagnons.

— Enfin, le Riquet, t'avais tout fait pour le contrarier ! fit Jacquot qui connaissait par cœur son histoire.

C'était un garçon à peine sorti de l'enfance, sans père ni mère, entraîné par deux malotrus dans un infernal engrenage. Il gardait de son jeune temps des yeux clairs aux accents doux et un air naïf très utile aux deux autres qui l'obligeaient à quémander devant les portes des églises.

— Tu parles, j'avais juste coupé trop court une douzaine de gerbes, c'est pas ce que ça coûte.

— Rien que pour ça ? insista le garçon pour montrer son intérêt.

— Bon, j'avais pas le compas dans l'œil, c'était pas la première fois. Il avait qu'à le couper lui-même son seigle, au lieu de faire le grand monsieur avec sa montre à gousset et ses poches toujours pleines !

— Moi, dit le troisième, un nommé Joseph, ancien maçon, père de famille, époux d'une malheureuse femme obligée de trimer pour nourrir ses enfants. Il a trouvé que je mettais pas le cœur à l'ouvrage. Il m'a fait rebâtir trois fois le même faîtage.

En souvenir de sa compagne qu'il visitait de temps en temps, histoire d'accomplir son devoir conjugal, il se lavait parfois et trouvait toujours quelques sous pour aller chez le barbier.

Depuis qu'ils croupissaient dans leur cellule, le découragement, la rage de l'enfermement, la malnutrition avaient eu raison de leurs dernières volontés. Ils se nourrissaient surtout d'une haine grandissante.

Après l'avoir maudit et jeté son fiel sur son ancien patron, le Riquet se gratta le fondement et conclut en crachant par terre :

— Dès que je sors de là, je lui fais sa fête au père Dumond ! Il ne perd rien pour attendre, je compte sur vous pour m'aider.

Puis, satisfait de son projet, il s'étendit sur la paille, la tête contre le mur salpêtreux, et s'endormit. Jacquot et Joseph, rassurés de ne pas se sentir seuls, l'imitèrent en silence.

Ce fut ainsi qu'ils passèrent l'été à l'ombre sans se soucier ni des grosses chaleurs ni des moissons et des orages que les femmes, à la campagne, observaient au lever du jour, en priant Dieu et ses saints de les épargner.

La porte de la prison s'ouvrit enfin devant eux un matin de septembre. Malgré le temps maussade et une averse qui arrosait la ville, ils clignèrent des yeux et offrirent au ciel leurs cris d'hommes libres. Sans plus attendre, ils prirent la route de Brive bien décidés à mettre en œuvre leurs desseins.

C'était compter sans les pluies diluviennes qui s'abattirent sur le pays cet automne-là. Les trois compères mirent plus de temps que prévu pour atteindre la ville d'Uzerche. Des averses ininterrompues les obligeant à se réfugier dans des granges. Ils volèrent des fruits à moitié pourris tombés des arbres. Ils mangèrent des châtaignes crues, ils sucèrent même le pis d'une vache pour boire son lait. Ne se contentant pas de cela, ils surprirent une veuve dans son poulailler. Après lui avoir flanqué un coup de pied dans le ventre, ils s'emparèrent des œufs restés au fond des nids et de deux volailles qu'ils rôtirent en pleine forêt. À partir de ce moment, les gendarmes d'Uzerche entendirent parler d'eux. Leur signalement fit le tour du pays jusqu'à Lubersac. Mais ils couraient toujours.

* *
*

À la fin du mois de novembre, très loin des turbulences qu'il provoquait chez certains de ses contemporains, Jean Dumond, que les pluies obligeaient à chômer, alla rendre visite au tisserand de Lubersac. La récolte de chanvre avait été particulièrement abondante l'année précédente. Un automne tiède et un été chaud avaient permis un séchage régulier et rapide. La pièce de drap qu'il avait commandée prévoyait d'être large et de bonne qualité.

Il fit grimper Louise et Marguerite dans la charrette. Les deux petites avaient peu de distraction. Cette promenade les réjouissait. Louise ne tenait pas en place et sautait comme un cabri. Marguerite ouvrait grand ses yeux aux prunelles noisette en tordant nerveusement le bout de chiffon qui ne la quittait pas. Le père les observa, le cœur plein de tendresse.

— Restez bien droites et accrochez-vous à la ridelle. Allez, Fanchon, hue !

La boutique d'Alfred Tissier – il portait bien son nom – se trouvait dans une rue à proximité de l'église Saint-Étienne. Jean Dumond prit ses fillettes par la main, passa devant la croix de l'ancien cimetière, traversa la place.

Le métier à tisser réclamant le frais et l'ombre, il trônait au milieu d'une cave humide aux murs chaulés. Le dos voûté, les yeux comme fermés à la lumière, les joues creuses, Alfred Tissier s'étiolait à vivre dans la semi-obscurité. Les deux hommes échangèrent une poignée de main amicale, se faufilèrent entre la machine et la cloison pour traverser l'atelier. Une femme encore jeune passait les navettes dans les fils blancs après les avoir peignés. Sa cadence régulière rappelait un chant monotone entendu à l'église.

Le coupon de chanvre plié et ficelé attendait dans un coin d'un petit entrepôt. Devant une large fenêtre ouvrant sur un jardinet, une vieille femme filait la laine avec un rouet. Dans une corbeille d'osier, à ses pieds, dormaient fuseaux et quenouilles tandis que d'énormes pelotes s'entassaient à terre.

— C'est de la belle qualité ! s'écria le tisserand en soulevant la pièce destinée à Jean. Mais je suis obligé de te le vendre plus cher que d'habitude. Les femmes ont de moins en moins le temps de nous aider, même si des fileuses adroites, on en trouve encore. Tu sais le travail pour arriver à un fil parfait.

— Je t'apporte des tiges qui, après l'arrachage, sont séchées, c'est déjà ça ! intervint le chaumier.

— Plus beaucoup de gens s'intéressent aujourd'hui à cette activité. Il n'y a que des vieux pour prendre le temps de rouir, teiller, brêler, peigner avant le filage.

— La jeunesse préfère des toiles fines, meilleur marché, plus douces, ajouta Jean Dumond en regardant ses filles pour lesquelles il n'hésitait pas à acheter quelques métrages de coton lors de son voyage annuel à Brive.

— J'ai pu te faire quatre aunes de un mètre trente, conclut Alfred Tissier en soulevant la première pièce.

Satisfait du résultat, après avoir délicatement rangé le chanvre sous une bâche, Jean Dumond prit ses filles par la main et les mena place de l'Horloge, à la boulangerie Pouret, leur acheter un petit pain frais. Peut-être avait-il l'idée de rencontrer la dame mystérieuse qui lui faisait tourner la tête comme à un jouvenceau.

Lui revint la gerbaude du mois d'août. Cette fête traditionnelle qui voulait que la dernière gerbe de blé fût parée de rubans et portée triomphalement jusque sur une table dressée au milieu de la grange. Le foin constituait une partie de la richesse des paysans. Ils en nourrissaient leurs bêtes. Les fenaisons se célébraient comme ailleurs les vendanges. Il avait invité, ce jour-là, tous ses voisins. Joseph Borderie avait surveillé la cuisson d'un porcelet, sa femme ayant confectionné des tourtes larges comme des mains de paysan. Le vin avait coulé à flots, le cidre aussi. Les complaintes limousines avaient enchanté la tablée jusqu'au petit matin. Quand il avait sorti la gnôle, Jean Dumond avait levé son verre et, le cœur au bord des lèvres, évoqué son souhait de se remarier. Une chanson paillarde avait salué l'annonce. Les femmes en eurent des frémissements dans les épaules. C'était une généreuse personne, Jean Dumond. Son regard se voulait doux quand il le posait sur elles. Il possédait des valeurs d'entraide que chacun estimait.

Il ne la croisa pas. Ce jour-là, il dut se contenter de saluer l'adjudant Le Normand, qui redescendait à son poste après avoir acheté une miche noire comme oubliée dans le four.

— J'ai des nouvelles de vos gaillards ! s'écria-t-il à l'adresse du père. Je crois qu'on les a débusqués. Passez me voir, on va faire le point.

Le temps d'installer les filles dans la charrette, d'obliger Fanchon à avancer, il redescendit jusqu'à la place des Rubeaux, se gara derrière la gendarmerie, près de la porte des écuries.

La description qu'avait faite la veuve de ses agresseurs ressemblait à celle évoquée quelques mois plus tôt par Jean Dumond.

— C'est bien eux ! approuva-t-il après avoir lu le compte rendu.

— Je viens de recevoir un pli de mes collègues d'Uzerche. Ces voyous ont passé l'été en prison à Limoges. C'est la raison pour laquelle on ne les a plus vus. On va faire des rondes, visiter les fermes alentour. Soyez prudents et gardez l'œil.

Jean Dumond sentit une inquiétude lui serrer la poitrine. Il en connaissait deux, il les avait mis dehors quelques années auparavant. C'étaient des bons à rien qui volaient les outils pour les revendre, sapaient le travail ou disparaissaient quand il avait besoin d'eux. Il ne les avait pas remplacés. Il s'était organisé différemment avec Antoine. Il présageait que l'attaque au carrefour de la route de Saint-Pardoux n'était pas un hasard. Ils allaient remettre ça, cela ne faisait aucun doute.

Il salua les gendarmes, retrouva ses filles autour de Fanchon. Louise avait trouvé de la paille fraîche qu'elle offrait à l'animal tandis que Marguerite, le nez dans le fossé, arrachait du planton sauvage.

Il leva les yeux vers le ciel. Des nuages sombres et joufflus l'encombraient. Il n'avait pas plu de la matinée. Il fallait vite rentrer avant que les pièces de chanvre ne soient mouillées.

8

Maria et Germain

Depuis février, Maria recevait une carte de Germain par semaine. C'était à chaque fois une fête. Elle attendait le jeune facteur avec fébrilité. Il lui remettait le courrier comme s'il lui apportait le trésor des rois de France. C'était tout un cérémonial. Maria s'y pliait avec plaisir, entretenant cette nouvelle relation parce qu'elle représentait un lien entre Germain et elle. Elle lui offrait un verre de cidre, un morceau de pain et du lard, ils bavardaient un moment jusqu'à ce qu'elle lui ordonne de partir.

— J'ai du travail, Auguste, et vous aussi, il vous faut reprendre votre tournée.

Il la saluait joyeusement et rattrapait le chemin du bourg. Elle entrait alors dans la grange, s'asseyait sur une botte de foin et, profitant d'un fenestron dans le mur, ânonnait chaque mot comme s'il lui ouvrait un coffre de merveilles. Elle contemplait ensuite le monument photographié, faisait virevolter la carte à la manière d'un éventail, l'approchait de son visage à la recherche de quelque secret enfoui qui lui échapperait. Puis elle filait dans sa chambre, cachait son trésor sous le matelas avec les autres et, à son tour, de son écriture tremblante, répondait sans attendre.

Il eut quelques permissions, Germain. À sa descente du train de Limoges, il déposait son bagage chez sa tante et parcourait sans ciller les trois kilomètres qui séparaient le bourg du Maleuvrault. Malgré ses talents de conteur, c'était un garçon timide à qui la compagnie de Maria suffisait. Il l'aidait à ramasser les œufs, à nettoyer le poulailler, à biner les pommes de terre. Il rentrait du bois et bourrait la cuisinière. Il la regardait éplucher les légumes ou repriser une chaussette. Quand elle avait fini son travail, ils partaient tous les deux à la recherche de champignons ou de noisettes sauvages, marchant côte à côte comme un vieux couple. Jean Dumond trouvait le garçon sympathique, mais ne se berçait pas d'illusions. Son oncle et sa tante étant à la recherche d'un parti digne de lui et des économies de ses parents. Maria, prévenue, ne voulait rien entendre.

Un jour, elle l'amena devant le cercle nu que contemplaient deux rochers ronds.

— Je les ai vues plusieurs fois ! expliqua-t-elle. Elles dansent dans la nuit, auréolées d'une lumière soudain éblouissante. J'ai l'impression qu'elles me parlent. Crois-tu que mon imagination me joue des tours ?

Germain observa l'endroit, caressa une branche d'un bouleau, monta sur le plus gros des rochers.

— Je parierai qu'il y a une grotte sous ces pierres ! annonça-t-il. Connais-tu la légende des nymphes des bois chassées de leurs abris originels par les prédications de saint Martin ?

Maria fit des yeux ronds comme des billes. Son air stupéfait amusa Germain.

— Ce sont elles que tu vois. C'est étonnant, car elles ne peuvent sortir que la nuit de Noël de la dernière année de chaque siècle. Tu as un don, chère Maria ! Si je t'accompagne ici par une nuit sans lune, soit elles n'apparaîtront pas, soit je ne les distinguerai pas.

— Mais alors ! s'écria Maria. Pour le Noël prochain, toi et moi, nous les distinguerons.

Germain réfléchit.

— Nous sommes en mars 1899. Tu as raison. Nous devons préparer cet événement.

Il l'embrassa, ce jour-là, devant le cercle de terre nue, alors qu'ils s'étaient assis sur un rocher.

— Après mon armée, je vais te demander à ton père, Maria ! J'espère que tu voudras encore de moi !

— Oh, Germain ! Comment peux-tu douter ! Bien sûr que je te prendrai, même si je dois attendre dix ans !

— Ne parle pas de malheur !

Ils se quittaient toujours impatients de se revoir.

Chez sa tante, Germain entendait un air qu'il évacuait vite.

— Ce n'est pas une fille pour toi ! Elle n'a pas de fortune ! Tu perds ton temps !

Sa nonchalance, ses décisions toujours réfléchies, sa douceur trompaient son oncle et sa tante. Derrière cette attitude qu'ils considéraient comme une faiblesse se cachait un garçon têtu, déterminé. À la fin, il savait qu'il gagnerait. Il laissait dire, persuadé qu'ils se lasseraient.

Il repartait après avoir rempli son cœur du bonheur de voir Maria. Il écrivait, elle répondait.

Au Noël suivant, ils se donnèrent rendez-vous à la sortie de la messe de minuit.

— Je rentre avec Germain, annonça Maria à son père.

— Ne va pas faire de folies ! Et ne t'attarde pas trop. Le froid mord plus que les loups !

— Ne vous inquiétez pas, moussu ! coupa Germain. Je vous la ramènerai tout entière.

Les étangs étaient gelés. Les fougères cassaient comme du verre. Le sol était dur comme la pierre. Maria avait caché derrière l'église un bouquet de fleurs séchées cueillies le jour de la Saint-Jean.

— C'est un gage d'acceptation ! Ce bouquet est la clé pour ouvrir le cœur des femmes, expliqua le garçon. C'était important que tu l'apportes. Sans lui, elles m'auraient maudit.

La flamme du falot vacillait au moindre coup de vent. Maria avait remonté sa grosse écharpe jusque sur son nez. Elle se blottissait contre Germain, l'obligeant à modérer ses pas.

Ils aperçurent très vite une lueur blanche qui embrasait ce coin de la forêt. Leur souffle se précipita, leurs yeux s'écarquillèrent. Ils marchèrent à pas feutrés, se donnant la main pour trouver le courage d'avancer.

Les deux rochers comme des mamelons leur apparurent plus lumineux qu'en plein jour. Point de murmure, un souffle semblait sortir d'entre eux. Un souffle léger mais régulier. Comme une respiration sans fin attisée par les profondeurs de la terre. Les femmes étaient là, dansant autour du cercle nu, leurs cheveux tourbillonnant comme des vagues sous le vent.

Maria lâcha la main de Germain puis, serrant son bouquet, avança vers elles. Quelque lien irrépressible l'attirait. Elle se retrouva au milieu des danseuses. Une chaleur inhabituelle envahissait son corps, comme si elle entrait dans le foyer de la cheminée. Elle suffoquait mais son esprit lui ordonnait de rester.

Les femmes formèrent une chaîne, entourèrent Germain et le conduisirent vers Maria.

Il ne faisait plus nuit, il ne faisait plus froid. Maria éprouvait pour Germain un amour infini, le temps que dure la danse. Soudain le ciel au-dessus d'eux se déchira, les femmes, l'une après l'autre, disparurent entre les rochers. Une seule resta, qui leur parla dans la lumière devenue lueur.

— Tu vas le perdre ! prédit-elle.

— Oh non ! répondit Maria, soudain apeurée.

— Tu le retrouveras. Mais tu vas le perdre !

Un souffle glacé entoura les deux jeunes gens. La nuit de Noël reprit ses droits. Froide et noire. Le falot était éteint. Un minuscule croissant de lune apparut au-dessus d'eux. Sans un mot, Germain saisit la main de Maria. Ils marchèrent d'un pas tremblant, trébuchant sur le sol dur.

Jean Dumond avait laissé une torche devant la maison. Ils l'aperçurent de loin. Mais dans le cœur de Maria, aucune éclaircie n'apparaissait. Elle pleurait au moment où il fallut se séparer.

— Ne va pas croire à tout cela ! supplia Germain. J'y vois le symbole de la peur de se quitter.

— Peut-être avons-nous rêvé !

— Sois-en sûre ! Je demanderai ta main à ton père comme je te l'ai dit.

Il repartit trois jours plus tard.

Les cartes postales se succédèrent d'une semaine à l'autre. Maria déposa dans un coin de sa mémoire cette expérience du soir de Noël. Au début de l'été, elle l'avait presque oubliée.

Quand, à partir du mois de juillet, elle cessa de recevoir du courrier de Germain, elle ne se formalisa pas plus que cela. Le jeune facteur venait porter quelque pli destiné à son père, mais rien pour elle. Elle faisait bonne figure, l'installait devant l'âtre, lui offrait un verre de cidre.

— Vous inquiétez pas ! répétait Auguste. Il a dû partir au camp militaire de La Courtine. Il paraît qu'ils ont construit un quai exprès pour eux à la gare de Limoges pour faciliter leur embarquement.

Le temps passant, Maria commença à s'alarmer. Lui revint alors la prédiction de la femme dans la forêt : « Tu vas le perdre. » Au vu de sa mine contrite, Jean Dumond dut mettre sa fille devant l'évidence.

— Je te l'avais dit, c'est pas un garçon pour toi ! Depuis qu'il est maire du village, son oncle nous regarde tous d'un peu haut ! Le voilà tout tourneboulé par sa nouvelle charge. Sa femme salue à peine ses concitoyens dans la rue. Ils ont dû lui dénicher un bon parti à Limoges ou ailleurs. Oublie-le, trouve-toi un brave paysan du coin.

Maria ne pouvait pas se résoudre à gommer Germain de sa mémoire. Pourtant, les mois passaient, aucune carte n'arrivait. Elle ressortait de temps en temps celles qu'elle avait reçues, parcourait de nouveau l'écriture penchée qu'elle connaissait par cœur. Rien n'indiquait qu'il allait cesser cette correspondance. Elle décida de recommencer à lui écrire. Elle lui demanderait des explications. Peut-être daignerait-il lui fournir la raison de son silence. Mais avant d'engager une tentative aussi hardie à ses yeux, il lui fallait retourner voir les nymphes afin de trouver près d'elles quelque encouragement. Elle entreprit de s'enfoncer dans la forêt alors qu'arrivaient les premiers signes de l'automne. Persuadée qu'il s'éteindrait, elle abandonna son falot sous une pierre dans le mur du puits. S'il restait allumé, il l'aiderait à vite retrouver la maison à son retour.

Elle remonta le champ, s'attarda à la lisière du grand bois, hésita un instant, pénétra enfin dans la masse sombre qui l'ensevelit. Il lui semblait qu'une voix intérieure la guidait. Malgré des branches mortes qui entravaient son chemin, plusieurs chutes sur les feuilles humides, elle avançait. Quand elle arriva près du cercle nu et des rochers moussus, la danse avait commencé. Les quatre femmes se tenaient par la main, leurs pieds ne touchaient pas le sol, leurs robes entraînées et fluides formaient un rideau léger autour d'elles. Il lui semblait qu'un brouillard vaporeux les auréolait. Un vent doux chantait dans les arbres. Maria resta ainsi à contempler ce spectacle jusqu'à ce qu'une des femmes émerge du cercle, volant au-dessus d'elle. La jeune fille sentit son cœur se serrer comme à l'annonce d'une mauvaise nouvelle. Cette sensation dura le temps d'un soupir. Elle ferma les yeux, tenta de se raisonner. Le visage de Germain lui apparut, lointain et imprécis, puis disparut tout à fait. Un air froid caressa ses joues. Le songe s'était évanoui. Ne demeurait que la lumière blafarde de la lune qui baignait le cercle nu.

Elle fit demi-tour. Une appréhension curieuse lui serrait le cœur. Quel avertissement lui envoyaient ces femmes qui emplissait son cerveau comme une outre vide ? Elle aurait pu rester longtemps à se poser la même question si, au matin, un geai n'avait pas frappé à la fenêtre de sa chambre. Elle l'aperçut qui caquetait comme une poule, donnant des coups de bec sur les carreaux. Elle sortit brusquement. L'oiseau lui fit face, le regard insolent. Il s'envola enfin, prenant la direction de la forêt, battit des ailes au-dessus des arbres, disparut à l'aplomb des rochers moussus. Pour Maria, c'était un signe. Germain l'encourageait à lui écrire. Elle se précipita dans sa chambre, ouvrit le tiroir de sa commode, y trouva une dernière carte postale vierge qui représentait la ville d'Uzerche se mirant dans les eaux de la Vézère. Sa main hésitante arriva à former les mots qu'elle choisissait avec attention. Elle donnait à Germain de ses nouvelles, s'étonnait poliment de ne plus en recevoir, terminait par une formule indiquant son désappointement. Elle confia cette bouteille à la mer à Auguste qui, justement, venait lui demander si elle acceptait de sortir avec lui pour une veillée chez des personnes du bourg. Elle déclina l'invitation du jeune facteur.

Octobre passa sans réponse. Novembre ne fut pas plus fructueux. Germain semblait s'être évaporé dans la nature ou peut-être n'avait-il jamais existé. Maria se demanda s'il n'était pas une simple illusion, comme les femmes rousses qui dansaient devant ses yeux à la tombée de la nuit.

Restait la messe de Noël. Germain allait terminer son armée, il aurait bien une permission. La promesse après un baiser remonta à la surface, plus précise, ramenant des questionnements et des incertitudes. Elle l'attendit les jours précédant la fête de la Nativité, en vain. Elle descendit au village, passa devant la maison de son oncle. Les volets, entrouverts malgré un temps gris, ne devaient pas apporter beaucoup de lumière à l'intérieur. Elle ne vit pas la fumée épaisse que crachait la cheminée et pensa le logis vide. Elle le chercha pourtant du regard ce soir-là, quand, arrivés sur la place de l'église, tous les paysans se regroupaient en chantant. Un froid vif saisissait l'assemblée, des langues de buée sortaient de chaque bouche, les pieds commençaient à geler. Maria se tourna vers Marguerite. Elle avait la morve au nez et reniflait malgré un bonnet de laine enfoncé jusqu'aux yeux. Ses petits doigts mal protégés par des mitaines s'accrochaient au manteau de Maria, tandis que Louise donnait la main à Léonard.

Maria sentit soudain un souffle chaud près de son visage. Le cœur rempli d'espoir, elle se retourna vivement et découvrit le facteur Auguste qui lui souriait.

— Bonsoir, mademoiselle Maria, vous voilà bien refroidie !

— Pourquoi ? répliqua-t-elle ironiquement. Vous êtes brûlant dans votre habit du dimanche ?

Il ne répondit pas, Auguste, mais il aima la manière dont elle se défendait. C'était décidément une jeune fille de caractère qui lui tiendrait bien son ménage pendant qu'il parcourrait le pays à distribuer le courrier.

— Voulez-vous prendre mon bras pour rentrer à l'église, mademoiselle Maria ?

Elle soupira, fit une dernière fois des yeux le tour de l'assemblée et accepta la proposition du garçon.

* *
*

Germain n'avait pas cessé d'écrire à Maria. Il avait fait provision de cartes postales et profitait du timbre offert par l'armée chaque semaine pour cette correspondance. En septembre, la traversée d'un cours d'eau encore tiède, une marche forcée de plusieurs kilomètres, la sueur qui collait à la peau puis se refroidissait, les vêtements humides toute une journée eurent raison de sa santé. Affaibli par une toux persistante et une fièvre de cheval, il dut se rendre au dispensaire. Les épreuves commencèrent alors. Un des infirmiers lui enfonça un vieux thermomètre dans le derrière puis, non satisfait du résultat qui paraissait extravagant, il le lui enfila dans la bouche. Cédant à la réalité, il le mit au lit et le laissa à son mal une journée entière. Enfin, le médecin-major daigna se déplacer jusqu'à la chambrée pour découvrir un homme livide qui toussait presque sans interruption, dont la fièvre ne baissait pas. Le militaire l'ausculta avec plus d'attention qu'habituellement et comprit vite que le traitement traditionnel qui consistait à prescrire trente grammes de sulfate de soude ne suffirait pas. Germain fut envoyé dans un hôpital du centre-ville de Limoges. Il y resta un mois entre la vie et la mort. Vers la fin de son séjour, quand il retrouva quelques forces, il recommença à écrire à Maria. Il continua lorsqu'il revint à la caserne. Il persista jusqu'à Noël. Il ne reçut jamais de réponse.

Sa permission signée, il se rendit à la gare des Bénédictins, emprunta la ligne Limoges-Brive et descendit à Lubersac. Devant sa mine de convalescent et une toux persistante, sa tante l'installa dans un fauteuil en châtaigner, l'étouffant sous de vieux coussins, activa le feu dans l'âtre, lui mijota de bons plats limousins bien nourrissants dont il faisait peu de cas et lui interdit de sortir.

Le froid s'accentua cet hiver-là. L'eau des étangs gela, des gouttières de glace se formèrent sous les toitures. Le givre recouvrit les herbes sauvages le long des fossés, leur donnant des mines de fête quand le soleil pâle et lointain daignait poser ses rayons sur elles.

La tante de Germain s'entêta à maintenir un feu d'enfer à la maison. Elle avait raison. L'air sec de la pièce et des tisanes de thym et de miel le soulagèrent de sa toux. Il retrouva des joues roses, son appétit revint.

— Tu pourras venir avec nous à la messe de Noël ! lui annonça-t-elle. Te voilà guéri, maintenant.

Germain se redressa de son fauteuil, laissa tomber à terre la revue agricole qu'il lisait.

— Tu te souviens de cette veillée au domaine du Maleuvrault ? lui demanda-t-il.

— Tu ne vas pas t'enticher de cette pauvresse qui a perdu sa mère, élève ses sœurs et va traire les vaches chaque matin ! s'écria sa tante, très au fait de ses sentiments. Tu mérites mieux. En plus, elle n'est pas très belle ! Jean Dumond ne s'occupe pas correctement de ses filles, comme s'il leur reprochait la mort de sa femme. Les deux petites vont à l'école au village, on dirait des malheureuses dans leurs manteaux usés jusqu'à la corde.

Germain se persuada que sa tante savait pour leur correspondance. Il n'aima pas cet air hautain qu'elle prenait alors qu'elle était elle aussi une paysanne, malgré la charge de maire de son mari. Et puis elle ne devait pas avoir bien regardé Maria car, aux yeux du jeune homme, c'était une vraie beauté. Quoi qu'il en soit, il irait à la messe de Noël et se débrouillerait pour lui parler.

Il eut une quinte de toux à l'instant où il prit la route, ce qui le retarda. Il tenta de contenir ses émotions, but un verre d'eau, se couvrit du mieux qu'il put et sortit dans le froid.

Il arriva dans l'église au moment de l'élévation. Un silence religieux enveloppait l'assistance en prières, comme si Dieu posait sa main sur la tête de chacun pour la maintenir inclinée. Il chercha un siège vacant, n'en trouva pas. Il se réfugia contre un pilier et, le cœur plein d'espoir, s'enquit de trouver Maria. Il l'aperçut enfin, toute menue, avec ses deux petites sœurs blotties contre elle, le dos courbé, ses cheveux clairs qui débordaient de son bonnet, son profil de médaille. Il crut même qu'elle pleurait. Il sentit sa respiration s'accélérer et fut pris d'une bouffée de bonheur jusqu'à ce qu'il découvre près d'elle un homme jeune et apparemment bien portant, dont la moustache frisée semblait frémir à chaque fois qu'il se penchait vers elle. Il lui murmurait à l'oreille, déclenchant des sourires encore timides, lui caressait le dos. Sous l'effet de la déception, il fut pris d'une quinte de toux qui l'obligea à sortir. Sa détermination s'effondra comme un château de cartes. Germain n'irait pas contre le destin. Il avait assisté impuissant à la mort de ses parents, emportés par une fièvre typhoïde, il avait accepté la maladie comme une épreuve supplémentaire. Maria ne serait jamais à lui, il allait se mettre dans la tête cette évidence jusqu'à ce qu'il l'oublie tout à fait, ce qui ne manquerait pas d'arriver. Lui revint comme un songe ressuscité la découverte du cercle nu et des danseuses dans la forêt du Maleuvrault, le Noël précédent. Elles avaient raison, ces femmes aux cheveux roux ! Maria allait perdre Germain. Ce souvenir anéantit ses dernières volontés.

Il reprit le train à Lubersac le lendemain de Noël.

Des deux phrases prononcées par les nymphes, Maria et Germain ne retinrent que la plus pessimiste. Leur mémoire ayant effacé celle porteuse d'espoir.

9

Au fil du temps

L'hiver restait le temps de l'attente. Malgré le froid qui engourdissait les corps, la souffrance des pieds et des mains couverts d'engelures, les petits matins où l'envie prenait chacun de rester au fond de la couette tant les chambres étaient glaciales, le givre dessinant sur les vitres des frises comme des myriades de minuscules fleurs. En mars, après le dégel, le sol s'offrait de nouveau aux paysans. Une terre pauvre, découpée, morcelée, concédant des parcelles restreintes surtout de seigle et de froment, juste pour fabriquer le pain et obtenir de la paille pour les bêtes, l'hiver. C'était cela, le Limousin. Un pays resté presque à l'abandon avec ses plaines, ses versants, ses collines et ses hauts plateaux envahis par une végétation sauvage, tantôt drue, grasse et prometteuse, tantôt clairsemée, maigre, mais parfumée et toujours un régal pour le bétail. Un printemps pluvieux était annonciateur d'une fenaison abondante. Après tout, le seul commerce valable, dans ces contrées, demeurait celui des bêtes. La terre les nourrissait.

Jean Dumond avait cessé son activité de chaumier depuis presque six mois. Il lui tardait de reprendre sa besogne. Mais le travail ne manquait pas, l'hiver, à la maison. Dégager les taillis en enlevant le bois mort mis à sécher, restaurer les clôtures, sortir les bêtes le matin, les rentrer le soir, les nourrir, assainir l'étable, à la veillée, éplucher les châtaignes et réparer les outils.

Antoine avait quitté l'école après son certificat d'études. Il allait maintenant travailler à temps plein avec son père. Il était content.

À la fin du mois de mars, Jean Dumond fut approché par un hobereau de petite noblesse comme il en existait tant dans cette région pour recouvrir une grange ovalaire. Les années, les intempéries ayant eu raison de l'étanchéité de la toiture.

Il se rendit sur place, prit des mesures, calcula le nombre de bottes de seigle à acheter, vérifia la charpente, son ogive et sa pente.

Tout était conforme à ce qu'il attendait d'une architecture de cette sorte. Il remarqua cependant la vétusté des portes de la bergerie et du mur d'enceinte dont les pierres apparaissaient, par endroits, descellées.

— Il va falloir trouver un bon maçon, et un menuisier ! recommanda-t-il au propriétaire. Si vous voulez un résultat parfait, il y a tout à reprendre.

Il vérifia le plancher du fenil, il était entièrement jointé. L'étable se révéla propre, une rigole avait été creusée pour évacuer le fumier facilement. Enfin, la paille par terre semblait changée régulièrement.

— C'est du beau travail ! observa-t-il. Vos bêtes doivent être en bonne santé.

— C'est dans mon intérêt, fit Baptiste Mazeaud en caressant sa moustache. Mes vaches représentent une grande partie de mes revenus. Mes terres sont trop parcellées pour donner un bon rendement. C'est tout juste si la récolte de seigle et de blé suffit à entretenir ma famille et mes métayers.

— « Qui a du foin a du pain » ! ajouta Jean Dumond en souriant. Le foin nourrit le bétail, qui produit du fumier, qui fait pousser blé et seigle.

— C'est pour ça qu'on aime les pluies du printemps.

La grange était séparée de la maison d'habitation par une clôture en châtaignier. Jean Dumond observa alentour le parc agrémenté d'un bassin rond, les vieux cèdres dont les branches tombaient sur une serre collée à la demeure. Sur le bord de l'allée principale, un tilbury attelé à un cheval bai semblait attendre son propriétaire.

Autour de la grange, malgré un ordre apaisant, la boue régnait sur l'herbe après un hiver pluvieux. Les pattes puissantes des vaches avaient formé des trous dans le sol jusque devant la porte de l'étable.

— Nous devrons contourner les traces laissées par les animaux ! remarqua Jean Dumond. Sinon nous nous embourberons.

— Vous vous organisez comme bon vous semble, s'écria Baptiste Mazeaud. Nous allons faire affaire, ajouta-t-il en le précédant vers la grosse bâtisse.

Ils pénétrèrent dans une vaste pièce située à l'arrière. Les domestiques s'activaient autour des fourneaux. Une odeur de viande fraîche et d'herbes du jardin effleurait les papilles, alors que chauffait à blanc une cuisinière flambant neuve dont le four aurait pu cuire un mouton. Baptiste Mazeaud offrit un verre de cidre à son maître d'œuvre, tandis que ce dernier lui soumettait le prix au mètre carré de son travail, le temps à passer. L'affaire fut conclue par une poignée de main. La parole donnée avait valeur de billet signé.

Au trot de son ânesse, Jean Dumond rejoignit Lubersac pour passer commande au père Marsac d'une grande quantité de gerbes de seigle. Pendant ce temps, à la maison, Antoine avait aligné sur un établi tous les outils du chaumier, après les avoir lavés et graissés. Rien n'était plus encourageant qu'un projet concret.

* *
*

Ce fut également le temps de l'attente pour les trois voyous qui aiguisaient leurs armes contre Jean Dumond. Les chemins boueux, le froid, l'humidité eurent raison de leur plan qu'ils durent remettre au printemps.

Afin d'échapper à la maréchaussée, ils se cachèrent quelques semaines dans les bois entre Uzerche et Lubersac, se rapprochant du moulin de la Loyre pour faire main basse sur quelques poignées de farine, quand le meunier avait le dos tourné.

Quand ils en eurent assez de manger des châtaignes crues et du blé moulu, Joseph proposa à ses compagnons de se mettre à l'abri dans la masure de sa femme, située à peu de distance, sur la commune de Ségur-le-Château. L'idée de se retrouver à l'abri et de manger à leur aise les séduisit. Mais la réalité les rattrapa.

C'était une misérable maison construite en torchis, recouverte d'un chaume si pourri par endroits qu'il pleuvait au-dessus de la paillasse des enfants. Le carré de terrain et l'habitation appartenaient à une veuve qui logeait dans une grosse bâtisse avec ses deux fils et leurs familles, à peu de distance.

Marinette, la femme de Joseph, trouva un matin son mari et ses deux compères sous l'auvent derrière la maison, trempés comme des soupes, sales comme des cochons.

— Je t'avais dit de ne jamais les amener ici ! s'écria-t-elle. Ouste, allez-vous-en !

— Marinette ! On a faim, on a froid ! N'as-tu pas quelque charité chrétienne pour le père de tes gosses ?

Il lui caressait les épaules. Flottaient dans l'air l'odeur aigre de son corps et son haleine fétide.

— Filez vous laver au ruisseau ! On verra après !

— Mais Marinette, l'eau est glacée, on va attraper la mort.

— Grand bien vous fasse !

Elle poussa ses petits dans la maison et referma vivement la porte.

Se montrant impuissant, Joseph leva les yeux au ciel.

— Elle est pas commode ! constata Riquet. On pourrait la forcer !

— Si tu touches à un seul de ses cheveux, je te tue !

La menace paraissait sérieuse. Riquet baissa les bras en signe d'entendement.

Enfin, connaissant la détermination de sa femme, Joseph soupira, mit ses mains dans ses poches et se dirigea vers le ruisseau situé au bas du pré. Jacquot le suivit le premier, sifflotant pour se donner du courage. Riquet était un coriace. Il était bien décidé à ne pas se laver. Cette occupation étant à ses yeux inutile et contre nature. Il emboîta cependant le pas à ses compères.

Marinette en aurait pleuré de savoir son homme et ses acolytes dans les parages. Elle n'ignorait rien de leur état d'esprit. Fainéants comme des loirs, le peu d'argent qu'ils arrivaient à gagner leur filait entre les doigts comme l'eau de la source. Ils n'étaient satisfaits que les poches vides et le gosier bien arrosé. Les aubergistes les connaissaient bien, tous ces malheureux incapables de garder le moindre sou. Elle présageait de gros problèmes. Elle observa ses trois loupiots, deux garçons et une fille. Elle espérait pouvoir les envoyer à l'école un de ces jours. Dans l'instant, ils représentaient une charge. Il fallait les nourrir, éviter qu'ils attrapent froid, donc ne pas ménager le feu dans l'âtre et, pour cela, être sans arrêt à la recherche de bois mort. Elle cuisait dans la grande marmite des raves, un chou, des oignons, quelques pommes de terre les jours de fête, cela suffisait. La veuve chez qui elle travaillait lui fournissait tous ces légumes, ainsi qu'un morceau de lard de temps en temps. Elle comptait aussi sur une de ses belles-filles pour lui donner en cachette des œufs ou une carcasse de poulet qu'elle cuisait avec la soupe. Bref, bon an, mal an, elle y arrivait puisqu'elle ne pouvait s'en remettre à son fainéant de mari. Et le voilà qui surgissait avec sa bande d'incapables.

— Fourre du bois dans le feu ! ordonna-t-elle à son aîné, un enfant d'environ six ans, tandis que les deux petits qui marchaient à peine, déambulaient à travers la pièce en se cognant tantôt sur une chaise, tantôt sur un pied de la table, pieds nus, la morve au nez.

Elle les observa un instant.

— Il faut que je vous lave ! s'écria-t-elle. Je crie contre votre père et je vous laisse aussi crasseux que lui.

Elle trouva un vieux morceau de savon que la veuve lui avait donné. Il n'était pas question pour elle d'arriver au travail sans s'être débarbouillé la figure et lavé les mains. La maîtresse ne l'aurait pas accepté. Même si sa tâche consistait à plumer les volailles, éplucher les légumes, passer le balai dans la grande cuisine et récurer les casseroles. Elle se saisit d'une bassine, l'installa sur le feu, la remplit de l'eau rapportée du puits. Comprenant le projet de leur mère, les petits allèrent se cacher sous leur couette en hurlant. Marinette soupira. Elle était fatiguée de cette vie de solitude et de misère. Elle posa ses mains sur ses hanches, tourna la tête vers la pauvre fenêtre aux carreaux cassés. Un souffle de vent soulevait la feuille de papier journal qu'elle y avait collée pour colmater le trou. Elle aperçut, remontant le pré, trois hommes qui d'un bon pas rejoignaient sa maison. Dans un réflexe de protection, elle se précipita vers la porte et en tourna la clé avant de la mettre dans sa poche.

Joseph tambourina contre le battant fermé. Il cria, supplia, rien n'y fit. Marinette attendit, silencieuse, un bon moment, mais, consciente qu'elle ne pourrait pas rester indéfiniment enfermée dans la maison, elle ouvrit la fenêtre. Les trois hommes, assis sur le perron, mâchouillaient des brins d'herbe. Joseph se précipita.

— Marinette, tu peux pas nous laisser dans le froid, sois charitable !

— Tu n'as que ce mot à la bouche. Allez me chercher du bois, fainéants ! Vous ne voyez donc pas que le bûcher est vide. C'est ton gamin de six ans qui court la campagne pour en trouver pendant que tu te vautres dans la fange !

— Marinette ! Donne-nous un peu de soupe ou un morceau de pain noir !

— Si tu travaillais, tu en aurais.

Elle ferma brutalement l'huis et, sans attendre, posant la bassine remplie d'une eau maintenant tiédie devant la cheminée, alla cueillir deux bambins miséreux retranchés sur leur paillasse.

Elle craqua, Marinette. Le Joseph était son homme, la couvée d'enfants lui appartenait autant à elle qu'à lui. Il finit dans le lit conjugal à condition de ne pas toucher à sa femme et après avoir ramassé quelques branches mortes si humides qu'elles fumaient en se consumant, piquant gorges et poumons, assombrissant chaque jour davantage les poutres du plafond. C'était leur lot. La pièce ressemblait depuis longtemps à une caverne tant les murs chaulés recevaient de suie noire.

Le Riquet et Jacquot n'eurent pas le droit de rentrer dans la maison. Ils s'installèrent dans le bûcher, partageant l'espace avec de la poussière de bois, des fils de fer rouillés, des chiffons pourris, une vieille casserole dans laquelle se cuisait jadis la baccade du cochon. Mais c'était en d'autres temps. Marinette leur distribuait une assiette de soupe par jour à condition qu'ils rapportent du bois pour le confort des enfants, disait-elle. Un mot chic qu'elle avait entendu dans la grande maison.

Deux mois passèrent ainsi. Deux mois de calme avant la tempête. Marinette partait chaque matin au travail, silhouette légère vêtue d'une cape de droguet, coiffée d'un bonnet de laine qui protégeait ses cheveux noirs ajustés en chignon. Elle traversait une prairie humide, remontait une colline et longeait une charmille jusqu'à la grosse maison, mouillant à chaque fois la paille posée dans ses sabots. Elle tenait par la main son fils aîné, qu'elle remettait au berger. Pour quelques sous, l'enfant aidait à sortir les moutons et à nettoyer la bergerie. Une très vieille femme du voisinage, respirant la misère et l'abandon montait chaque matin tenir compagnie aux deux plus petits. Marinette les enfermait dans la maison, manière de démontrer aux intrus les limites de leur territoire.

Joseph avait beau crier au scandale, c'était sa famille ! Rien ne la fit jamais céder. Un soir cependant, après deux jours d'absence, les trois hommes réapparurent, passablement ivres. Leur nature revenant au galop, ils avaient dérobé dans une maison du bourg un tonneau de vin. Enfin, ils n'avaient plus froid. Le plus atteint était bien entendu Jacquot dont la carcasse maigre et la jeunesse eurent du mal à supporter de tant boire. Ils furent privés de leur soupe quotidienne. En revanche, Marinette laissa entrer Joseph. La relative chaleur de la pièce, l'esprit troublé par l'alcool, il sauta sur elle, la tira jusque dans l'alcôve, la coucha sur la paillasse humide. Ne sentant plus ses forces, il l'immobilisa sous ses genoux, pendant que ses mains avides dégrafaient le caraco, soulevaient le jupon, fouillaient sous la chemise de coton jusqu'à ce qu'il trouve ce qu'il cherchait. Privé depuis si longtemps d'un corps féminin, ses forces décuplées par son désir, il la pénétra sans manière, heureux comme un prince.

Marinette cessa de combattre quand elle comprit qu'elle ne gagnerait pas la partie. Et après tout, elle aussi avait besoin de satisfaire ses sens. Elle prit du plaisir et s'en trouva enchantée comme si elle avait été l'instigatrice de ce moment. Mais elle mesurait les conséquences de cet acte.

— S'il en vient un quatrième, murmura-t-elle à l'oreille de son homme. Je t'en fais cadeau, emporte-le au diable avec toi !

Les trois enfants, surpris d'un tel désordre, se réfugièrent les uns contre les autres dans un coin de la pièce, juste en face de cet étonnant remue-ménage. Ils assistèrent avec stupeur au spectacle du père donnant des coups de hanche sur sa femme, entendirent sans comprendre les gémissements de la mère. Pensèrent que cela durerait toute la nuit. Quand soudain Marinette se redressa, les cheveux en bataille, passant le dos de sa main sur son front luisant et les découvrant. Tandis que son homme tombait comme une masse sur la paillasse, elle se mit à hurler.

— Allez vous coucher ! Ne restez pas là à bayer aux corneilles ! Ouste !

Vint enfin le printemps. Quand les bourgeons des arbres explosaient, les herbes sauvages fleurissaient, le bétail se gorgeant de leur saveur.

Le Riquet partit un matin sans demander sa soupe, ses sabots claquant sur les pierres du chemin, Joseph et Jacquot restant. Ils l'attendirent trois jours. Quand il revint, il frétillait comme un gardon à l'idée du grand projet qu'il avait élaboré.

— Compagnons ! s'écria-t-il en ralliant ses comparses. Le bon Dieu est avec nous. J'ai retrouvé Jean Dumond, il refait la toiture d'une grange ovalaire près de Lubersac. On le tient !

Ils quittèrent la maison de Marinette sans un regret, sans un au revoir, sans un regard derrière eux. Il leur semblait partir gagner la bataille d'Austerlitz.

10

Des projets concrets

Maria se mit à dépérir quand arriva le printemps. Elle n'avait pas vu Germain à Noël, mais avait appris qu'il était bien chez son oncle et sa tante. Au cours de l'hiver, elle s'évada à plusieurs reprises, prétextant une course pour acheter de la laine ou du fil, profitant de ses sœurs à l'école pour les accompagner ou les attendre le soir. Au village, elle tourna autour de la maison familiale de Germain, croisa sa tante devant l'église, mais rien n'indiquait qu'il était revenu.

Elle surprit un jour une conversation à l'épicerie. Elle apprit que Germain avait dû quitter l'armée, sa santé éprouvée par une maladie des poumons, ne lui permettant pas les exercices quotidiens que devaient endurer les jeunes recrues.

— Si c'est pas une honte ! disait la commerçante. Un garçon qui ne termine pas son temps sera difficile à marier. La fille y regardera à deux fois.

— Il paraît qu'il a repris des études, rétorqua la cliente. Sa tante se rend à Limoges chaque début de mois pour payer son loyer et lui donner son argent de poche.

— C'est bien normal, ils ont touché le gros lot quand les parents du garçon sont morts. Et n'ayant pas d'enfants, l'oncle et la tante reportent leurs ambitions sur lui. Mais quand même, un jeune qui n'a pas fini son temps ! Qu'est-ce que je vous sers d'autre, madame Ducloux ?

Elle n'avait pas eu la force d'en entendre plus, Maria. Elle avait quitté la boutique sans demander son reste. Ce fut à ce moment-là qu'un geai vola au-dessus d'elle en criant comme s'il était poursuivi, se posant sur la branche d'un vieux tilleul. Il lui sembla que cet oiseau l'avertissait de quelque espoir. Ne l'avait-elle pas déjà vu cognant son bec contre la vitre de sa chambre ? Il l'observait de ses pupilles noires en donnant des coups de tête à droite et à gauche.

— C'est un signe ! murmura-t-elle.

Elle traversa la place d'un pas alerte, pénétra dans le bureau de poste. Auguste ayant terminé sa tournée, il tenait le guichet.

— Mademoiselle Maria ! Quelle bonne surprise !

— J'ai besoin de votre aide !

— Je vous écoute.

La pièce étant vide, elle fit part de sa démarche en toute confiance.

— Vous êtes mon ami, Auguste, n'est-ce pas ?

— Oh, mademoiselle Maria ! Ne doutez pas de mes sentiments pour vous !

— Connaissez-vous l'adresse de Germain à Limoges ? Sa tante doit bien lui écrire de temps en temps !

Il pâlit, Auguste. Il n'avait pas prévu le coup. Il se reprit vite :

— Je n'ai pas le droit...

— Alors vous n'êtes pas mon ami !

Elle s'apprêtait à quitter l'endroit, il allait la perdre.

— Attendez, je vais vous aider.

Il lui donna l'adresse, lui offrit une carte postale magnifique représentant un bouquet de violettes dont les pétales avaient été rehaussés à la main. Enfin, il colla le timbre et patienta jusqu'à ce qu'elle ait rédigé le mot simple, mais plein de son amour sincère.

— Je compte sur vous pour la faire partir dès aujourd'hui. N'est-ce pas, Auguste ?

Cette manière de lui parler le déstabilisa un instant. Mais sa détermination restait entière.

— Vous pouvez, mademoiselle Maria.

Elle lui sourit, le remercia et sortit.

C'était à la fin du mois de mars. En mai, aucune réponse ne lui était parvenue. Le printemps fut, pour elle, synonyme de désenchantement. Elle allait avoir dix-neuf ans, elle aurait dû respirer la santé, avec sa fraîcheur toute juvénile, elle se flétrissait comme une fleur trop longtemps soumise à un manque d'eau.

Jean Dumond pensa qu'elle travaillait trop depuis la mort de sa mère. Il avait prévu qu'elle allait vieillir vite devant l'abondance des tâches que représentaient la charge de ses deux sœurs et le maintien de la maison. Il lui enleva la corvée du bois à rentrer et la donna à Marie Borderie. Cela ne changea rien à son comportement. Alors il se dit que le seul moyen de la voir se réveiller était de la marier. Elle semblait avoir oublié le jeune Germain et le facteur Auguste lui tournait autour. Ce ne serait pas si mal qu'elle épouse un postier. Elle irait vivre au village et pourrait s'offrir une petite bonne.

Alors qu'il se rendait un matin sur le chantier en cours, Antoine étant resté coucher sur place, il croisa Auguste qui partait en tournée. Le nez au vent, la moustache perlée de gouttes de rosée, il salua Jean Dumond courtoisement, tandis que celui-ci tirait sur les rênes pour arrêter Fanchon.

— Dites-moi, Auguste ! commença le chaumier sans préavis. Elle vous plaît, ma fille Maria ?

— Ah, moussu ! Comment qu'elle me plaît ! fit le jeune homme, désorienté.

— Il se pourrait que je vous la donne en mariage. Réfléchissez-y et venez me faire une proposition.

— Mais je n'ai pas grand-chose ! Moussu, mes parents sont métayers.

— Et la petite maison du bourg que vous habitez ?

— Elle a besoin d'être rafraîchie. Elle est trop modeste pour une personne comme Maria. Un héritage d'une vieille tante.

— Je peux vous y aider, si vous voulez bien. Mais ma fille n'a que l'ambition de servir un homme, rien de plus. Je vous attends un de ces jours, nous ferons le point sur ce qu'elle va vous apporter, vous ne serez pas déçu, croyez-moi.

Mais Auguste n'avait besoin de rien d'autre que de Maria. Son amour pour elle ne se comptait pas en linge, en terres, en sous. Il désirait juste la coucher dans son lit et lui faire de beaux petits.

Il s'en alla le long des routes ce jour-là tout drôle, mais aussi inquiet. Maria en aimait un autre. Comment allait-elle prendre la demande que Jean Dumond l'obligeait à précipiter ?

* *
*

Afin de mener à bien son projet, le Riquet avait besoin d'une boîte d'allumettes. En effet, il prévoyait de mettre le feu au chaume que Jean Dumond était en train de refaire. Pendant qu'il commettrait son méfait, au milieu de la journée, quand les ouvriers s'éloigneraient pour se restaurer, ses deux comparses se rendraient à son domicile. Ils s'assureraient que Léonard et le métayer soient partis aux champs, rentreraient dans la maison et fouilleraient dans le coffre de la chambre. C'était là en général que les hommes rangeaient leurs économies.

Ils traversèrent prairies et bois jusqu'à l'orée de Lubersac qu'ils atteignirent à la tombée de la nuit. Ils se réfugièrent derrière une ferme après que les occupants eurent rentré les bêtes et fermé tous les volets. Ils eurent faim et durent se contenter d'un morceau de pain noir volé à Marinette par Joseph. Le Riquet ne tenait plus en place. L'obsession de la vengeance et l'intention de récupérer un pactole l'excitaient autant qu'un jeune épousé devant une belle mariée.

— Après, fit-il en grattant les croûtes sur ses joues, on file d'ici.

— On va où ? demanda Joseph, intrigué.

— Aucune idée ! En tout cas, on quitte la région. Les gendarmes doivent très vite perdre notre trace.

— Ce serait mieux qu'ils ne sachent pas que c'est nous ! remarqua Jacquot.

— Tu as raison. Il faut rester discret et à couvert.

— Pour les allumettes, on fait comment ? ajouta encore Jacquot.

— C'est toi qui iras à l'épicerie de la place de l'Horloge. Personne te connaît, tu risques rien !

Joseph se taisait. L'idée de quitter le coin lui posait un problème. Il avait renoué avec Marinette et il avait bien aimé son corps chaud, l'autre soir. Mais il voulait sa vengeance. À bien y réfléchir, il était prêt à sacrifier sa femme pendant quelque temps pour cela. Il reviendrait.

Le petit jour les trouva aussi frais que des truites frétillantes. Le Riquet donna quelques sous à Jacquot pour l'achat des allumettes. Ils se donnèrent rendez-vous au carrefour de Saint-Pardoux. Le jeune garçon traversa la lande, se retrouvant sur la route de Ségur, il remonta jusqu'au centre du bourg. Les boutiques étaient ouvertes, mais l'endroit restait vide. Les habitants attendaient que le soleil ait chauffé les façades des maisons pour venir faire leurs emplettes. Il franchit à couvert les quelques mètres qui le séparaient du magasin et, sans se soucier de rien d'autre que de son achat, il fut poli et paya sans manières.

Ce matin-là, l'adjudant Le Normand, monté sur sa magnifique jument noire dont le poil brillait sous la lumière, traversait la place avec à ses côtés un gendarme lui aussi sur un cheval à la robe sombre. L'œil aux aguets, il aperçut Jacquot. Sa haute silhouette dégingandée, ses cheveux en bataille, ses oripeaux sales et déchirés, ses sabots sans paille, rien ne lui échappa.

— Il me rappelle quelqu'un ! s'écria-t-il à l'intention de son collègue.

— Il correspond à la description d'un des trois gaillards qui ont attaqué une veuve pour lui chaparder ses œufs et ses poules.

— Tu vas le suivre discrètement pendant que je vais m'enquérir de ses emplettes. S'il avait volé l'épicière, elle serait déjà à hurler au milieu de la place.

A priori, Jacquot ne les vit pas. Tout heureux d'avoir obtenu un bien en l'achetant, il enfouit les allumettes dans la poche de son pantalon et remonta la place pour rejoindre la route de Saint-Pardoux.

Le gendarme Pichon se mêla à la population qui doucement remplissait ce lieu central. Les charrettes s'agglutinaient le long des trottoirs. Femmes et hommes déversant à qui mieux mieux leur lot de nouvelles. Peu à peu la place grouillait d'une vie ordinaire. Jacquot, sûr de lui, croisait les gens, baissait la tête, mais ne se retourna jamais. À la sortie du bourg, le fonctionnaire arrêta sa jument et suivit du regard le jeune garçon qui bifurqua au carrefour de la Croix-Pierre. Il se souvint qu'à quelques kilomètres de là, sur cette même route, Jean Dumond recouvrait de chaume un bâtiment chez Baptiste Mazeaud.

Pendant ce temps, l'adjudant Le Normand, après avoir attaché sa jument devant la boutique, s'enquit de l'achat du garçon.

— Deux boîtes d'allumettes ! répondit l'épicière. Il m'en a demandé une, mais voyant qu'il avait assez d'argent, il en a pris deux. Il était poli, mais sentait bien mauvais.

L'affaire semblait entendue. Ces gaillards allaient mettre le feu quelque part. Le rapport du gendarme Pichon à son supérieur ne laissait aucun doute. Il n'y avait pas de temps à perdre, le soleil déjà haut avalait la rosée du matin posée sur les gerbes de chaume. Tout s'embraserait vite, encouragé par un air doux qui traversait la campagne.

11

Le drame

Jean Dumond se recula pour mieux apprécier le travail qu'Antoine et lui avaient déjà accompli. Baptiste Mazeaud avait eu raison de vouloir tout refaire. Avec le temps, l'humidité avait laissé des parties suintantes sur lesquelles se développaient des champignons et de la mousse.

L'œil averti du chaumier lui confirma une pente de quarante pour cent afin que les eaux de pluie s'évacuent au mieux. La finition au fauchet du bord du toit était impeccable.

Ils avaient pratiquement terminé, restait un large trou sur le haut du côté droit. D'ici demain soir, il pourrait maçonner le faîtage avec de la chaux et du ciment comme il en avait l'habitude.

Il était fier de son fils qui semblait, comme lui, prendre du plaisir à accomplir un travail de qualité. La relève s'avérait assurée. Restait à espérer que leur métier ne se perdrait pas dans le grand bouillonnement du modernisme. Quelques propriétaires recouvraient aujourd'hui leurs bâtiments de tuiles. C'était lourd, mais il n'y avait plus rien à craindre de l'humidité et surtout du feu. En revanche, devant cette forme d'architecture, il ne voyait pas comment ce matériau moderne pourrait remplacer son chaume. La surface de la charpente ne pourrait pas supporter un tel poids.

Il en était là de ses réflexions lorsqu'il aperçut Antoine qui, du plus haut du toit, lui envoyait des signes.

— J'ai plus de joncs pour lier les bottes ! criait-il.

Jean se dirigea vers la charrette. Il avait fait le plein au matin, avant de partir. Il en trouva près de la serviette sous laquelle attendaient les galétous du repas. Une odeur d'oignons frits lui chatouilla les papilles gustatives. Spontanément, il consulta sa montre, Il était midi.

— Descends, on va manger, tu continueras après ! cria-t-il à Antoine.

— Je veux finir, envoie-le-moi et commence sans moi, je te rejoins vite !

Jean Dumond grimpa sur l'échelle, tendit à son fils la pelote qui lui permettrait de lier les dernières gerbes posées sur le faîte du toit.

— Dépêche-toi, le galétou sera froid !

Comme convenu, le Riquet, Joseph et Jacquot s'étaient retrouvés au carrefour de Saint-Pardoux et de Troche. Tandis que le premier filait vers la grange ovalaire avec les allumettes, les deux autres, ayant fait demi-tour, redescendaient vers la maison de Jean Dumond. Il y avait environ dix kilomètres, ils en avaient pour deux heures et demie, pas plus.

Tout se passait comme le voyou l'avait prévu, sauf que l'Antoine ne semblait pas vouloir redescendre. Ce détail ne le perturba pas plus que cela. Quand les flammes gagneraient, le garçon serait bien obligé de s'enfuir.

Il traversa l'espace derrière la grange. Les bêtes étaient au pré. Il avait remarqué les portes béantes. Avec les fenestrons également ouverts à l'opposé, cela créerait un courant d'air propice. Quant à Antoine, là-haut sur sa toiture, il lui tournait le dos. Il craqua la première allumette, mais la laissa s'éteindre, tenta une deuxième fois, la troisième fut la bonne. La paille sèche s'embrasa rapidement, provoquant dans un premier temps une fumée blanche épaisse, puis une flamme rouge et jaune s'éleva en dansant. Il avait le cœur qui battait la chamade, le Riquet. Il tenait sa vengeance. Il s'attarda aux abords de la grange afin de contempler le spectacle, il était comme un enfant devant une gâterie. Il ne sentait pas la brûlure du feu sur ses joues écorchées et chassait machinalement les flammèches qui volaient autour de lui. Il leva la tête, aperçut Antoine qui s'agrippait encore au toit, entendait crier de l'autre côté du bâtiment. Quand il distingua la maréchaussée qui pénétrait sur l'espace, il réagit enfin. Ne demandant pas son reste, il prit ses jambes à son cou et dévala la prairie, se tordant les chevilles, tombant puis se redressant.

L'adjudant Le Normand le repéra très vite et ordonna à ses gendarmes de le poursuivre, tandis qu'il aidait Jean Dumond à poser une échelle au plus près de l'endroit où se trouvait son fils.

— Descends ! criait le chaumier à Antoine.

— Attends, j'essaie d'éteindre autour de moi !

— Tu n'y arriveras pas, descends ! insistait-il.

— Il est têtu ! remarqua l'adjudant.

— Il voudrait sauver son travail...

Les flammes gagnaient, se rapprochaient d'Antoine qui tentait de les maintenir à distance en tapant dessus avec une gerbe.

Jean Dumond voyait venir le drame. La charpente était atteinte, il entendait le bois de châtaignier craquer, des trous se formaient après l'effondrement d'une partie de la toiture. Antoine allait être cerné par le feu.

— Antoine, descends ! Laisse !

Devant son père désespéré, l'adjudant et deux gendarmes désolés, Antoine culbuta soudain dans le vide, alors que sous ses pieds s'ouvrait une brèche énorme. Ils entendirent son cri de détresse, le bruit sourd de son corps touchant le sol au moment où s'envolaient vers le ciel une multitude d'éclats incandescents. Jean Dumond sentit sa vie chavirer. Il savait son fils blessé, peut-être mort dans le bâtiment, il lui était impossible d'aller le chercher tant le feu avait gagné. Les voisins accourus aux premières lueurs, ainsi qu'à l'odeur de la fumée, formaient une chaîne humaine. Des seaux d'eau passaient d'une paire de mains à une autre. Ils vidèrent les deux abreuvoirs installés à proximité. Mais comme un géant furieux, le feu se jouait de leurs misérables crachats.

Baptiste Mazeaud arriva enfin, ordonna d'ouvrir la *serve* qui contenait ses alevins. Ils l'asséchèrent, le brasier ne se calma pas. Il déclina parfois, cherchant quelque gerbe à avaler, mais un coup de vent, même un souffle léger le réveillait. Quand cessa cet enfer, la nuit tombait. Une odeur âcre régnait alentour, qui agressait les bronches et révélait l'ampleur du désastre. Ce qu'il restait de la charpente de châtaignier continuait à vibrer, de l'intérieur jaillissaient des fumées noires, comme si le géant soufflait vers le ciel. Il fallut attendre le lendemain matin pour pouvoir évacuer le corps carbonisé de ce pauvre Antoine. Jean Dumond pleura, se souvenant que pour sa femme Marie, même si la nuit avait été longue, il n'avait pas versé une seule larme.

Le Riquet avait pris assez d'avance pour échapper aux gendarmes. Il traversa la rivière, remonta un taillis formé de jeunes pousses de châtaignier et trouva dans un creux, sous un arbre abattu, une cachette invisible à ses poursuivants. Se mêlaient en lui deux sentiments contraires. Son projet enfin abouti, sa vengeance était complète. Mais l'Antoine avait sûrement succombé et cette idée le contrariait. C'était un mauvais garçon dans tous les sens du terme, le Riquet, mais certainement pas un assassin. Il était bien trop lâche pour ça ! Il se donna quelque temps pour réfléchir à sa situation. La nuit tomba, les gendarmes cessèrent leurs recherches. Ils les reprendraient demain au jour. Il serait loin, le Riquet et tant pis si ses comparses avaient réussi leur coup. Il devait disparaître.

* *
*

Autant le Riquet avait soif de vengeance, autant Joseph était plus modéré. Bien sûr, Jean Dumond lui avait porté tort, mais de toute façon il n'aimait pas son métier de maçon et préférait courir les bois à grappiller de droite et de gauche de quoi manger, sans avoir à travailler. Quant à Jacquot, il suivait ses comparses par paresse et parce qu'ils étaient sa seule famille. Ils s'attardèrent sur la route, mâchouillant des herbes, s'enfuyant dans un pré, poursuivis par un taureau découvert au milieu de ces belles vaches limousines à la robe couleur de châtaigne. Ils atteignirent le Maleuvrault tard dans la soirée. Deux petites filles nourrissaient les poules devant la maison. Ils la contournèrent et tombèrent sur Maria et Marie Borderie qui plumaient des volailles. Assises sur des tabourets, elles coinçaient les volatiles entre leurs cuisses et les plongeaient de temps en temps dans une bassine d'eau bouillante.

— Il y a du monde ici ! s'écria Joseph. Ça va pas être facile !

— Et si on abandonnait ! proposa Jacquot. Ou alors on pourrait attendre demain. La nuit ne sera pas trop froide et le Riquet n'est pas à un jour près.

Joseph ne répondit pas. Il connaissait assez le Riquet pour imaginer sa colère s'ils le lâchaient maintenant.

Ils se cachèrent derrière un tronc à moitié pourri, presque soulagés de ne pas avoir à commettre un forfait qui les dépassait.

Mais ce n'était pas un jour ordinaire. Il se passa soudain un événement inattendu. La maréchaussée déboula sur le chemin, s'arrêta devant la maison, attachant les montures sur un piquet et, sur les instructions d'une des fillettes, approcha des deux femmes installées derrière.

Ils entendirent alors des éclats de voix, une agitation presque violente s'emparait des protagonistes. Tous se mirent à gémir en disparaissant dans la maison. À ce moment-là apparurent sur la colline, à peu de distance, la charrue traînée par la paire de bœufs, deux hommes qui redescendirent au pas des bêtes, et un grand bouvier au poil gris. Quand ils atteignirent la cour, les gendarmes les abordèrent et, comme s'ils annonçaient l'apocalypse, un singulier trouble s'empara d'eux.

— C'est le Riquet qui a dû réussir son coup ! chuchota Joseph. Ils vont partir, tu vas voir.

— Le chien va nous surprendre ! s'exclama Jacquot. Il va nous bouffer.

— On va s'enterrer, proposa-t-il en se recouvrant des feuilles mortes et de l'humus agglutiné contre le tronc creux.

Maria ferma les volets, aida ensuite les fillettes à monter dans la charrette que Léonard venait d'atteler et s'assit près de son frère qui tira sur les rênes. Joseph et Marie Borderie, la tête basse comme en prière, se retirèrent dans leur maison. Les deux gendarmes enjambèrent leurs chevaux et, avant de suivre ce triste cortège, contournèrent les bâtiments. Il s'en fallut de peu qu'ils découvrent les deux voleurs, les sabots des bêtes piétinèrent le sol à quelques mètres d'eux, faisant trembler le tronc qui les cachait. Puis ils emboîtèrent le pas des bœufs et disparurent tous au bout du chemin.

— Tu vois, murmura Joseph, je te l'avais dit. Ils sont tous partis. C'est le Riquet qui a fait des siennes ! On va pouvoir y aller.

— Il reste les métayers, et le chien ! remarqua Jacquot.

— Les deux vieux sont des trouillards, ils se sont enfermés chez eux. Pour le clébard, on va voir. Il a peut-être suivi la charrette, sinon il va renifler jusque-là. Je l'attends avec ça ! ajouta-t-il en brandissant une bûche de châtaignier ramassée dans l'appentis derrière la maison.

Le silence de la nature s'empara des lieux. Quelques frémissements dans les grands tilleuls rappelaient le réveil d'un courant d'air. Un mouton bêla dans la bergerie, un vol de pigeons ramiers passa dans un sifflement au-dessus de leurs têtes.

— Il va faire nuit, s'exclama Jacquot, on va rien y voir !

— T'as pas gardé des allumettes ?

— Si ! fit-il en fouillant dans la poche de son pantalon.

— On va bien trouver une chandelle dans la maison. Allez, c'est le moment !

Joseph analysa la situation. Un fenestron ouvert sur le pignon ne possédait pas de volets. S'il dénichait un escabeau ou quelque objet sur lequel il pourrait grimper, il l'atteindrait. Il traversa la cour devant la grange, y pénétra. Les vaches qui s'endormaient, dérangées par cet intrus, meuglèrent ou se levèrent pour donner des coups de patte autour d'elles. Joseph tâtonna un moment avant de repérer un tonneau vide dans le coin de la bergerie où, là aussi, il avait réveillé les moutons.

Il installa sa découverte sous le fenestron, en cassa le carreau, tenta de s'introduire dans la maison. Mais il fallut se rendre à l'évidence, l'ouverture était si étroite qu'il ne put passer son bassin.

— Essaie, toi ! suggéra-t-il à Jacquot dont l'ossature gardait des souvenirs de l'enfance.

Malgré sa maigreur, il dut s'y reprendre à plusieurs fois avant de trouver le bon angle.

Pendant ce temps, Marie Borderie avait elle aussi fermé les volets et mis la soupe à chauffer en ranimant le feu. Les gendarmes ne les avaient pas rassurés. Le pyromane semblait avoir des complices qui peut-être viendraient commettre quelque délit jusque-là.

— Gardez le chien près de vous ! recommanda-t-il à Joseph Borderie. On en a vu courir après un lièvre pendant que la maison était cambriolée.

— Je vais l'attacher dans la cour, proposa le métayer.

— On va le rentrer avec nous ! coupa Marie. Le maître y tient, à sa bête, il ne faudrait pas qu'en plus il lui arrive du mal !

La soirée fut sinistre. Ils avalèrent leur soupe en silence, inquiets de ne pas en savoir plus sur l'incendie de la grange ovalaire. Qu'en était-il de l'Antoine qui grimpait sur les toitures comme un beau diable, et de Jean Dumond qui restait, à ce jour, le meilleur chaumier de la région ?

Soudain le chien redressa sa tête, tourna ses grandes oreilles vers la porte. Des vaches meuglèrent, des moutons bêlèrent. Bayard se leva sur ses pattes, commença à grogner.

Marie regarda son mari, à l'affût de sa réaction.

L'animal grondait toujours, les babines relevées.

— Il se passe quelque chose ! s'écria Joseph Borderie.

— Qu'est-ce qu'on fait ?

— On le fait sortir ! *Aida Dio !*

La porte à peine ouverte, Bayard se précipita dans la cour en jappant comme un endiablé. Joseph Borderie s'empara de son fusil, introduisit une cartouche dans la culasse. Marie saisit la lampe à huile posée sur la table.

Dehors régnait un air doux, comme une invitation à la paix. Lui revint en mémoire la nuit d'orage qui avait précédé la mort de la maîtresse. Elle se signa et murmura soudain, au milieu de la cour :

— Que Dieu ait son âme !

Toutes ces années qui venaient de passer et un drame se tramait encore dans cette famille. Le diable avait posé sa main sur eux. Il faudrait prendre de l'eau bénite et visiter des fontaines pour conjurer le sort.

Bayard fit le tour de la grange et s'empressa vers la maison. Les deux métayers discernèrent un changement dans son comportement. Il avait cessé de courir et ses aboiements se répétaient à une cadence plus soutenue. Ils se dirigèrent vers lui et découvrirent contre le pignon, perché sur un tonneau, un homme en haillons, au-dessus de lui le carreau du fenestron cassé. Joseph Borderie ordonna au chien de se taire et pointa son fusil sur l'intrus.

— Descends de là doucement, sinon je te tire dessus.

Face à son impuissance, le Joseph se mit à ricaner et s'exécuta. Il n'avait pas envie de recevoir une grêlée de plombs. Il se dit qu'il trouverait bien une manière de s'enfuir.

Bayard avait cessé d'aboyer, il reniflait l'intrus, prêt à déchiqueter ses mollets. Il fut conduit dans l'étable du cochon. Alors que Joseph Borderie en refermait la porte, un hurlement retentit dans la nuit, puis des cris de peur. Pensant que le tonneau était toujours à sa place, Jacquot s'était laissé tomber du fenestron et venait d'atterrir par terre à portée de crocs du bouvier.

Il ne resta plus au métayer qu'à le mener près de son complice. Jusqu'au lever du jour, Bayard refusa de quitter l'entrée de la porcherie.

Le lendemain matin, après une nuit blanche, Marie Borderie marcha jusqu'au village pour prévenir le garde champêtre. Dans la journée, les gendarmes vinrent cueillir les deux voleurs dont les poches restaient tristement vides.

* *
*

Jean Dumond avait l'âme d'un paysan limousin. Point chercheur d'aventures, il méprisait au plus haut niveau les inutiles dangers. Il menait sa vie comme courait l'eau dans les rivières de son pays, sans caprice, sans égarement, sans débordements intempestifs sur les plaines alentour, coulant sans humeur au gré des saisons, creusant un lit de sable fin, aimant voir se mirer à sa surface les grands saules aux branches déclinantes.

Il reçut cette épreuve de la vie comme une dette à payer. Ses racines chrétiennes l'incitaient à croire que Dieu pourvoirait au bonheur de ses défunts. Cela ne le consolait de rien. Il pensa un moment qu'un mauvais sort lui avait été jeté. Il savait ses voisins capables de déplacer les bornes entre les propriétés. Mais il n'en soupçonnait aucun apte à porter tort à sa famille. Il s'enferma dans un mutisme pesant. Louise et Marguerite, déjà éprouvées par la mort de leur mère, ne trouvèrent d'autre solution pour conjurer leur chagrin que d'imiter leur père en tombant dans un semblable silence. Léonard, peu loquace d'habitude, oublia de parler de ses problèmes du quotidien. Maria pensa, comme son père, qu'un mauvais sort s'acharnait sur eux. La mort de la mère, la disparition de Germain, maintenant l'assassinat d'Antoine. Elle pria beaucoup entre deux corvées, mais, n'obtenant rien, monta un soir de pleine lune rejoindre la clairière enchantée. C'était une nuit différente des autres. Des nuages couraient dans le ciel, poussés par un vent d'altitude, semblant jouer à cache-cache avec l'astre blanc qui, en disparaissant, plongeait la campagne dans un noir absolu. Maria tenait une lanterne qu'elle élevait au-dessus d'elle pour se guider. Elle trouva sans difficulté le rond de terre crue, les rochers moussus, le silence aussi. Elle s'assit, les oreilles aux aguets, tremblante de peur, comme excitée par cet état curieux qu'elle ressentait. Personne ne vint au rendez-vous ce soir-là. Le cercle nu resta nu. Des rayons de lune l'inondaient parfois. Un hibou hulula, puis traversa la clairière de son vol bas et lourd. Maria aurait pu se sentir seule si une voix ne s'était pas infiltrée dans sa tête. Une voix claire et nette, lui murmurant des promesses auxquelles elle ne croyait plus. Elle frissonna, ferma les yeux quelques secondes. La lueur pâle de la nuit l'habillait comme si elle faisait partie intégrante de la nature. Arbre, brin d'herbe ou simple caillou, Maria se sentait tout cela à la fois. Elle trouva dans sa poche sa boîte d'allumettes, ralluma sa torche sans difficulté et redescendit la colline. Le chien n'aboya pas, il était enfermé dans la grange. Elle retrouva la maisonnée dans son aphasie. Les fillettes devaient être couchées. Léonard réparait une faux sur la table de la cuisine, le père lisait le journal devant la cheminée.

— Eh bien, Maria, s'exclama-t-il, que fais-tu la nuit à rôder dans la campagne ? Tu te déguises en loup-garou ?

Elle ne répondit pas. Elle avait sommeil.

Jean Dumond resta un moment songeur. Son cœur saignait, il en avait l'impression physiquement. Il attendait que la grange ovalaire soit reconstruite. Il la recouvrirait seul. Cette idée le submergeait de chagrin.

La mort d'Antoine apporta un sursis au projet d'union entre Auguste et Maria. Le père avait autre chose en tête et une intention de bonheur ne lui paraissait aucunement décente. Il en oublia aussi la jeune femme au regard triste deux fois croisée ces derniers temps. Se remarier n'était plus une priorité.

12

Le cours de leur vie : Léonard et Maria

Léonard fut appelé pour le conseil de révision l'année de ses vingt et un ans, en décembre 1901. Ses joues rondes et rouges, son regard clair et aiguisé, un corps musclé par les travaux des champs, des membres larges, il portait comme un étendard sa jeunesse au grand air et sa bonne santé. C'était un paysan fier, nourri comme toute sa génération à la revanche de la défaite de Sedan.

Envoyé à Montauban, il fut incorporé à la 11e compagnie du 17e escadron du train des équipages. Il allait partir pour l'Algérie, passer trois ans sous le soleil de l'Afrique, à mener à travers le pays des convois de munitions, de ravitaillements, à bivouaquer en plein désert, à gérer mulets et chevaux le long des sentiers caillouteux jusqu'à des postes reculés.

Il envoya à la hâte une carte à son père dans laquelle il lui annonçait son prochain départ. Jean Dumond ne s'illusionna pas. Il ne verrait pas son fils pendant trente-six mois, car il n'était pas question pour lui de rentrer au pays en permission.

Pour Louise et Marguerite, dont le monde n'allait pas plus loin que l'école du village, l'Algérie se trouvait sur une autre planète. Ahuries, elles demeurèrent une journée entière à ouvrir des yeux ronds comme des billes et à pousser des petits cris d'enfants perdues.

Une formation sommaire obligea Léonard à côtoyer les chevaux et les mules du régiment dont nombre allaient voyager avec sa compagnie. Il était habitué, Léonard, à la cohabitation avec les animaux, mais un bon « trainglot » était d'abord un excellent cavalier, ayant une maîtrise parfaite de sa bête. On lui donna des cours d'équitation dans un manège sinistre, traversé par les courants d'air et éclairé par des becs de gaz qui, la nuit tombée, formaient avec leurs lueurs pâles des ombres gigantesques sur les murs. On lui apprit à panser les chevaux, à les nourrir, ce qu'il savait déjà faire. Pas habituées à rester en selle des heures entières, au bout de quelques jours, ses fesses à vif l'obligèrent à se rendre à l'infirmerie. On les lui badigeonna de teinture d'iode et il reprit ses cours dès le lendemain.

La promiscuité le gêna, lui qui dormait près du foyer, le visage caressé par les reflets dansants d'une flamme maintenue jour et nuit durant l'hiver. Réveillé par le chant des oiseaux ou le hululement d'une chouette, il eut du mal à accepter les ronflements, les éternuements, les rêves bruyants de ses compagnons de chambrée. Mais, plus que tout, il ne s'habitua pas aux odeurs de la cantine.

Le lever avant le jour, le lit fait au carré, le toilette au plus froid de la nuit, devant des lavabos alignés comme des mangeoires, faire ses besoins comme tout le monde dans une tinette dont il fallait assurer le déversement à tour de rôle, tel se résumait le confort de sa nouvelle vie.

La visite médicale avant le départ lui rappela la manière de traiter les bêtes à la foire d'Uzerche. Un médecin regarda ses dents, écouta son cœur, son souffle et examina soigneusement ses pieds et ses genoux. On lui demanda d'écrire un texte et de calculer des opérations simples.

Enfin, un beau matin d'hiver glacial, alors que le gel recouvrait de ses arabesques les carreaux de la chambrée, chevaux, mules et hommes se regroupèrent en rangs devant la caserne et empruntèrent le chemin de la Méditerranée.

* *
*

Les mois passant, n'en pouvant plus de voir Maria se morfondre, Jean Dumond prit le taureau par les cornes. Il n'attendit pas la fin du deuil après la mort d'Antoine pour suggérer à Auguste de faire sa demande.

Ce mariage provoqua une double peine. Celle bien sûr de Maria qui cachait une blessure que seul Germain aurait pu guérir et celle de Marguerite qui avait reporté sur sa sœur aînée tout son amour perdu pour sa mère. Jean Dumond se sentait lâche, mais il ne supportait plus le regard triste de Maria, jugeant par ailleurs que la mélancolie de Marguerite lui venait de sa nature profonde. Car la petite fille ne versait des larmes que dans le fond de son lit.

— Secoue-toi, avait ordonné Louise. Tu ne vas pas en mourir, Maria reste au village. Tu la reverras.

Maria avait consolé sa sœur du mieux qu'elle pouvait. Mais comment apaiser une peine quand on a soi-même un caillou dans le cœur ?

Quelques jours avant son mariage, elle décida de monter se recueillir une dernière fois devant le cercle nu près du rocher moussu. Elle n'y était pas revenue depuis longtemps et se demandait si son imagination ne la trahissait pas.

C'était une douce soirée de juin, au solstice d'été. En attendant la nuit, elle termina d'empiler ses draps ajourés et parés de jours, broderies et dentelles durant l'hiver. Louise et Marguerite tournaient autour d'elle, profitant des derniers moments d'intimité. On aurait dit deux abeilles à l'affût d'un nectar à humer.

— Pourquoi t'as mis tes initiales de jeune fille ? demanda Louise, admirant le tracé parfait au point de bourdon d'un *M* et d'un *D* sur une taie d'oreiller.

— Je ne suis pas encore mariée ! Et puis je resterai toujours Maria Dumond !

— Tu as raison ! Peut-être que ça porte malheur de marquer des lettres qui n'ont pas été bénies par le curé ! Tu auras tout le temps après de broder des parures de draps !

— Tu aurais préféré prendre le nom d'un autre ! murmura Marguerite dans un élan de lucidité. Je vois bien qu'il n'est pas l'amoureux que tu voulais ! Je me souviens de Germain qui tirait sur mon mouchoir à la messe de Noël ! Je le regrette bien, Germain ! insista-t-elle.

— Tu dis ça, coupa Louise, mais avec Germain, Maria serait sûrement partie à Limoges ou ailleurs ! C'est pour le coup que tu ne l'aurais plus jamais revue !

— Il était si gentil, Germain. Il aurait bien voulu que j'aille vivre avec eux !

— Tu rêves, ma pauvre ! insista Louise. Le père ne t'aurait pas laissée partir. Et puis, des amoureux, ça doit rester seuls.

— Tu en sais des choses ! s'étonna Marguerite.

— Ça suffit ! s'écria Maria au bord d'une crise de larmes. Cessez vos bavardages ! Allez-vous coucher !

Ses sœurs soudain muettes, Maria rangea machinalement son linge, ajouta une couverture, des chemises, dont une en fil que son père lui offrait pour sa nuit de noces. Elle en aurait pleuré. Elle pensa fort à Germain. Pourquoi l'avait-il abandonnée ? Pourquoi avait-il cessé de l'aimer ? Toutes ces questions sans réponse ne la satisfaisaient pas. Elle observa le ciel qui s'obscurcissait de minute en minute.

— C'est le moment ! se dit-elle. Le temps que je monte, il fera nuit noire.

Ses sœurs étaient au lit. Elle les entendait se murmurer quelque secret. Les draps rangés, le coffre refermé, elle quitta la pièce. Léonard parti, Jean Dumond s'enfermait dans sa chambre pour retrouver ses fantômes.

Elle saisit une lanterne, des allumettes, enfila ses sabots. Bayard était couché dehors devant la porte. Elle le caressa, l'encouragea à la suivre. Si l'apparition se produisait de nouveau, la réaction du chien lui prouverait qu'elle ne rêvait pas.

Une douce brise traversait l'espace. Des grenouilles coassaient dans la mare, un rossignol chantait dans un des tilleuls. La vie se réveillait quand s'annonçaient les beaux jours. Derrière les volets chez Marie et Joseph Borderie oscillait une lumière pâle.

Elle quitta la cour de la ferme, s'engagea un moment sur le sentier puis bifurqua sur sa droite et remonta le champ semé de froment. Les jeunes pousses sortaient à peine. Elle trébucha sur le sol caillouteux tandis que le chien, soudain excité, semblait suivre la trace de quelque gibier.

— Bayard, reviens ! cria Maria arrivée à l'orée du bois.

Dans sa course, les lourdes pattes de l'animal froissaient les feuilles tombées au sol l'hiver précédent. Il réapparut dans la clarté de la flamme, Maria sentit sa truffe se coller à ses jambes. Il haletait et, se rangeant près d'elle, se mit dans sa foulée.

Elle trouva le rocher moussu sans difficultés, aperçut le cercle nu. Pas un bruit ne perçait la nuit. Elle s'assit, obligeant le chien à en faire autant. Elle attendit. Une chouette hulula, elle tressaillit. Bayard ne bougea pas. Au bout d'un moment pourtant, il commença à gémir. Il se leva, avança, renifla par terre en tournant.

Lorsque apparurent les danseuses, il se mit à aboyer en remuant la queue, comme s'il les connaissait. Il n'avait pas peur, il suivait la parade, il jouait. Encouragée par la réaction du chien, Maria se leva et marcha vers le cercle. Plus aucun obstacle ne la contraignait. Une force puissante la poussa dans le milieu. Elle ferma les yeux, écoutant les chuchotements des femmes. D'abord indistinctes, les paroles lui devinrent audibles :

— Tu l'as perdu ! murmuraient-elles. Tu le retrouveras !

— Quand ? hurla-t-elle. Ils vont me marier ! C'est trop tard !

Le chien cessa ses tourbillons. Les danseuses disparurent. La lumière s'éteignit comme un feu privé d'oxygène. Un vent glacial souffla sur elle. Bayard gémit de nouveau puis prit le chemin du retour. Maria ne comprenait plus rien. Elle s'enfonçait dans son cauchemar comme dans des sables mouvants.

* *
*

C'était une maison de village amarrée à un jardin minuscule en forme de losange. On aurait dit un bateau avec sa cabine de pilotage et son pont allongé.

Sur le devant, deux fenêtres ouvraient sur la place ombrée par un grand tilleul dont les branches basses enlaçaient la façade. Auguste avait installé un banc de bois à la peinture écaillée près de la porte, face à l'église. C'était pour Maria, pour qu'elle se repose ici et prenne sa place dans la communauté. Elle n'y vint jamais. Mais elle leva souvent la tête vers le vieil arbre pour y chercher un oiseau au plumage coloré dont le regard noir semblait lui parler.

Elle organisa un potager et repiqua quelques bulbes rapportés du Maleuvrault. Dans une cabane en bois, murs et toiture, installée dans le fond du jardin, elle remisait une brouette, ses outils, ses plantoirs, son arrosoir, le tout avoisinant quelques pots de terre cuite oubliés là depuis longtemps. C'était son monde. Même si lui manquaient quelques poules qui lui tiendraient compagnie. Mais Auguste avait posé son veto. La femme d'un employé des Postes n'élevait pas de volailles.

Elle pleura beaucoup entre sa cuisine et la cabane aux outils. Ses moments de liberté, elle les gaspillait en passant sans but devant la maison de la tante de Germain, qui, comme un chasseur à l'affût, se tenait ordinairement dans le coin de sa fenêtre, surveillant ses proies pour mieux les anéantir de paroles qui tuent. Maria le savait, le rideau de lin blanc soupirait à son passage, cachant à peine la prédatrice dont elle décelait l'ombre. Elles ne se croisèrent jamais, la plus vieille évitant la plus jeune, calculant ses heures de sortie afin de ne pas avoir à saluer la femme du postier. Accablée devant tant d'indifférence, Maria plongea dans sa nouvelle vie comme on entre en religion, en espérant chaque jour un miracle. Pour elle, il prenait le visage de Germain.

DEUXIÈME PARTIE

1

Le temps du deuil

Mai 1895, dans un autre village de Corrèze.

Il ne tonna pas cette nuit-là. Le temps resta étrangement calme, comme la surface lisse d'un étang. La mort vint surprendre Pierre Pradeau alors que, depuis deux jours, elle lui avait offert un sursis. Elle n'étonna pas sa mère, que le veuvage avait déjà éprouvée.

Dès qu'il eut poussé son dernier soupir, elle s'activa autour de lui, arrêtant les pendules, voilant les miroirs, allumant le cierge de la Chandeleur, plaçant près du lit mortuaire un verre d'eau bénite et une branche de buis. Enfin, elle appela les femmes de la maison et donna ordre d'habiller le cadavre de son costume et de sa chemise de mariage.

Élisabeth perdit la dernière once d'indépendance que lui offrait son rôle d'épouse. Elle devenait la veuve et devait se conformer à la coutume. Elle accepta que ses trois enfants assistent au spectacle pourtant macabre d'un père maintenant dépouille. Elle insista pour lui poser elle-même le chapelet entre ses mains. Elle refusa net de se mettre au lit près de lui afin de recevoir les condoléances des parents et des amis.

Madeleine Pradeau fronça les sourcils, tapota nerveusement ses doigts sur les plis de sa robe. Élisabeth ne faiblit pas.

Tournant les talons, il lui sembla que l'air, dans le parc, serait plus respirable.

Prévoyant que la maison allait s'emplir de nombreux visiteurs, Marinette décida un grand nettoyage de la cuisine. Elle avait commencé à récurer les casseroles et sortit les cendres de la cheminée. Elle s'apprêtait à passer le balai avant de savonner les tommettes de terre cuite.

Se dirigeant vers le puits pour remplir son seau, elle aperçut Élisabeth dans sa tenue de grand deuil accentuant la pâleur de ses joues. L'étoffe lourde de la robe de la veuve frémissait sous ses pas qui la menèrent vers un bosquet de charmes. Profitant enfin de ce moment de solitude, elle laissa les larmes venir. Sa gorge se serra, ses mains tremblèrent. Elle avait aimé son mari même s'il lui préférait sa mère et ne lui apportait que peu d'affection. Elle avait épousé Pierre pour le fruit de la vente de la propriété de son père. La vérité semblait plus crue. La santé précaire de Pierre avait découragé de plus riches prétendantes. Après bien des déceptions, la famille s'était soudainement entichée d'Élisabeth. Elle restait cependant paysanne dans l'âme et avait eu du mal à s'intégrer dans cette famille de hobereaux qui la regardaient de haut.

De beaux enfants étaient arrivés, encore si jeunes. Malgré des dissensions entre la belle-mère et la belle-fille, le confort de la maison, une paix précaire entre les membres de la famille offraient chaque jour une vie sans combat. Les choses allaient changer. La vieille lui trouverait sûrement un autre mari. Mais elle allait rencontrer quelques difficultés, car l'héritage d'Élisabeth était rentré dans le giron des Pradeau. Que lui restait-il ? La promesse d'un bien appartenant à la sœur de sa mère. Cela suffirait-il à attirer un bon parti ? Ses trente ans et ses trois enfants en bas âge représentaient de lourds handicaps !

La voix pointue de sa belle-mère interrompit ses réflexions. Ce n'était pas le moment de se présenter devant elle. Malgré le deuil qui la frappait, elle se permettait de hausser le ton, la raison devait en être suffisante. Piquée de curiosité, Élisabeth fit demi-tour, apercevant alors Marinette sur le perron, rouge et ébouriffée.

— Je savais pas, moi, qu'il est interdit de balayer la maison quand il y a un mort ! criait-elle. On jetterait son âme dehors avec les poussières, qu'elle dit la maîtresse. Je m'en va chercher mon petiot et je rentre chez moi. Elle sera peut-être de meilleure humeur demain. Je vous envoie mes condoléances, madame, ajouta-t-elle en levant le nez vers Élisabeth.

S'il n'y avait pas Pierre étendu sur son lit, sans vie, elle aurait souri de la situation. Elle aimait bien Marinette, c'était la seule qui osait, parfois, tenir tête à Madeleine Pradeau. Cette dernière savait pourtant entretenir la misère de sa domestique et, pour se donner bonne conscience, l'employait et la nourrissait. En retour, elle ne manquait pas de demander dans ses prières quelques avantages en sa faveur. Chacun y trouvant son intérêt. Cette situation révoltait Élisabeth. Les autres métayers habitaient une maison dont les maîtres entretenaient les toitures et les volets. Ils possédaient un four à pain et partageaient la farine. Même si leurs rejetons traînaient dans la boue de leur cour à moitié nus, ces gens-là gardaient une dignité. Marinette n'avait personne pour la protéger. C'était la raison pour laquelle Élisabeth lui donnait en cachette des œufs, des raves ou quelques morceaux de gras de porc.

Elle gravit la volée de marches, entra dans la cuisine. Le seau et le chiffon étaient abandonnés près de l'évier.

— Sortez-moi ça de là ! ordonna-t-elle à la femme de chambre de sa belle-mère qui s'affairait devant une bouilloire.

— Ce n'est pas à moi de le faire, madame.

— Ne pensez-vous pas que nous vivons une journée exceptionnelle ! Dépêchez-vous !

La jeune domestique s'empressa d'exécuter l'ordre.

Élisabeth discerna des soupirs et des murmures venus du vestibule. Voisins et famille allaient défiler pendant deux jours. Il serait interdit de dormir, de trop manger, de se changer. Les vieilles traditions allaient régler la vie jusqu'à ce que la solitude de son lit la rattrape.

* *
*

La veuve Pradeau avait hérité de son père une grosse propriété agricole semblable à beaucoup d'autres en Limousin. Champs et prairies formaient un ensemble parcellé, séparé par des haies ou des rangées d'arbres qui faisaient office de coupe-vent. Son mariage avait annexé des terres essentiellement plantées de vieux chênes, de châtaigniers, de taillis. La vente de bois ajoutait une part non négligeable à ses revenus qui lui venaient de ses vaches et de ses moutons. Pour loger ses animaux, deux granges ovalaires avaient été construites de part et d'autre de la grande demeure. Leurs toitures de chaume dataient, mais un entretien régulier effectué par un domestique de confiance suffisait à maintenir l'ensemble en bon état.

Trois familles de métayers vivaient sur le domaine dans des logements minuscules éparpillés tantôt dans le creux d'une vallée, tantôt sur le bord d'un chemin. Les hommes travaillaient aux champs pendant que les femmes élevaient des cochons qui fouillaient le sol autour des habitations et dormaient le soir dans une porcherie construite contre un des murs de leur maison. Les poules se mélangeaient aux humains, caquetaient et crottaient jusque dans la cuisine. Ce voisinage donnait une impression de vie et de mouvement dans un endroit si loin de tout. Mais le manque d'hygiène et de chaleur l'hiver attirait toutes sortes de maladies, sans compter les blessures des petits qui jouaient innocemment à côté d'un débris de charrette ou d'un outil abandonné.

On avait alloué à Marinette, venue un jour frapper à l'entrée de service avec ses enfants sous le bras, une masure, presque une étable. Un des métayers avait tant bien que mal bouché les trous de la toiture de chaume et remis la porte sur ses gonds. Pour le reste, un grand coup de balai, une table et des chaises, un peu de paille récupérée dans le fenil, sur laquelle dormaient les enfants et leur mère, avaient complété l'inventaire.

À l'écart de cette misère, perchée sur une colline et entourée de grands arbres prestigieux, des cèdres du Liban, des tulipiers, des boules de buis, d'une fontaine et d'un bassin se tenait la grosse maison des maîtres. Bâtie en pierres dures et brunes du Limousin, recouvertes d'une toiture d'ardoise, elle formait un parallélépipède parfait agrémenté d'une échauguette dans sa partie nord, qui ne servait à rien, mais offrait à l'ensemble une allure noble. De larges ouvertures, bien alignées, lui conféraient un air de villégiature. La famille, pourtant, vivait ici à l'année.

Élisabeth et ses enfants occupaient le côté ouest. Leurs fenêtres donnaient sur la prairie derrière la maison. Ils pouvaient admirer au loin les troupeaux de vaches brunes tandis qu'à proximité des moutons entretenaient l'herbe jusqu'à la façade. Cette promiscuité apportait nombre de mouches en été que les domestiques piégeaient dans des récipients remplis d'eau sucrée. Le soleil se couchait face à sa chambre, au-dessus du grand bois qui, à bonne distance, formait une masse sombre presque étouffante. Les toitures du village de Ségur, niché sur les bords de l'Auvézère, se devinaient au loin quand le ciel était dégagé.

La partie est était dédiée à la famille de Léon, le frère aîné. Lui et sa femme Antoinette avaient déjà six enfants répartis dans une sorte d'appartement comptant trois pièces et un cabinet de toilette. Un couloir obscur et étroit séparait les deux lignées.

Le jour de la mort de leur père, après le spectacle de sa préparation au tombeau, leur grand-mère avait contraint la fratrie d'Élisabeth à rester dans sa chambre. Henri avait huit ans, tandis que la petite Jeanne, née treize mois plus tôt, le suivait comme son ombre. L'un n'allant pas sans l'autre, tels des jumeaux grandissant de concert. Leur connivence créait une force que les cousins plus nombreux et plus âgés jugeaient injuste. Henri possédait, en plus des siens, les yeux et les oreilles de Jeanne. Le regard de la fillette, son point de vue amplifiaient le rayon de compréhension du jeune garçon, anticipant ainsi bien des situations. La patience et la douceur de Jeanne arrivaient toujours à bout des humeurs de son frère. Face aux cousins et cousines très remuants, cette paire soudée imposait paix et silence dans les couloirs sombres sur le côté ouest de l'étage. Ces deux-là s'entendaient comme les doigts d'une main, faisant la fierté de leur mère, créant chez leur grand-mère Pradeau un jugement imbécile car faussé par la présence d'une fille.

François était encore un nourrisson. Il venait de fêter sa première année et n'était pas sevré. C'était la femme de chambre de Madeleine Pradeau, Ninon, qui lui préparait ses biberons à heures fixes. Refusant de l'entendre pleurer longtemps, Élisabeth imposait à la domestique de le réveiller avant qu'il ait faim. C'était un bébé joufflu comme on les aimait à cette époque. Son berceau était installé dans une lingerie attenante à la chambre de sa mère. Un lit de fer y avait été coincé entre les placards et la fenêtre pour Ninon.

Henri et Jeanne dormaient dans une petite chambre au bout du couloir, juste après la lingerie.

Une pièce de bonne dimension avait été allouée à Élisabeth et à Pierre. Elle avait rapporté de chez elle des meubles rustiques. Une paire de fauteuils paillés, son coffre de mariée en cerisier vermoulu. Les portraits de ses parents, qu'elle avait installés sur le mur de part et d'autre d'une cheminée de marbre blanc tacheté de noir sur laquelle elle avait posé une horloge protégée dans une cloche de verre. Un lit aux courbes gracieuses en bois d'acajou, cadeau de sa belle-famille, trônait sur le pan de mur face à la fenêtre. Elle y avait installé dessus une couverture blanche en coton rebrodée de grands ramages ton sur ton, cadeau de sa chère tante.

Rien de prétentieux dans les bibelots, la parure de la cheminée, les photographies des enfants. L'ensemble dégageait une impression de confort simple. Peu enclin à la décoration, Pierre avait accepté sans broncher les portraits de ses beaux-parents sur le mur de sa chambre, ces deux paires d'yeux posées sur des ébats sages.

Quand Pierre avait vu monter la fièvre, il avait demandé à dormir dans le bureau du rez-de-chaussée et y était resté. C'était dans cette pièce, sur un lit d'appoint, qu'il y était mort. Élisabeth lui était reconnaissante d'avoir su souffrir et partir si dignement, loin des yeux innocents de ses jeunes.

2

L'avenir appartient à Dieu

Élisabeth prit son petit garçon dans ses bras, lui caressa la joue, le berça. Humant l'odeur de l'enfant, elle se demanda si elle ne cherchait pas plus à se consoler elle-même plutôt que François.

Elle n'aurait plus aucun soutien et ce fait la désolait plus que la perte de son mari. Ses enfants ne suffiraient pas à la protéger d'une autre union. Elle était encore jeune et se savait désirable. Elle caressa les cheveux du nourrisson de ses doigts fins, observa en relevant la tête son visage dans le coin de son miroir oublié par sa belle-mère. Certes, sa fraîcheur s'atténuait mais, à trente ans, il lui restait sa peau transparente, un ovale parfait, un regard vif, un corps svelte.

— Tu veux faire une promenade dans les bois ? demanda derrière elle la voix douce de la petite Jeanne, elle qui aimait plus que tout les odeurs de la terre et le chant des oiseaux.

— Oh oui ! Comme ça, on n'aurait pas à entendre mère-grand donner des ordres dans toute la maison.

Elle déposa l'enfant dans son berceau et afin de ne pas être obligée de saluer les visiteurs qui défilaient devant la dépouille de Pierre, elle entraîna sa fille dans l'escalier de service et tomba dans la cuisine sur Léon. Il la toisa du haut de son mètre quatre-vingts, de ses épaules de taureau, de ses yeux noirs comme la nuit.

— Tu te dérobes devant tes responsabilités ! s'écria-t-il. C'est mère et moi qui sommes obligés de recevoir les amis et la famille.

Elle ne répondit pas. Il avait raison, mais elle n'avait aucune envie de supporter les soupirs, les murmures, la sympathie empruntée de gens qu'elle ne connaissait pas. Elle était consciente de sa lâcheté et du fait qu'elle se soustrayait à la réalité.

Léon la coinça contre le mur, la contraignant à se blottir contre lui. Elle entendait sa respiration puissante, sentait son odeur presque animale. Il avança jusqu'à ce que Jeanne, oubliée contre sa mère, se mette à crier :

— Oncle Léon, j'étouffe, je t'en prie, pousse-toi !

Surpris par cette voix d'enfant à la dérive, il recula, toisa de nouveau sa belle-sœur et la laissa s'envoler.

Léon était marié depuis quinze ans à Antoinette. Malgré les années et les nombreuses naissances, il continuait à fantasmer sur Élisabeth et cela depuis la première fois qu'elle avait mis les pieds dans la maison. C'était son visage qu'il caressait au moment où il prenait sa femme, la nuit dans leur lit conjugal. Il contemplait avec envie sa silhouette lorsqu'elle courait sur la prairie à la recherche d'Henri ou de Jeanne. Il sentait son parfum quand elle traversait le salon et frôlait sa main quand elle choisissait un livre dans la bibliothèque. Enfin, dans son sommeil, il ne rêvait que d'elle. Depuis toujours, elle était le Graal inaccessible. Elle appartenait à un monde interdit et cette situation le galvanisait.

Il soupira profondément afin de s'imprégner de l'odeur délicate qu'elle exhalait. Il aurait aimé suivre sa trace comme un chien de chasse derrière un gibier. Il traversa la cuisine en bombant le torse, jusqu'à ce qu'il sente les boutons de son gilet prêts à céder sous ses muscles bandés. Les domestiques l'épiaient, il en était sûr. Il n'était pas question de montrer la moindre faiblesse.

Il se posta sur le perron, posa ses poings sur ses hanches, écarta ses jambes puissantes, observa un moment sa jeune belle-sœur qui s'envolait sur la prairie.

— Élisabeth ! hurla-t-il. Il va bien falloir que tu enterres ton mari !

— Elle n'est pas plus mature que ses gosses ! murmura Antoinette qui contemplait la scène. Il lui aurait fallu un homme de poigne et non pas ce pauvre Pierre qui lui passait tout.

Sa femme venait de sortir Léon de son rêve. Il la frôla, évitant de la toucher.

— Il faut que je parle aux métayers qui porteront le cercueil ! déclara-t-il avant de s'enfuir.

* *
*

Au soir de l'enterrement, la nuit qui tomba donna l'impression à Élisabeth d'un doux manteau envahissant la campagne, comme une protection. La journée avait été une suite d'épreuves qu'elle ne pourrait pas oublier. Les invités partaient. Une longue file d'hommes et de femmes marchaient sur le chemin, ombres mouvantes au-dessus desquelles dansaient les flammèches de leurs falots. Quelques-uns montaient à cheval. Une ou deux voitures doublaient cette foule mobile. Le repas de funérailles se terminait.

Madeleine Pradeau avait mis les petits plats dans les grands, mélangeant dans la salle à manger les métayers, les voisins, le meunier, les maquignons de la foire d'Uzerche qui lui achetaient son bétail, mais aussi les enfants de chœur, le curé, le sacristain et même les fossoyeurs.

La cuisinière avait sorti des réserves des pâtés de lapin et des rillettes de porc et confectionné la veille quelques tartes. Le pain était blanc. La nourriture restait toutefois limitée ainsi que le vin. Le respect dû au défunt obligeait à une grande modération.

Les jeunes n'avaient assisté ni à la messe, ni à la mise en terre, ni aux *mourtalhas*[1]. Ceux de M. Pierre avaient été consignés dans leurs chambres sur le côté ouest tandis que ceux de M. Léon dans leurs appartements à l'est. Entre deux biberons pour François, Ninon avait surveillé tout ce petit monde.

Malgré sa timidité maladive, Élisabeth avait dû supporter les regards interrogateurs de tout le voisinage. Son veuvage récent et ses trois enfants en bas âge, elle redevenait une marchandise à marier. Et sa belle-mère avait bien l'intention de s'en séparer.

Il se présenta, ce jour-là, un riche paysan de la région qu'Élisabeth avait déjà aperçu à maintes reprises. Propriétaire de nombreux hectares de terres, de troupeaux gras, de bois à profusion, veuf deux fois, sans enfant. Sa réussite lui montait à la tête, il gonflait son poitrail pour mieux s'assurer de l'assemblée. Il rappelait la fable de la grenouille voulant se faire aussi grosse que le bœuf. Connaissant chaque parcelle de la région, il dominait son monde avec une hauteur ironique qui rabaissait ses interlocuteurs.

Il fréquentait le député, recevait des cartons d'invitation du préfet, cela le confortait dans l'idée de sa supériorité sur les paysans qui l'entouraient. La misérable fortune d'Élisabeth ne le rebutait pas. Il était arrivé à un âge où il avait envie de paraître. Il lui manquait une femme jeune et belle. Élisabeth lui plaisait. Ses deux garçons pourraient reprendre un jour

1. Repas d'enterrement avec la famille et les voisins.

son activité et sa fille épouser un notaire ou un fonctionnaire de quelque ministère.

Sans en dévoiler autant, Géraud Pardoux, tel était son nom, signifia son intérêt pour sa belle-sœur à Léon, le chef de famille.

— Vous en conviendrez que c'est une magnifique femme !

Il prêchait un convaincu. Léon se troubla, sentant monter en lui la flèche de la jalousie.

— Elle n'a point de fortune, commença-t-il.

— J'ai entendu parler de la propriété d'une vieille tante du côté de Lubersac.

— Bien modeste ! Des marécages où pullulent les moustiques ! La tante vit toujours. Élisabeth est sa seule héritière, c'est un fait. On ne tirerait pas grand-chose de la vente d'un tel bien.

Madeleine Pradeau avait suivi la conversation.

— Léon n'a jamais visité cette propriété, mon cher Géraud, c'est normal d'ailleurs. En fait de marécages, il y a une pièce d'eau d'environ trois hectares, profonde et riche de poissons de toutes sortes. Une prairie fertile entoure cet étang. Depuis l'arrivée d'Élisabeth chez nous, ils l'ont vidé deux fois. Croyez-moi, Pierre a rapporté nombre de brochets, carpes, anguilles, perches et tanches. Nous avons confectionné des pâtés et nourri famille et métayers pendant plus d'une semaine. Mon défunt fils projetait de creuser des serves afin d'élever des alevins. Il n'en a pas eu le temps. Ce bien reviendra à Élisabeth, bien sûr.

— Pensez-vous que je pourrais lui plaire ? demanda Géraud Pardoux, très loin de considérations patrimoniales.

Léon trouva le terrain dangereux, il lui envoya un sourire un peu niais, comme s'il ne comprenait pas la question.

— L'important n'est pas là, mon cher, minauda Madeleine Pradeau. Si elle vous convient, n'hésitez pas. Passé le temps du deuil, nous pourrons signer un contrat quand il vous plaira.

— Puisque vous me donnez permission de faire ma demande, je reviens dès que la décence me l'autorise.

Sur ces paroles, il traversa le salon en mesurant ses pas et se dirigea vers la jeune femme. Élisabeth écoutait le récit de la mort accidentelle d'un voisin. Par ennui, elle sirotait une tisane de thym qu'elle avait oublié de sucrer. Le goût en était très amer.

— Madame, commença Géraud Pardoux sur un ton emprunté, forçant sa nature hautaine à plus de convivialité, permettez-moi de vous dire toute ma sympathie pour la perte irrémédiable que vous venez de subir.

Élisabeth sourit, observa en coin l'homme qui frôlait son bras. Grand et bien bâti, le poitrail en avant, un visage aux rondeurs presque féminines, un nez droit, des yeux sombres, le poil noir. Il portait un habit de drap fin au col de velours, une chemise en coton blanche et un nœud en soie. Ce n'était pas un paysan ordinaire. Cette première analyse aurait pu tromper Élisabeth sur la nature profonde de l'homme. Cependant, dans son regard posé sur elle, elle discerna une lumière particulière, de celles qui traduisent une autorité hors norme. Celui-là devait savoir mener son monde et le conquérir. Ce détail la troubla, car elle touchait au but. Lui revint la douceur de Pierre Pradeau, qui donnait à sa femme des prérogatives nouvelles. Il obtenait satisfaction par une manière bien à lui de biaiser, d'être consensuel, patient.

Elle sentit tout à coup une ferme pression sur son poignet. Géraud Pardoux la tenait solidement comme s'il voulait la contraindre.

D'un geste bref, elle manifesta son désir de liberté.

— Pardon, madame, fit-il, gêné de n'avoir pas pu maîtriser sa main. Permettez que je revienne bientôt vous présenter ma demande.

— Vous comprendrez, monsieur, que les circonstances ne m'autorisent aucune promesse.

Sur ce, elle lui tourna le dos et quitta la pièce. Mais comme s'il s'attachait à elle, une odeur de tabac froid demeurait sur ses vêtements. Oubliant ses devoirs, elle monta retrouver ses enfants. Une sourde inquiétude lui pressait la poitrine. Elle la mit sur le compte de cette journée particulière et de cette agitation qui lui tournait le sang.

Tard dans la nuit, elle ouvrit grand sa fenêtre, contempla le ciel pur tacheté de myriades d'astres. Une clarté éblouissante entourait la lune à peine pleine. Elle la scruta un moment jusqu'à ce qu'elle aperçoive qui traversait l'horizon noir une étoile filante qui vint s'éteindre tout aussitôt.

Lui revint un poème que lui récitait sa mère après la mort de son père :

« Ne sais-tu pas, ma douce reine,
Pourquoi les étoiles du firmament
Ont cette douceur incertaine
Qui fait rêver si tristement :
C'est qu'elles marquent le passage
De ceux que nous avons perdus ;
C'est que chaque étoile est l'image
D'un pauvre cœur qui ne bat plus. »

Alors son chagrin, enfin, se déversa en une pluie de larmes. Elle rejoignit son lit et pleura tout son saoul.

3

Le réveil

Le premier été arriva. Les journées rallongeaient. Une douceur dans l'air attirait les enfants dehors. L'école était maintenant fermée. Antoinette tentait de prolonger les cours en les assommant de conjugaisons et de tables de multiplication. Mais un rien les perturbait. Une abeille qui volait, une mouche qui se posait sur un cahier, un rayon de soleil qui traversait la pièce, le chant d'un coq ou le bêlement d'une brebis.

Énervée par tant d'inattention, elle finissait par décréter d'un revers de la main la fin du cours.

Ils se réfugiaient alors derrière les arbres du parc pour jouer à cache-cache et pousser des cris de sauvages. Les plus grands s'avançaient jusqu'à la rivière et laissaient flotter sur l'eau un morceau de bois, une coquille de noix ou une feuille de platane sur laquelle ils avaient posé un insecte. Ils traînaient encore à la sonnerie de la cloche qui annonçait les repas. Il fallait l'apparition de Léon ou de leur grand-mère pour qu'ils s'élancent comme une volée d'oisillons vers la cuisine.

Élisabeth avait peu d'autorité. La fratrie s'en remettait aux autres adultes. C'était Madeleine Pradeau, cependant, qui détenait la clé du pouvoir. Elle avait sur eux un ascendant plus fort que leur père. De toutes les façons, ils étaient bien jeunes pour penser à se rebeller. Encouragés souvent par leurs cousins plus âgés, les bêtises s'amoncelaient à partir du moment où ils apercevaient le tilbury de leur aïeul disparaître sur l'allée qui accédait à la route.

Le temps du grand deuil dura une année. Enfermée dans des robes et manteaux noirs et épais, quelle que soit la saison, couverte comme une nonne, Élisabeth étouffait de ce manque de liberté. Elle se soucia peu de ses enfants. Leurs jeux la fatiguaient et Ninon s'occupait si bien du petit François. Elle préférait des lectures d'histoires extraordinaires et l'affection silencieuse qu'ils partageaient ensemble avant de se séparer pour la nuit. Son tempérament mélancolique la rendait sauvage. Elle passait le plus clair de ses journées sur sa couche à dévorer des écrits qu'elle trouvait dans la bibliothèque. Son beau-père, mort avant son arrivée, avait constitué une collection d'ouvrages qui la nourrissaient. Ils creusaient aussi le lit de sa tristesse. Elle aurait pu choisir des romans épiques, des histoires de son temps, du Zola, du Balzac. Elle revenait sans cesse sur les poèmes de Nerval, Musset, Vigny, Lamartine et en sortait tremblante comme si elle vivait avec des fantômes.

Vinrent ensuite les six mois de la « soie noire ». Elle eut permission de se vêtir plus légèrement, d'élargir avec parcimonie son décolleté, d'ajouter quelque dentelle à son châle, mais sans lâcher la couleur du deuil.

L'été suivant, la vigueur de ses enfants les appelant hors de la maison, ils commencèrent à la bousculer. Pour l'obliger à réagir, ils la sortaient de sa torpeur en la tirant par le bras sans considération pour son rythme.

— Allez maman, criaient-ils, il fait si beau !

Elle attrapait au vol son chapeau agrémenté de rubans noirs, le posait sur sa tête sans prendre le temps de se recoiffer. Les mains avides des petits l'entraînaient vite et loin de ses tourments. François marchait maintenant sous les encouragements de Ninon et l'intérêt grandissant de sa mère. Il fut décidé qu'il irait dormir avec Henri tandis que Jeanne s'installerait dans une chambre face à celle d'Élisabeth. Il quitta les jupons de Ninon, criant à qui voulait l'entendre qu'il était maintenant un grand !

Enfin, les six derniers mois, appelés « demi-deuil », il fut consenti un changement dans les tenues de la jeune femme. Elle aurait pu se vêtir de soie plus légère, mais l'hiver ne lui autorisa que du velours ou de lourdes étoffes. Elle retrouva ainsi ses effets d'avant qu'elle festonna de noir.

Ces deux années sonnaient le temps de la soumission aux coutumes. Empêchée de sortir seule, elle comptait sur Antoinette et Léon pour l'emmener de temps en temps à la foire d'Uzerche. Elle en profitait pour acheter à ses enfants d'utiles objets.

C'était encore Léon qui la lâchait chez sa vieille tante Agathe à Lubersac. Uniquement quand il avait l'occasion de passer par là. Elle s'asseyait près de lui sur le banc de la charrette, partageait avec lui une large couverture qu'il posait délicatement sur les cuisses d'Élisabeth, écrasant les plis sous ses grandes mains, caressant la laine qui cachait l'objet de tant de rêves. Une fois installé, Léon écartait les jambes pour frôler celles chaudes de sa belle-sœur. Obligeant la jument à avancer lentement, il percevait dans ses reins les vibrations de la route et sentait, à chaque instant, monter son désir.

Le souvenir de son frère sur son lit de mort, le deuil de cette femme près de lui avaient raison de sa soif d'elle. Léon restait un homme respectueux des traditions.

Agathe était une sœur de la mère d'Élisabeth. Veuve, sans enfant, elle était beaucoup cajolée par ses neveux. Élisabeth n'avait pas eu besoin de toutes ces minauderies pour lui plaire. Sa sincérité, son naturel, sa douceur avaient suffi. Le bel étang poissonneux lui reviendrait donc. La vieille dame habitait une maison sans étage, modeste puisque construite sur les plans d'une chaumière de paysan en plus vaste. Une domestique vaquait aux travaux pénibles, tandis qu'une femme de chambre maintenait le logis propre. Quand Élisabeth arrivait, un vent nouveau soufflait à travers les pièces. Elle se préoccupait de l'entretien du linge, de la cuisine. Elle passait du temps dans le potager à cueillir fèves et haricots, elle traversait la campagne à la recherche de fleurs sauvages qu'elle ordonnait en somptueux bouquets. Elle n'avait pas son pareil pour préparer une carpe à l'oseille ou un brochet au beurre blanc. En un mot, elle vivait. Ses enfants adoraient cet état. Leur mère, enfin, se réveillait.

* *
*

Entre ses tournées chez les métayers et les foires où il vendait les bêtes, Léon flânait à la maison, sans cesse à épier Élisabeth ou à la chercher du regard. La savoir seule dans son lit le rendait fou. Depuis la mort de son frère, il s'acharnait d'ailleurs sur Antoinette tous les soirs comme pour exorciser ce délire.

Quand le deuil prit fin, au début du troisième été, arriva un matin à la maison, perché sur son alezan gris, habillé comme s'il allait à la noce, Géraud Pardoux. Léon, qui le reçut, se sentit humilié par cet homme superbe dans son costume rayé et sa cravate en soie. Lui qui ressemblait le plus souvent à un paysan endimanché dut se rendre à l'évidence, l'autre avait fort belle allure. Sachant la raison de sa venue, n'arrivant pas à venir à bout de cette jalousie qui grignotait sa patience, il le reçut fort mal. Loin du tumulte intérieur de son fils, Madeleine Pradeau retint le visiteur à déjeuner et fit appeler Élisabeth.

Géraud Pardoux la dévora du regard et dut se faire violence pour ne pas poser sa main sur les fesses pourtant peu visibles de la jeune femme. Trop habitué à tâter les jarrets de ses bêtes ou la croupe d'une jument, il lui fallut en convenir, il n'était pas sur un champ de foire. Celle qu'il convoitait finirait dans son lit et non dans son étable. Après avoir recadré ses réflexes, il la salua bien bas et lui tendit un bouquet de violettes achetées le matin même à Uzerche. Il fut maladroit, naturel, lançant des tirades sur la pluie et le beau temps, parla de sa maison sise au milieu d'un somptueux parc, des meubles précieux apportés par sa deuxième épouse, femme de goût à qui il passait tous ses caprices. Bref, il tenta de plaire à Élisabeth à sa manière à lui, sans fioritures, parlant moitié français, moitié patois. Certain toutefois de se faire comprendre.

Si la jeune femme eut la politesse de l'écouter, la curiosité de l'imaginer en mari et père de ses enfants, il n'en fut pas de même pour Léon. Son impatience à le voir déguerpir allait en empirant. Il tapotait ses doigts sur la table, comme un pianiste faisant des gammes, de gauche à droite, l'esprit ailleurs, à n'en pas douter.

Entre les bavardages de son invité, l'agacement de son fils, l'indifférence d'Antoinette et le sourire forcé d'Élisabeth, Madeleine Pradeau donna ordre de ne pas resservir les plats et de garder les verres vides. La dernière bouchée à peine terminée, elle entraîna son visiteur dans le petit salon.

Léon prit conscience à ce moment-là que se jouait une partition dont il était exclu. Le destin de sa belle-sœur ne le concernait pas, il en concevait un dépit terrible. À force de vivre avec elle sous le même toit, de partager ses repas, les soirées au coin du feu, de frôler sa main ou de l'effleurer dans une porte pour sentir son odeur et voir son cœur battre à travers la soie de sa robe, il avait imaginé qu'elle lui appartenait comme Antoinette, ses enfants, les vaches et les moutons, la date des fenaisons.

Madeleine Pradeau vanta du mieux qu'elle put les qualités d'Élisabeth.

— Ses parents n'étaient que de modestes propriétaires, mais ils ont soigné son éducation. Elle sait lire et écrire, elle a du goût pour les belles choses, ses enfants sont bien élevés. Pour le reste, comme je vous l'ai dit, sa tante lui réserve un étang poissonneux qui complétera positivement vos terres.

Géraud Pardoux, après avoir demandé permission de fumer, soufflait comme un bœuf à la tâche en direction de la fenêtre laissée grande ouverte. Son impatience se lisait dans ses gestes et sa manière de tapoter au-dessus d'un cendrier sur un gros cigare qui ne se consumait pas aussi vite qu'il l'aurait souhaité.

— Bon, bon, bon, concrètement, comment procéder ?

— Eh bien, commença la vieille dame, il serait normal d'en parler d'abord à Élisabeth, c'est quand même la première concernée. Avec son accord, car je ne doute pas que vous lui plaisiez, nous prendrons rendez-vous chez le notaire et nous préviendrons le curé.

— C'est bien ! Je contacte mon avoué ! Je dois aller à Paris pour quelques affaires, disons qu'il serait bien que ce mariage ait lieu à l'automne.

— Je m'en occupe et vous envoie une proposition de date. Vous pouvez compter sur moi ! J'appelle Élisabeth.

Elle terminait son deuil, épuisée par une langueur qui ne la quittait pas depuis deux ans. Elle se sentait aussi fatiguée qu'une vieille femme. Comment Géraud Pardoux pourrait-il la ranimer quand ses trois jeunes désespéraient de voir leur mère se réveiller ?

Elle accepta. Avait-elle le choix ? Abandonner cette maison lui coûterait. Ses enfants y étaient nés, elle y avait aimé son mari. En revanche, elle s'y sentait aujourd'hui inutile et encombrante. Il fallait partir. Une veuve chargée de famille n'avait aucun avenir, seule. Une seconde durant, elle eut la main, donna l'impression d'hésiter et lâcha un sourire de satisfaction. Géraud Pardoux n'en attendait pas moins. Son empressement se lisait dans sa manière de piétiner sur le plancher. Ils en restèrent ensuite à des politesses de premiers communiants, osant à peine se regarder dans les yeux, n'échangeant que des paroles d'une grande banalité. Elle quitta la pièce comme on laisse des regrets derrière soi.

La belle-mère et le futur marié se frappèrent alors la main comme deux maquignons ayant conclu une bonne spéculation. Tout était dit.

Léon traversait le vestibule quand il croisa le prochain époux d'Élisabeth, qui lui lança la grande nouvelle :

— Nous avons fait affaire, Élisabeth sera dans mon lit avant la Toussaint ! Soyez content !

Sur ce, il lui tapa sur l'épaule et franchit la porte avant que Léon ait pu réagir.

La foudre tomba sur sa tête. Il sortit de la maison par la cuisine, traversa la prairie dans laquelle paissaient les moutons, marcha droit devant lui, donnant des coups de pied aux bêtes qui entravaient son chemin. Il vadrouilla ainsi l'après-midi entier, tentant de calmer l'orage qui grondait dans son cerveau. Il rentra à la nuit tombée. La famille l'avait attendu pour dîner puis, sans nouvelles de lui, s'était mise à table.

Il rejoignit Antoinette qui s'apprêtait à se coucher, la bouscula mais, ce soir-là, ne la toucha pas. Après avoir parcouru sa chambre en long et en large sans trouver de repos, il en sortit en claquant la porte, longea le couloir jusqu'à la partie ouest, entra chez Élisabeth sans frapper. Elle venait de quitter Jeanne qui dormait déjà.

Sans un mot, Léon s'empara de sa jeune belle-sœur, déchira ses vêtements avec avidité.

— Arrête, Léon ! criait-elle. Je t'en prie !

Mais ces supplications n'eurent aucun effet sur lui.

Élisabeth cessa de se débattre, imaginant qu'il comprendrait son désarroi en entendant ses requêtes.

— Léon, je t'en prie, pense à Antoinette, aux enfants.

Il continuait sa besogne.

— Léon, tu vaux mieux que cela !

Il se redressa, la fixa de son regard éperdu.

— Tu vaux mieux que cela, répéta-t-elle.

— Je vais te perdre !

— Je ne t'appartiens pas, Léon !

— Ah oui ? On va voir ça !

Il lui envoya un coup de poing dans l'estomac. La douleur lui coupa le souffle. Elle se plia en deux, tenta de reprendre sa respiration. Il en profita pour la jeter sur le lit et, lui saisissant les poignets, l'étendit comme une bête prête à être écartelée. Elle sentit le ventre chaud de Léon, refusa de crier quand il accomplit sa besogne, pour ne pas réveiller Jeanne. Elle pleurait, suffoquait, il gémissait de plaisir. Leurs souffles se mêlaient dans la communion de l'assassin et de sa victime.

Quand il se fut rassasié, il se redressa, remonta son pantalon, releva la tête pour mieux la dominer, alors que de ses prunelles sombres s'échappaient des lueurs de folie.

— Honte à toi ! s'écria-t-elle dans un sanglot.

Un sourire figé traversa le visage de Léon, il resta ainsi quelques secondes, comme si sa victoire se dérobait. Il sortit enfin sans hâte, donnant l'impression de regretter de partir.

Au déjeuner du lendemain, il ne jeta pas un seul coup d'œil à Élisabeth. Quand tous les adultes furent à table,

Antoinette se leva et déclara à sa belle-mère pour la septième fois de sa vie :

— Chère mère, je vous annonce que j'attends un enfant ! Il devrait naître d'ici le printemps prochain.

Sur ce, elle se rassit et lança à Élisabeth un regard de triomphe comme si elle savait ce qui s'était passé la veille au soir.

4

Le retour de l'été

Ce fut au cours de cet été que Marinette demanda à parler à Élisabeth. L'entretien eut lieu devant le puits alors que la paysanne remplissait ses seaux.

— Le bruit court, madame, que mon homme est complice dans une affaire d'assassinat, qu'il est en prison à Brive !

— Les gendarmes sont venus te voir ?

— Non, mais à mon avis ils ne vont pas tarder !

— Qu'est-ce que tu sais ?

— Rien. Le Joseph a habité un bon mois à la maison. Il a ramassé du bois. Je lui ai donné de la soupe. Il est reparti un beau matin sans demander son reste !

— Il était seul ? interrogea Élisabeth qui sentait une faille dans cette explication un peu courte.

— Ils étaient trois, madame ! fit-elle en baissant la tête et s'engouffrant dans force détails sur les deux compagnons de son Joseph. Vous croyez que moi aussi on va m'emprisonner ou alors que Mme Pradeau me mettra à la porte à cause de cette histoire ?

— As-tu entendu des choses ? As-tu surpris des gestes douteux ?

— Je ne les approchais pas. Ils sont toujours restés dehors.

— Ne t'inquiète pas. Si tu n'es au courant de rien, ils ne peuvent pas t'arrêter ! Pour l'instant, ne parle de cela à personne.

— Merci, madame, je sais pouvoir compter sur vous !

Elle releva machinalement la coiffe qui retenait ses cheveux, vérifia le nœud de son tablier, souleva enfin ses seaux dont le poids l'obligea à courber l'échine.

Elle devait sentir, Marinette que les choses allaient se précipiter. Le soir même, les gendarmes se présentèrent à la maison.

Madeleine Pradeau les reçut dans la cuisine devant un verre de cidre. Elle les fit asseoir, chassa la domestique et écouta religieusement leur histoire.

Le plus âgé, détenteur apparemment de l'autorité, tira sur les poils de sa moustache avant de faire un récit précis de cette soirée au cours de laquelle le chaumier le plus réputé de la région avait perdu son fils.

— On a identifié celui qui a mis le feu. Il court toujours, mais il ne pourra pas nous échapper longtemps, révéla le plus jeune en vidant son verre avec avidité. Le gars avait des complices qui ont tenté de cambrioler la maison de Jean Dumond, reprit-il en essuyant sa bouche. Le métayer les a coincés et a pu nous les livrer. Le plus vieux serait, paraît-il, le mari d'une de vos domestiques. Une dénommée Marinette.

— Marinette ! s'écria la veuve en relevant ses sourcils sous l'effet de la surprise. Vous voulez lui parler, je suppose. Elle n'est pas là dans l'instant. Il vous faut remonter la route de Ségur, en direction de Saint-Éloy. Sa maison se trouve au bout du chemin qui prend à l'orée du bois sur la colline.

— Elle vit seule, votre Marinette ?

— Elle a trois enfants dont le père doit être le bonhomme dont vous parlez. J'espère qu'elle n'est pas impliquée dans cette affaire, sinon ouste, je la mets dehors !

Élisabeth cherchait ses jeunes. Passant dans le couloir, elle entendit la fin de la conversation.

— Marinette a appris l'arrestation de son mari, intervint-elle en entrant dans la pièce. Elle n'a aucune idée de ses combines. Il est venu là il y a quelques semaines, puis est reparti sans lui faire aucune révélation.

— Comment vous savez ça ? demanda le vieux gendarme.

— Elle me l'a dit ! Elle me fait confiance.

— Et vous, vous la croyez ?

— Je n'ai aucune raison de douter d'elle.

— On va voir tout ça ! décréta-t-il en enfonçant son képi sur sa tête.

La nuit tardait à tomber. Des lueurs de rouge et de bleu se mélangeaient à l'horizon, prolongeant le jour. Une douceur apaisante envahissait l'air, provoquée par un léger vent du sud. Les enfants couraient encore dans la prairie tandis que les moutons étaient rentrés. Élisabeth regarda s'éloigner les gendarmes au pas de leurs chevaux, sans hâte, comme s'ils partaient en promenade.

En parcourant le pays, la maréchaussée en voyait de la misère, mais cette femme seule et ses trois bambins logés dans un taudis pareil, sur une terre dont les propriétaires avaient si bonne réputation, ne manqua pas de les surprendre. À n'en pas douter, Marinette les attendait. Son regard posé sur eux quand elle ouvrit la porte en disait long sur sa peur de ces hommes de loi. Elle les laissa dehors. Son intérieur, si minable fût-il, lui appartenait. Les enfants mangeaient leur soupe, elle ne les avait pas lavés depuis plus d'une semaine. Elle était consciente de leur saleté.

Elle n'était pas bête, Marinette, elle comprit vite qu'il serait dangereux de mentir ou d'oublier un détail que, peut-être, ils connaissaient déjà. Elle leur dit tout. La description du Riquet, du Joseph et du Jacquot correspondait à ce que les gendarmes savaient.

— Ils sont bien restés un mois. Je leur ai donné de la soupe parce qu'ils ramassaient du bois pour mon feu. Ils étaient pires que des chiens, puants, paresseux. Ma porte leur a toujours été fermée. Ils sont partis un matin sans me prévenir. Le Joseph m'a même volé du pain, ce jour-là.

— As-tu une idée de l'endroit où pourrait se cacher le dénommé Riquet ?

— J'en sais rien. Celui-là, je lui ai jamais parlé. Il disparaissait des fois deux ou trois jours et réapparaissait sans crier gare. Si vous voulez mon avis, je voyais bien que c'était pas un gars honnête, je me tenais loin de lui. Sa figure pleine de croûtes me donnait envie de vomir.

Ce détail intéressa les gendarmes.

— C'était quoi ces croûtes ?

— Je sais pas ! Ses joues surtout en étaient recouvertes. Il n'avait plus de dents et puait comme un cochon. Pour tout dire, il me faisait peur.

Soudain la porte s'ouvrit, laissant passer un enfant pas trop maigre, mais accoutré de haillons, le visage rayé de boue séchée, les cheveux en broussaille.

— Moi, fit le petit garçon pour se donner de l'importance, je l'ai entendu parler, le Riquet, et même qu'il souhaitait mettre le feu quelque part et que mon père et Jacquot avaient décidé de l'aider.

— Veux-tu bien te taire ! cria Marinette en giflant le garçon. Tu ne sais rien du tout !

— Vous étiez au courant de ce projet ? interrogea le gendarme en se penchant vers Marinette. Il faut nous le dire. Si votre fils ne ment pas, nous avons confirmation de la complicité de votre mari. Si vous oubliez de nous dire ce que vous savez, vous voilà associée à ce drame. Vous pourriez finir en prison.

Marinette ne pleura ni ne cria. Elle sentit une chaleur anormale lui couvrir le visage et ses mains se mirent à trembler. Elle trimait depuis sa plus tendre enfance et ne se penchait pas sur son dénuement. Elle avait appris à se battre seule et parvenait, tant bien que mal, à survivre. Mais face à des gendarmes qui la menaçaient, elle se retrouvait soudain impuissante.

— Je vous jure que je savais rien. Je laissais la soupe sur la marche, je les approchais pas. Quand je les ai vus arriver, j'étais sûre qu'ils allaient m'attirer des ennuis.

— On est obligés de tenir compte du témoignage du garçon, déclara le gendarme à la grosse moustache. Je vais noter tout cela dans mon rapport. Restez dans le coin, nous aurons certainement besoin de vous.

Marinette attendit qu'ils aient disparu au bout du chemin et, pour la deuxième fois, envoya sur la figure de son fils une claque magistrale.

En se couchant le soir, elle se demanda comment elle aurait pu s'éloigner de son territoire à part descendre à la foire de Ségur. Peut-être n'avait-elle pas bien compris la signification des paroles du gendarme ! Son ignorance de la loi, des usages en général, de cette affaire en particulier lui donnait l'impression de rester derrière une porte close qu'elle n'arrivait pas à ouvrir. Pour la première fois de sa vie, elle ressentit une angoisse qui lui comprimait la poitrine. Malgré sa fatigue, elle eut du mal à dormir cette nuit-là.

* *
*

Depuis l'irruption de Léon dans sa chambre, Élisabeth fermait la porte à clé après avoir embrassé ses enfants. Elle tourna un moment entre le lit et les chaises. Elle pensait à Marinette. La pauvre fille n'avait pas besoin de se mettre dans une telle situation, elle avait assez à faire avec son quotidien de misère. S'il fallait la défendre, Élisabeth ne manquerait pas à l'appel. Elle soupira, sentit dans l'air l'odeur des foins. Des moucherons voletaient autour de sa lampe, attirés par une lumière mortelle.

C'était la saison des fenaisons. Chaque jour à l'aurore, une longue file d'hommes avançait sur les sentiers. Élisabeth se levait tôt et ouvrait ses volets pour observer ce cheminement silencieux, comme une armée partant en campagne. Ils tenaient leur faux sur l'épaule, les premiers rayons du soleil irradiaient sur les lames métalliques reconnaissables à leur légère courbure. Aucun herbage n'échappait au tranchant des outils. Si les chaleurs persistaient, en une semaine toutes les prairies seraient fauchées, le fanage terminé, le foin sec et rentré. D'ailleurs, la noria des charrettes avait débuté et les greniers des deux granges se remplissaient. D'ici la fin de l'été, les pluies d'orage permettraient le regain et une deuxième fauche aurait lieu en même temps que les moissons.

Au terme du mois d'août, le battage des céréales commencerait. Depuis qu'elle était en âge de marcher, Élisabeth s'était mêlée aux femmes qui nourrissaient les ouvriers munis de leur fléau. Elle les regardait agiter frénétiquement leur outil, menaçant l'air. Ils cognaient ensuite à tour de bras sur les épis comme s'ils éprouvaient contre eux une colère sourde. De temps en temps, ils s'arrêtaient pour éponger leur front et leur nuque avec un mouchoir sorti de leur poche et reprenaient inlassablement leur tâche.

Ils rentraient à la tombée de la nuit, exténués, le dos courbé, à pas lents, après avoir une dernière fois jeté un coup d'œil derrière eux pour évaluer le travail déjà effectué.

C'était au temps heureux de son enfance, avant que disparaissent l'affection de sa mère, la protection de son père. La propriété vendue, elle avait retrouvé chez sa tante un foyer chaleureux et une personne attentionnée. En revanche était perdu à tout jamais le parfum de ses jeunes années et ces habitudes ancrées en elle comme une seconde nature.

L'eau avait coulé sous les ponts. Pierre Pradeau avait épousé Élisabeth, estimant plus la douceur de son regard que le montant de la vente de la propriété. Encore que, malgré les difficultés de sa mère à lui trouver une épouse, celle-ci apprécia grandement la somme rondelette déposée chez le notaire.

Depuis qu'elle était mariée, Élisabeth avait constaté avec quelle intelligence Léon et Pierre Pradeau géraient leurs terres. Ils utilisaient le fumier pour fertiliser les prairies et les champs et obtenir ainsi des herbes grasses en abondance pour la nourriture des bêtes, et des céréales de première qualité. Ce cercle vertueux leur apportait une aisance financière certaine.

Le dernier été de Pierre resterait gravé dans les mémoires. Après bien des conciliabules entre son frère et sa mère, il avait acheté une batteuse à vapeur qui, sous les yeux éberlués du personnel, avait abattu en une semaine le travail de deux mois.

L'eau dans la Vézère avait continué de couler. La nuit avait suivi le jour et le jour la nuit. La course du soleil ne cesserait jamais. La jeune femme referma doucement la fenêtre et alla s'étendre sur son lit.

5

Marinette

Le Riquet avait appris la mort d'Antoine et l'arrestation de ses deux complices la semaine qui suivit le drame. Dans les campagnes, tout le monde ne parlait que de cela, il était impossible de ne pas entendre cette rumeur qui passait d'un village à un autre comme un mauvais vent.

Il se retrouvait seul. Il marcha longtemps, le plus souvent à couvert, allant vers le sud sans raison particulière. Ses cheveux et ses croûtes cramés, il sentait le roussi et traînait cette odeur comme une croix lourde à porter. Cependant, au bout de quelques jours, il commença à se faire à l'idée que son projet avait abouti et relativisait le drame provoqué. Sa mauvaise conscience, doucement, le laissa en paix. Installé depuis deux jours sur les bords de la Vézère, il observa le courant clair qui filait en silence, les vieux saules dont les branches caressaient la surface de la rivière. Il se déshabilla et, nu comme un ver, plongea dans l'eau, jusqu'à ce qu'il ressente en lui l'innocence du nouveau-né. Ainsi purifié, il prit une décision importante. Puisque le Joseph se trouvait en prison, pourquoi n'irait-il pas se réchauffer dans la couche de Marinette ? En remontant vers la Corrèze, il se jetait dans la gueule du loup, mais le jeu en valait la chandelle. Il pourrait profiter de cette femme et de sa soupe en restant caché dans la maison jusqu'à ce que les choses se calment. Satisfait de son projet, il revêtit ses guenilles sur lesquelles l'odeur de brûlé persistait, fit demi-tour et reprit le chemin de son destin.

* *
*

Après le passage des gendarmes, Marinette devint craintive. Elle fermait sa porte à double tour, tirait les volets, revérifiait avant d'aller se coucher. Elle se relevait parfois la nuit pour écouter les bruits du dehors. Elle se surprenait à frissonner au hululement d'un hibou ou au pas furtif d'un renard qui rôdait à la recherche de quelque nourriture. Au point du jour, elle était déjà debout à faire le tour de la maison, vérifier que personne ne se cache sous l'auvent. Elle donnait des directives strictes à la vieille qui venait garder les enfants et demandait à son aîné de ne jamais s'éloigner ni d'elle ni du berger qu'il accompagnait. Elle n'avait pas une seconde de tranquillité. Son esprit était entièrement occupé à cette idée ; le Riquet, pourchassé mais libre, errait dans les environs et pourrait bien, un de ces jours, venir se réfugier chez elle.

Il arriva au moment où elle s'y attendait le moins. C'était un chaud dimanche du mois d'août. Elle avait descendu les enfants à la rivière. Après les avoir déshabillés et plongés dans l'eau, elle leur frottait le corps avec un savon parfumé dont Élisabeth venait de lui faire cadeau. Les manches et la jupe relevées, elle avait enlevé sa coiffe, libérant ses cheveux qui tombaient en cascade sur ses épaules. Elle n'avait qu'une seule envie, plonger à son tour dans l'onde fraîche. Entre les exclamations des enfants et le clapotis qu'ils provoquaient en se chamaillant, elle distingua le craquement d'une branche.

Elle se retourna vivement. Il se tenait là, à quelques mètres, les poings sur les hanches, le regard concupiscent. Curieusement, elle ne se troubla pas. Elle soupira, passa sa main sur son front pour le dégager, continua sa besogne. Il s'assit sur le tapis de mousse qui recouvrait le sol et attendit. Il avait tout son temps. Les enfants s'ébrouaient en poussant des petits cris, Marinette s'acharnant à laver leurs cheveux que la crasse raidissait. L'aîné avait vite pris conscience de la situation. Le Riquet l'effrayait, il craignait qu'il brutalise sa mère. Il se rhabilla en hâte, puis commença à tirer sur sa robe.

— On y va ! répétait-il. On rentre à la maison.

— J'ai pas fini ! répondait Marinette qui, dans sa tête, élaborait un plan pour échapper à cet homme.

Las d'être torturés par les mains avides de leur mère, les petits commencèrent à maugréer. Marinette dut se rendre à l'évidence, sa besogne terminée, il lui fallait retourner chez elle. Elle barbota quelques secondes, ses pieds glissant sur les galets, s'aspergea le visage. Puis elle se saisit de ses deux plus jeunes aussi vivement qu'elle aurait pris des poulets pour les plumer, tandis que l'aîné installait sur son dos le balluchon rempli des vêtements sales. Ce cortège curieux quitta le bord de la rivière sous l'œil aux aguets du Riquet.

Ils restèrent à l'ombre des arbres tant la chaleur les accablait. Mais au lieu de remonter vers la masure, ils se dirigèrent vers la demeure de la veuve Pradeau.

Antoinette et Élisabeth se reposaient sous un grand cèdre dont les branches basses semblaient caresser leurs chapeaux. L'une et l'autre s'étaient étendues sur des chaises en rotin installées de part et d'autre d'une table en fer-blanc sur laquelle avait été posé un service à thé. Les enfants couraient dans le parc, à la poursuite d'un papillon, jouant à cache-cache ou au cerceau. Leurs hurlements perçaient le silence, leur cavalcade dérangeait l'harmonie.

Marinette serra contre elle ses trois petits, se tint à distance de ce spectacle d'une famille bienheureuse, attendit.

Le Riquet fut surpris de ce contretemps, puis fort contrarié. La Marinette était capable de le dénoncer. Venir ici ne semblait pas un bon plan. Il se terra dans un trou de renard tout le reste de la journée. Il lui fallait élaborer une autre stratégie.

Élisabeth ne se sentait pas bien. Elle avait eu une nausée après le repas et avait mis cela sur le compte du coq au vin particulièrement gras et pas assez cuit à son goût. Elle aurait préféré se retirer dans sa chambre, mais les enfants avaient insisté pour qu'elle les accompagne dehors. Antoinette l'avait suivie, la main sur son ventre arrondi, le menton haut, le regard fier.

Les garçons se chamaillaient. Henri prenait le parti de son petit frère contre ses cousins. Refusant d'être en reste, François galopait derrière eux, semant le trouble et l'impatience chez les fils de Léon. Les filles, plus sages, s'étaient réfugiées sous un saule et inventaient des histoires. Une sourde compétition tenait leur cerveau en éveil.

Élisabeth se leva pour remplir sa tasse de thé. Ce fut à ce moment-là qu'elle aperçut Marinette et sa petite famille qui les observaient à bonne distance.

— Il se passe quelque chose ! murmura-t-elle en rajustant son chapeau de paille.

— Qu'est-ce que fait là cette traînée ? s'écria Antoinette, peu généreuse de paroles apaisantes. Chasse-la !

Élisabeth avança vers la clôture qui séparait le parc de la prairie. Le spectacle de cette femme et de ses trois enfants serrés contre elle comme des chatons sous leur mère la troubla. Sans pouvoir expliquer sa réaction, Marinette tendit à Élisabeth le morceau de savon.

— Je vous le rapporte, les petits sont propres.

— Ne me dis pas que tu es venue jusque-là pour ça ! Je te l'ai donné, tu peux le garder.

Elle percevait dans l'attitude de Marinette une confusion inhabituelle.

— Tu veux me parler ! insista-t-elle.

— Non, madame, juste vous rendre votre bien.

— Tu as vu les gendarmes ? Que t'ont-ils dit ?

— Je dois rester vigilante. Mais ils m'ont pas arrêté. Je m'en retourne. Bonne journée, madame.

Le petit garçon se mit à s'agiter, à tirer sur la jupe de sa mère, à supplier.

— Qu'a-t-il ? demanda Élisabeth.

— Rien, c'est un énervé ! fit-elle en lui balançant une gifle. À demain, madame.

— À demain, Marinette.

Elle suivit longtemps du regard la marche à travers la prairie de cette femme portant deux enfants sur ses épaules et tirant un troisième, sous la brûlure d'un soleil du mois d'août. Cette approche de Marinette n'était pas ordinaire. Elle ne venait jamais de ce côté-là et surtout pas en pleine chaleur un dimanche après-midi.

— Qu'est-ce qu'elle voulait ? demanda Antoinette.

— Rien de particulier ! répondit calmement sa belle-sœur.

— Alors pourquoi ne pas l'avoir chassée plus fermement ?

— Parce que je tente de l'aider ! On n'est pas des bêtes !

Déstabilisée, Antoinette se recroquevilla dans le fond de son fauteuil, s'enfonça dans son mutisme, indifférente aux disputes de ses enfants.

* *
*

Malgré la fraîcheur agréable de la soirée, le prolongement du jour jusqu'à tard, Marinette confina son petit monde dans la chaumière. Ils y étouffèrent car elle avait allumé le feu pour chauffer la soupe. Elle ne dormit pas de la nuit, il ne se passa pourtant rien. Le Riquet resta caché dans son trou de renard. Mais au lever du jour, quand elle ouvrit pour jeter l'eau sale de la vaisselle, il se trouvait là, à quelques mètres, les mains dans les poches et l'œil mauvais. Vif comme un prédateur en chasse, il sauta sur elle avant qu'elle ait pu refermer la porte. Il enferma ainsi tout ce petit monde et décida qu'il était désormais le maître.

— Je dois aller travailler. S'ils ne me voient pas, ils vont monter me chercher, argumenta-t-elle.

— Bien sûr que tu vas y aller. Moi, je vais garder les loupiots. Si j'aperçois un képi pointer ou n'importe qui venir jusque-là, je les embroche comme des cochons de lait. Tu dois bien avoir un reste de soupe ? J'ai faim, moi ! ajouta-t-il en tournant en rond au milieu de la pièce.

Les petits se mirent à pleurer en se cachant dans la jupe de leur mère. L'aîné ne broncha pas. Il sentait en lui le goût de la vengeance, mesurant toutefois ses limites.

Une vieille femme, aperçue à travers les carreaux, frappa à la porte. Le Riquet se saisit du pic à bois posé près de la cheminée, se tint en retrait.

— Elle vient garder les gosses pendant que je vais au travail, expliqua Marinette.

— Chasse-la ! Vite ! Mais n'ouvre pas !

C'était la première fois que Marinette évinçait la mère Coutou. Elle en éprouva une vive émotion et se mit à grogner comme un chien abandonné. Elle s'attarda quelques instants à tourner devant la maison puis, la porte restant close, elle reprit le chemin de son logis.

La situation déstabilisait le Riquet. Il n'avait rien prévu de ce qui arrivait. Il flanqua Marinette dehors et obligea les enfants à se recoucher. Les deux plus jeunes se mirent à hurler et à s'agiter, devenant incontrôlables. Le plus grand tira sur le pantalon de l'homme.

— Qu'est-ce que tu veux, toi ?

— Je garde les moutons. Si le berger me voit pas, il va venir me chercher jusqu'ici.

— Allons bon ! Il manquait plus que ça ! Ordonne à ces brailleurs de fermer leur bouche, il faut que je réfléchisse.

Encore une complication qui s'ajoutait aux autres. Il saisit le garçon par les épaules, le secoua comme un prunier.

— Tu as entendu ce que j'ai dit à ta mère. C'est aussi valable pour toi. File et reviens avant la nuit, seul.

Comme il l'avait fait pour Marinette, il jeta dehors le jeune garçon qui prit ses jambes à son cou et partit rejoindre les moutons qui l'attendaient pour sortir.

Cette situation ne dura pas plus de deux jours. Le Riquet profitait de la soupe et s'assoupissait la journée, laissant les enfants face à tous les dangers. Marinette redoutait entre tous le moment du coucher. Elle n'était pas dupe et n'ignorait pas qu'il allait sauter sur elle. Or il lui faisait horreur. À bien y réfléchir, elle aurait préféré dormir avec un loup. Pour échapper à son déchaînement, elle se tint la soirée entière devant le feu à suer et éplucher un reste de châtaignes de l'automne précédent trouvé dans le fond du garde-manger. La plupart étaient sèches ou charançonnées, peu lui importait. Elle s'acharna à sa besogne, s'écorchant les doigts, tant qu'elle l'entendit maugréer à l'attendre au fond de son lit. Elle piqua enfin du nez au milieu de la nuit et dut sommeiller une heure ou deux.

— Qu'est-ce qui te prend de travailler quand tout le monde dort ? demanda le Riquet que la nature n'avait pas doté d'une très grande intelligence.

— Si je les rapporte pas, je devrai rester là-bas pour finir la besogne.

Au soir du deuxième jour, Marinette, épuisée, revint avec une bouteille de gnôle dérobée dans la réserve de la veuve Pradeau.

Le Riquet se précipita dessus et la vida en un rien de temps, se mettant à la merci de ses victimes.

— Va chercher la corde qui me sert à lier les fagots ! ordonna-t-elle à son fils aîné tandis que l'homme se cognait en hurlant contre les chaises et la table.

Ce ne fut pas si simple. Il restait au Riquet un semblant de force et un débris de conscience qu'il utilisa pour se débattre. Devant les difficultés de sa mère, l'aîné se saisit d'un rondin de bois et de toutes ses forces l'aplatit sur la tête du voyou. Il fut enfin maîtrisé.

Marinette s'appliqua à le saucissonner, tant et si bien qu'il ne lui resta plus qu'à le tirer jusque sous l'auvent et à l'abandonner ainsi avant de monter à la maison prévenir Élisabeth.

— Va coucher ton frère et ta sœur ! ordonna-t-elle tandis que l'autre ronflait comme un bienheureux. Et après, viens le surveiller.

* *
*

Selon son habitude, après avoir embrassé ses enfants, Élisabeth se retira dans sa chambre et ouvrit sa fenêtre afin de respirer l'air sec et chaud dont elle adorait emplir ses poumons. Une réminiscence de son jeune temps qu'elle prolongeait. Ce soir-là, ses yeux se posèrent sur une silhouette fine qui descendait la prairie. Cette démarche vive formée de grandes enjambées, la jupe trop courte qui recouvrait à peine les chevilles, le fichu qui cachait une chevelure sombre et épaisse, elle reconnut Marinette sans peine.

— Qu'est-ce qui se passe ? murmura-t-elle. Elle n'a aucune raison de monter ici à cette heure ?

Elle jeta un coup d'œil à la masure dont elle apercevait un morceau de la toiture de chaume. Le temps semblait s'y être arrêté.

— C'est moi qu'elle vient voir ! comprit-elle. Depuis dimanche, elle essaie de me dire quelque chose.

Elle posa son châle sur ses épaules, quitta sa chambre et rejoignit la cuisine. Car elle en était sûre, Marinette rentrerait par là. En effet, elle arriva essoufflée, les joues enflammées, les yeux exorbités.

— Que t'arrive-t-il ?

La paysanne débita son récit comme une eau découvrant le vide tomberait en cascade. Les mots se chevauchaient, les phrases se suivaient, incomplètes, sans silences, moitié patois, moitié français.

Élisabeth synthétisa ce discours pour n'en retenir que l'essentiel. Le voyou recherché par tous les gendarmes de la région s'était pris au piège chez Marinette.

Léon, mis au courant, sonna la cloche pour alerter les métayers. Quand il compta une demi-douzaine d'hommes, il leur distribua des piques, enfila une cartouche dans son fusil. La troupe remonta le chemin d'un pas militaire, les chiens dans ses traces. Ils ramassèrent le Riquet comme une bête sauvage prise dans un piège. Le voyou brailla, cracha, se débattit pareil à un beau diable, en vain. Personne n'entendit ses récriminations. Pour lui sonnait l'heure du bilan.

6

Le voyage à Paris

Géraud Pardoux débarqua à la gare d'Orsay après un voyage éprouvant. Il n'aimait pas quitter sa région. Il avait pris un billet de première classe. Mais ces heures passées sur un siège dur au rembourrage grossier, ce ballottement continu ne le mettaient pas de bonne humeur. S'ajouta aux secousses une moiteur insupportable qui mouillait sa chemise car cette fin d'été restait sèche et étouffante. La chaleur excessive régnant sous les arcs de ferraille de la gare n'arrangea rien. Il arriva donc irrité et impatient à Paris.

Il découvrit une ville agitée de toutes parts. Pour aller à son rendez-vous, il monta dans un fiacre léger, tiré par un seul cheval, dont le cocher, vêtu avec soin, lui inspira confiance. Il s'installa confortablement, poussa un soupir, caressa sa barbe. L'odeur du crottin, qui fermentait sous la moiteur, lui piquait les yeux. Et puis cette ville était décidément trop bruyante. Les roues cerclées tressautaient avec fracas sur les pavés. Des gens criaient sur le bord des trottoirs. Ces hommes et ces femmes aux métiers curieux qui, pour attirer l'attention des passants, les invectivaient. Lui revinrent le silence de sa maison, la douceur de sa jument, le visage tranquille d'Élisabeth. C'était pour elle qu'il avait entrepris ce voyage. Il voulait lui offrir la plus jolie des demeures et il avait posé son dévolu sur la propriété que le comte de Saussignac possédait à Lubersac.

Géraud Pardoux était persuadé de gagner la partie. Des terres entourant le château avaient été vendues pour la construction de la gare et le passage de la ligne de chemin de fer. La valeur de l'ensemble avait bien baissé. Le notaire avait confirmé. La bâtisse était magnifique. Elle avait été bâtie dans la seconde moitié du XIXe siècle. Cela lui donnait un aspect moderne avec ses larges ouvertures, ses tours carrées bien rectilignes, sa serre dans laquelle s'épanouissaient des orangers et des citronniers.

Un grand parc aux arbres centenaires lui servait d'écrin. Restaient des prairies fertiles dans lesquelles paissaient des vaches grasses. Leur rapport comblerait vite le prix d'acquisition de l'ensemble.

Il fouilla dans son portefeuille, en sortit l'adresse du comte qu'il confirma au cocher. Il venait d'acheter des tickets d'entrée à l'Exposition universelle qui avait lieu en ce moment. Il ne manquerait pas d'y aller voir ce fameux trottoir roulant dont il avait lu tant de bien sur un prospectus. Il était question aussi d'une grande roue mesurant soixante-dix mètres de haut, venue des Amériques. Une invention l'intriguait particulièrement. Les frères Lumière projetaient sur un écran géant des images qui bougeaient comme dans la réalité. Il tremblait d'impatience de découvrir ces nouveautés.

Le fiacre remonta l'avenue des Champs-Élysées, bordée de jardins dans lesquels marchaient sans hâte ces nurses anglaises avec leur cape noire et leur cornette blanche.

— On dirait des bonnes sœurs ! murmura Géraud Pardoux.

Des enfants couraient sur des allées gravillonnées pendant que des policiers surveillaient tout ce monde, un sifflet à la bouche. Sur le bord des trottoirs patientaient des cochers en livrée tout occupés à apaiser l'ardeur de chevaux fins arrimés à de magnifiques coupés.

L'avenue d'Iéna, dans laquelle tourna le fiacre, contrastait par son calme et l'impression de se retrouver dans un coin de campagne. Artère élégante et tranquille, elle était bordée de quelques hôtels particuliers séparés les uns des autres par des terrains vagues et des murs au-dessus desquels dépassaient les cimes de grands arbres.

Le cocher s'arrêta devant le numéro indiqué par son client. C'était une belle demeure possédant deux entrées charretières. Après avoir réglé sa course, Géraud Pardoux alla sonner à la porte de la concierge. Une femme de petite taille sortit de sa loge.

— M. le comte m'attend ! déclara le visiteur en tendant sa carte.

Elle le toisa sans honte, appela un jeune laquais qui l'introduisit.

Géraud Pardoux s'était promis de ne s'impressionner de rien. Mais le hall démesuré dans lequel il entra, l'escalier monumental aux marches de marbre dont la rampe en fer forgé formait des volutes terminées par un bouton doré, le sol également pavé de marbre à cabochons, les tableaux extraordinaires ornant les murs, il en resta quelques secondes bouche bée.

Un valet de pied se présenta, tendant sa main gantée afin de s'approprier la carte de visite.

— Si monsieur veut bien me suivre.

Le visiteur retenait son souffle comme si l'air lui manquait. Une lumière généreuse inondait l'escalier, distribuée par un plafond de verre. Il repensa à Prédevaut, se persuadant que ses propriétaires devaient bien s'ennuyer dans cette campagne aux aubes fraîches.

Après une jeunesse passée sur les bancs d'une école militaire et ses journées dédiées à ses affaires, M. de Saussignac entretenait ainsi un teint pâle, presque vert. Les matinées au bois, à galoper sur son pur-sang, ne suffisaient pas à lui donner bonne mine. Il était grand et maigre, portait de larges favoris noirs qui tempéraient le côté osseux de son visage. Il attendait Géraud Pardoux dans un petit salon dont les fauteuils profonds étaient recouverts d'une cretonne fleurie. Les tapis épais, les portraits de famille aux murs, les vastes tentures sombres, les meubles à profusion, il sembla au visiteur qu'il étouffait. L'œil se désespérait de trouver un coin paisible. Pour confirmer le tout, les volets, seulement entrouverts, ne laissaient entrer qu'une parcimonieuse lumière. Ces gens savaient-ils profiter des saisons ? se demanda le Corrézien.

— Je n'aime pas le climat de Paris, il est vicié. Je jouis du bon air sur mes terres, remarqua le comte comme s'il lisait dans ses pensées. Mon cher Géraud, que me vaut cette entrevue ? Habituellement, je donne mes rendez-vous à mon cercle, mais Mme la comtesse a souhaité vous saluer. Certainement parce que vous lui rappelez sa douce campagne.

Géraud Pardoux, qui savait si bien gonfler le torse devant un subalterne, se rétrécit soudain face à l'aisance de son interlocuteur. Il redevenait le paysan mal fagoté de ses débuts, celui qui sentait l'étable, repoussant même les filles de sa condition. Un complexe d'infériorité lui serra la poitrine, lui donnant l'impression, malgré sa haute taille, de ne pas atteindre la cheville du comte.

— J'espère que je ne lui apporte pas l'odeur du crottin et de la bouse de vache, répliqua-t-il, oubliant toute sorte de délicatesse.

M. de Saussignac se contenta de sourire et l'invita à s'asseoir. Les affaires ne se traitant pas brutalement, il fut question, dans un premier temps, de l'instabilité de cette IIIe République voyant défiler les responsables.

— Depuis dix ans, nous avons eu trois présidents. Comment voulez-vous que ce pays se réforme convenablement ? s'indigna le comte, recevant en retour le long soupir d'un homme pris dans le piège de sa classe.

Ce n'était pas le moment de faire de la politique. Géraud Pardoux n'était pas venu jusque-là pour placer un mot de travers et bloquer ainsi la démarche qu'il entreprenait. Sans réponse, M. de Saussignac se lança sur l'Exposition universelle qui retenait toutes les attentions.

— Allez admirer le Grand et le Petit Palais, ce sont des merveilles d'architecture. Je vous recommande également les pavillons des Colonies. Si vous rêvez d'exotisme, vous serez comblé !

— J'ai entendu parler de toutes ces nouveautés qui, dit-on, vont changer nos habitudes, continua l'hôte, se lançant sur un terrain moins glissant. Le caoutchouc, dont on dit grand bien pour les roues des automobiles qui, selon certains, remplaceront les voitures à cheval. Le cinématographe, encore que je ne saisis pas très bien à quoi cela va servir.

— Oh ! Vous comprendrez un jour ! Nous en abuserons, nous deviendrons les voyeurs de nos contemporains. À ce propos, ne manquez pas le palais de l'Électricité.

Le valet de pied, sonné par son maître, déposa une carafe de porto avec des petits verres de cristal ciselé. Le temps de la dégustation passa un grand silence. Entra alors comme un ouragan Mme la comtesse toute froufroutante. C'était une femme à la jeunesse épanouie, dont la taille fine était prise dans un corset qui amplifiait un arrière-train recouvert de tulle froissé. Sa naissance l'avait pourvue d'une grâce et d'une assurance qu'elle maîtrisait parfaitement. Ses cheveux noirs torsadés en un chignon épais étaient ornés de pierres alignées sur des barrettes. De grosses bagues paraient ses doigts, un collier de trois rangs de perles tombait sur la dentelle fine de son corsage.

Elle trouvait sympathique Géraud Pardoux qu'elle avait rencontré à la préfecture à Brive et qui leur avait rendu visite à plusieurs reprises à Lubersac, à l'occasion du 14 Juillet. Elle avait entendu dire qu'il possédait un sens aigu des affaires. D'ailleurs, il lui arrivait de conseiller M. le comte pour l'achat de bétail.

En sa présence, il ne fut question que de futilités. Les hommes seuls décidaient des transactions. Il aurait été grossier d'en parler devant une femme. Son mari gérait avec les régisseurs les biens de madame, sans jamais la tenir informée.

— Mon cher, fit-elle à l'attention de son époux, quand elle se fut assez délectée de l'air de la campagne apportée par le visiteur, je vais déjeuner chez une amie.

La douce fragrance d'un parfum fleuri s'attarda dans la pièce quand elle eut disparu, rappelant à Géraud Pardoux combien ces gens pouvaient être délicats.

Vint enfin le moment tant attendu. Les deux hommes se trouvèrent quelque peu empruntés, se scrutant l'un l'autre.

— Je vous écoute ! commanda le comte en posant ses bras sur les accoudoirs de son fauteuil.

— Monsieur le comte, commença le Corrézien, j'ai appris que vous souhaitiez mettre en vente la propriété de Prédevaut. Dans ce cas, j'aimerais m'en porter acquéreur. Je vais convoler pour la troisième fois. Vous n'êtes pas sans savoir les malheurs qui m'ont touché avec mes deux premières épouses. Mortes en couches, l'une et l'autre sans arriver à mettre au monde un enfant viable. La troisième Mme Pardoux est une veuve avec trois jeunes. Pour loger cette famille, il me faut une grande maison non loin d'une école et d'une église.

Le comte se redressa, soupira, laissa passer quelques secondes.

— Mon cher Géraud, commença-t-il, l'entretien du château me coûte plus que le rapport du domaine depuis qu'une partie de la propriété a été vendue au haras de Pompadour, puis après l'expropriation pour la construction de la gare. C'est la raison pour laquelle je souhaitais m'en séparer. Cependant, Mme la comtesse est très attachée à cette campagne qu'elle reçut en héritage. Elle y passait ses étés pendant son enfance. J'avance donc à petits pas afin de ne pas la brusquer.

— La chose ne se fera pas dans l'immédiat, si je comprends bien.

— Il ne faut pas forcer les femmes. Elles réfléchissent avec leur sensibilité, sans tenir compte des faits. Il ne servirait à rien que je lui montre les bordereaux, les factures, les additions. Mais il faudra bien un jour se rendre à l'évidence. À ce moment-là, soyez sûr que je penserai à vous en priorité.

Le comte se leva, manière d'annoncer la fin de l'entretien.

— Je vous souhaite un bon séjour à Paris. Ah ! N'oubliez pas d'aller au concert ce soir, il sera dirigé par Camille Saint-Saëns en personne.

En sortant de l'hôtel particulier, il sembla à Géraud Pardoux que le ciel s'était assombri. Il était déçu. Il avait tant imaginé Élisabeth au château de Prédevaut, traversant les salons ou assise devant un bon feu, occupée à la lecture d'un roman à la mode. Au lieu de cela, elle allait devoir vivre dans les pièces qui gardaient l'odeur de ses précédentes épouses, en respirer les mêmes miasmes. « Il faudrait changer le lit quand même, se dit-il. Avec cette femme, il me semble prendre un nouveau départ. » Le fiacre l'attendait devant la porte de l'hôtel. Le cocher en grande discussion avec la concierge s'empressa de fouetter le cheval. Le Corrézien demanda à être déposé au cours la Reine. Il ne manquerait pas en plus la visite de l'Exposition universelle.

7

Les hasards de la vie

Les jours raccourcissaient. La fraîcheur des nuits engendrait un brouillard le matin dans les vallées qui avait du mal à se disperser. Au-dessus du moindre cours d'eau flottait un nuage blanc comme un édredon de plumes.

La maison de Madeleine Pradeau, qui avait gardé jusque-là une atmosphère agréable, commençait à se refroidir. En plus de ses corvées, Marinette réapprovisionnait chaque jour les cheminées dans lesquelles elle faisait une flambée le soir pour adoucir les températures. Les enfants avaient repris le chemin de l'école. François n'y échappait pas. Madeleine Pradeau en avait décidé ainsi. Elle les accompagnait le matin jusqu'au grand portail et les surveillait tant qu'ils restaient à portée de vue, les oubliait ensuite.

Élisabeth avait commencé à répertorier son linge sans enthousiasme. Elle allait bientôt quitter la maison. Une sourde inquiétude la tenaillait, cependant. La cause n'était ni son départ ni son changement de vie. Tant qu'elle gardait ses enfants, elle pourrait aller au bout du monde. Elle était maintenant persuadée qu'un bébé grandissait dans son ventre. Elle en connaissait tous les signes annonciateurs. Combien de temps pourrait-elle cacher son état à son entourage ?

Comment le prendraient-ils ? Était-il nécessaire de donner le nom du coupable ? Enfin, Géraud Pardoux voudrait-il toujours d'elle ? C'était une étrange circonstance. Elle avait beau se persuader que sa belle-mère accepterait cette situation, dans ses moments de grande lucidité, elle savait qu'elle aurait une réaction violente.

Qu'allait-elle devenir ? Lui enlèverait-on ses enfants ?

Cet état de fait la mortifiait, elle n'en dormait plus la nuit. Elle se reprochait sa faiblesse. Comment Léon avait-il pu s'enticher d'elle, toujours en noir, le col relevé jusqu'au menton, plus triste qu'une porte de prison ? À quel moment lui avait-elle envoyé un signe d'encouragement ? En un mot, elle culpabilisait.

Géraud Pardoux annonça sa visite pour le milieu du mois d'octobre. Pour avoir eu trois enfants, la jeune femme était persuadée que son état ne la trahirait pas encore. Ce n'était pas une raison pour laisser la situation pourrir. L'heure de la vérité arrivait. Elle devait parler à sa belle-mère.

Ce jour-là, Élisabeth avait entrepris de raccommoder les chaussettes de ses enfants. Elle n'en voyait pas le bout. En revanche, cette activité lui permettait de prendre son temps pour échafauder un plan. Les jeunes, garçons et filles, n'étaient pas rentrés de l'école. Léon et Antoinette étaient partis depuis le matin à la foire d'Uzerche. Ils devaient passer, à leur retour, chez une cousine. Ils ne reviendraient pas avant la nuit.

Elle donna un coup d'œil à l'horloge. Marinette avait tué et plumé une vieille poule, Madeleine Pradeau devait s'activer à la découper. Elle mettrait ensuite les morceaux recouverts d'une marinade dans une soupière et attendrait deux ou trois jours que la viande soit bien faisandée. C'était un rituel qu'elle connaissait par cœur.

Elle posa son ouvrage sur la table près d'elle, observa son reflet dans le miroir. Son chignon tanguait, des mèches s'en échappaient. Elle tenta de remettre l'ensemble en place. Son visage avait la pâleur des femmes du monde. Elle passait ses étés à se protéger du soleil, cela lui donnait un air maladif qui correspondait à son état d'esprit.

Elle portait une jupe en lainage qui, avec son cotillon et ses bas, réchauffait ses jambes. Elle avait choisi un chemisier en coton crème dont le col en dentelle lui enserrait le cou. Madeleine Pradeau allait scruter chaque détail de sa mise et après lui reprocher son côté aguicheur. Elle remonta son châle sur ses épaules, cachant le camée offert par Pierre pour leur mariage.

Elle soupira longuement et s'élança dans le couloir comme si elle allait au supplice.

Elle franchit les dernières marches, se dirigea vers la cuisine, le souffle court, le cœur battant à tout rompre. Une odeur de sang mêlée à la fraîcheur des herbes du jardin lui caressa les narines. Le bruit sourd des coups de hache sur le billot répondait à la voix claire de Marinette.

Élisabeth se retenait de réfléchir.

— J'ai à vous parler, mère ! s'écria-t-elle avec un entrain emprunté.

À cette même seconde, la cloche de l'entrée carillonna. Un visiteur s'annonçait. Ce n'était pas prévu. Son cœur bondit dans sa poitrine. Pourvu que ce ne soit pas Géraud Pardoux. Ce serait une véritable catastrophe. Il se mettrait à caqueter dans ses oreilles. Sa belle-mère minauderait. Ce serait insupportable.

Les deux femmes, étonnées, s'interrogèrent du regard.

— Va ouvrir, j'ai les mains pleines de sang, lui ordonna la vieille dame en s'essuyant sur son tablier déjà tout taché.

Avec un pincement au cœur, elle s'exécuta.

Ce n'était pas Géraud Pardoux. C'était un homme plus âgé au port altier, aux tempes grises. Dont les prunelles claires se posèrent sur Élisabeth comme s'il voyait le Saint-Esprit en personne.

— Nous nous connaissons ? demanda la jeune femme, surprise d'un tel intérêt pour elle.

— Je ne pense pas, répondit-il d'une voix douce qui la troubla. Je m'appelle Jean Dumond. Je suis le chaumier dont le fils est mort par la faute d'un voyou qui, m'a-t-on dit, a été arrêté chez vous. Je viens vous remercier et rencontrer la personne qui l'a dénoncé.

— Ah, c'est Marinette ! s'écria-t-elle en refermant la porte. Entrez, je vous en prie. Je vais aller la chercher.

Jean Dumond fut troublé. Depuis la mort d'Antoine, il avait effacé de sa mémoire la jolie dame croisée à Uzerche et à Lubersac. Et voilà que le destin se mêlait de la remettre sur sa route. Un constat cependant lui vint à l'esprit. Ce n'était pas une femme pour lui qui vivait modestement dans une maison sans confort. Il observa autour de lui. Les meubles rustiques frottés à l'encaustique sentaient la cire et brillaient de reflets dorés. Une flambée généreuse réchauffait la pièce. Tout respirait une aisance entretenue : les dalles de pierre propres, aux jointures parfaites, les poutres au plafond claires et débarrassées des toiles d'araignée, sur la table un bouquet de fleurs des champs.

— Voici notre Marinette ! s'exclama Élisabeth en posant sa main sur l'épaule d'une paysanne assez jeune, qui, pour se donner une contenance, croisait ses bras sur son tablier.

Madeleine Pradeau arriva à son tour après avoir rectifié son chignon et défait les plis de sa robe.

L'entrevue fut cordiale, sans gaieté. Leur hôte dut s'installer dans le fauteuil de châtaignier posé devant la cheminée, tandis que Madeleine Pradeau s'assit en face de lui. Élisabeth, comme à son habitude, resta debout derrière sa belle-mère. Passait au-dessus de ces personnes le souvenir d'un jeune garçon mort dans des conditions dramatiques.

— Le procès va avoir lieu au printemps au tribunal de Brive. J'espère que la sentence sera exemplaire, fit Jean Dumond.

— Oh ! s'écria Marinette, qui se trémoussait nerveusement. Mon pauvre Joseph, dans quelle galère il s'est mis ! Il va rester en prison, c'est sûr !

— À n'en pas douter ! confirma le chaumier. En plus, sa peine sera lourde s'il est prouvé qu'il était complice. Et d'après ce que je crois, vous avez affirmé qu'il était au courant du projet.

— Jésus, Marie, Joseph ! gémissait Marinette. Qu'allons-nous devenir ?

— Ce n'est pas votre Joseph qui fait bouillir la marmite ! s'exclama la veuve Pradeau. Cela ne changera rien pour vous !

— Mais, madame, vous n'allez pas me mettre dehors, n'est-ce pas ?

Élisabeth observa la réaction de sa belle-mère. Elle la savait capable du pire. Devant leur visiteur, oserait-elle menacer sa domestique ?

Ce fut Jean Dumond qui répondit :

— Vous n'y êtes pour rien, ma pauvre femme, si votre mari est un voyou ! Je me suis laissé dire que vous aviez des enfants. Ce ne serait pas charitable de vous mettre dehors !

Marinette baissa la tête en signe d'apaisement.

— Va me chercher la bouteille de cidre, lui ordonna sa patronne. Vous êtes un grand spécialiste du chaume, reprit-elle pour changer de conversation. Vous avez dû voir que nous possédons deux granges ovalaires. Il faudra venir un jour vérifier leur toiture et me dire ce que vous en pensez.

Jean Dumond sourit. Mais son visage restait marqué par une mélancolie qui figeait ses traits.

— Ce n'est pas trop la saison, répondit-il. À moins que vous ayez des trous importants. Je vous promets de passer en avril. J'examinerai l'ensemble et vous ferai un rapport.

— Moi aussi j'ai perdu un fils ! s'écria soudain la vieille dame. C'était le plus jeune de la fratrie. Cette malheureuse Élisabeth en porte le deuil depuis trois ans maintenant. Il lui a laissé trois enfants en bas âge.

— Ma pauvre femme est morte voici six ans, répondit le chaumier. Mes filles ne sont pas finies d'élever.

Il leva la tête vers Élisabeth. Leurs regards se croisèrent et ne se lâchèrent plus, comme s'ils cherchaient l'un l'autre à se soutenir silencieusement.

Jean Dumond se disait qu'il n'avait jamais vu une si jolie femme. Sa première impression à Uzerche avait été la bonne. Une jeune veuve, elle n'allait sûrement pas tarder à se remarier.

— Ma belle-fille va bientôt nous quitter, reprit Madeleine Pradeau qui semblait lire dans les pensées de son visiteur. Mais elle a beaucoup de chance, elle va épouser notre ami Géraud Pardoux. Vous avez dû entendre parler de lui. C'est un homme bien qui va lui offrir une belle vie et s'occuper convenablement des enfants, lui qui n'en a pas.

Élisabeth se troubla. Elle eut un sourire crispé et ses prunelles bleues fixèrent étonnamment Jean Dumond. Puis, consciente de son effronterie, elle les cloua sur les dalles de granit.

Le chaumier observa un instant ces trois femmes. Pas une n'avait choisi sa vie. Étranges créatures adaptables aux épreuves, bringuebalées comme des girouettes obligées de changer de sens sous la poussée du vent. Il allait rêver d'Élisabeth, il le savait et ne lutterait pas contre cela, il en aurait besoin. Le temps passant, il se réveillerait un matin avec son souvenir enfoui, il serait alors peut-être guéri des deuils qui le touchaient.

Marinette s'était envolée. Le verre de cidre était vide. La pièce s'assombrissait.

Jean Dumond se leva pour prendre congé.

Il baisa la main d'Élisabeth, appuyant sa bouche sur la peau douce, faisant glisser ses doigts sur ceux fins et longs qui s'offraient à lui.

Il voulut aussi une dernière fois croiser son regard mais ne s'y attarda pas.

— Je reviendrai ! promit-il à la veuve Pradeau. Je crois avoir décelé çà et là quelques chaumes pourris.

Il laissa une impression de vide aux deux femmes. La jeune veuve aurait volontiers posé sa tête sur les épaules larges, elle avait tellement besoin d'une protection masculine. Madeleine Pradeau ne cacha pas son trouble.

— Voilà un homme qui aurait pu me plaire, confia-t-elle à sa belle-fille. Nous sommes de la même génération. Il doit mener ses affaires fermement. Un veuf et une veuve, cela se voit tous les jours. Mais bon, il semble ne pas avoir beaucoup de fortune. J'ai un rang à tenir, moi.

Elle se tourna alors vers Élisabeth.

— Tu voulais me dire quelque chose tout à l'heure ?

— Cela peut attendre, mère ! Antoinette et Léon vont rentrer et j'entends les cris des enfants dans la cour.

8

L'épreuve

Madeleine Pradeau cessa de respirer. Enfin, ce fut l'effet produit. Elle se figea comme si un ensorceleur l'avait pétrifiée. Ses yeux fixèrent le mur à l'endroit où il n'y avait rien à regarder.

Élisabeth avait les oreilles qui bourdonnaient. Ses mains et ses jambes tremblaient. En revanche, elle n'avait pas envie de pleurer. Au plus profond d'elle, elle supportait parfaitement cette épreuve et la décision qu'elle avait prise la renforçait.

— C'est une catastrophe ! s'écria enfin la vieille dame, sortant de son mutisme. Comment as-tu pu faire une chose pareille ?

— Je n'étais pas seule, mère. Je ne suis pas allée chercher Léon. C'est lui qui a forcé ma porte.

— Je ne veux plus rien entendre. Léon est un brave garçon qui ne ferait pas de mal à une mouche. Il t'a fallu beaucoup de persuasion pour le convaincre d'un tel méfait ! Surtout qu'Antoinette attend un enfant. Te rends-tu compte de la situation dans laquelle tu nous mets ? Comment n'as-tu pas honte ? Et Géraud Pardoux qui doit venir demander officiellement ta main ? Qu'allons-nous lui dire ? Car, bien sûr, il n'est plus question de convoler avec lui. Il n'épousera pas une femme grosse. Il aura raison. À moins que nous fassions appel à une faiseuse d'anges, ajouta-t-elle sur un ton doucereux, le regard tourné vers sa belle-fille pour en mesurer la réaction.

— Il n'en est pas question ! coupa Élisabeth. C'est un don de Dieu, je le garderai !

La vieille dame rentra sa tête dans ses épaules comme pour esquiver un coup. Elle se tut, laissa passer quelques secondes et se déchaîna enfin, enfonçant sa belle-fille dans la fange du déshonneur. Toute la faute lui revenant comme si c'était elle qui avait violé Léon.

Élisabeth n'en pouvait plus d'une telle avalanche d'injures. Comment une femme pouvait-elle à ce point ignorer qui, dans cette affaire, était le plus fort ? Madeleine Pradeau protégeait son fils, voilà tout. Mais elle n'empêcherait pas le monde de saisir la vérité. Quand elle arriva au bout de ses insultes, elle la fixa longuement, d'un regard méprisant, étranger, lointain. Le couperet tomba enfin.

— Tu ne peux pas rester là. Tu dois partir. Je ne veux pas d'histoires avec Antoinette. Tu vas emmener tes enfants avec toi. Où ça te chante, ça m'est bien égal.

Elle avait mis du temps à le dire. C'était la pièce rapportée qui devait se sacrifier. Le fils ne subirait aucun tourment.

— J'enverrai une lettre à Géraud Pardoux. Je lui raconterai que tu es tombée très malade et qu'il doit abandonner son projet. Va faire tes bagages !

* *
*

En rentrant dans sa chambre, Élisabeth sentit le bébé bouger en elle. Elle posa instinctivement sa main sur son ventre. Elle était fière d'elle. Elle avait soutenu les offenses de sa belle-mère sans broncher. Son impuissance devant une telle réalité avait désarçonné Madeleine Pradeau. Sa colère étant signe de faiblesse.

Élisabeth eut envie de voir ses enfants, de les caresser, de leur parler. Elle alla s'asseoir sur le bord du lit de Jeanne, après avoir posé sa lampe sur la commode. La petite fille dormait après sa journée d'école. Son souffle régulier en témoignait. Ses doigts glissaient parfois sur les draps, elle donnait de temps en temps de brefs coups de pied qui accéléraient sa respiration. Elle avait beaucoup grandi ces derniers mois. Elle allait fêter ses dix ans et se dessinait sur son visage les traits que l'âge adulte lui offrirait. Elle aimait plus que jamais traverser les étables et caresser les bêtes, courir dans la prairie derrière un agneau qu'elle enlaçait comme un enfant. Toute la famille s'en offensait. Sa mère en souriait. Lui saisissant la main qu'elle embrassa, elle sortit sans bruit.

Les deux garçons étaient encore éveillés. Une lampe à huile, posée sur la table de nuit entre les deux lits, formait un rond de lumière que le passage d'Élisabeth déstabilisa. Henri disparaissait derrière un grand livre dont il lisait une page à son petit frère. Sur la couverture, une écriture tout en courbes annonçait le titre : les *Contes* de Perrault.

— Où as-tu trouvé cet ouvrage ? interrogea-t-elle en l'attrapant.

— Sur une étagère du bureau. J'ai demandé à grand-mère, elle m'a autorisé à le prendre.

— Elle n'est pas si méchante que cela ! murmura-t-elle sur un ton ironique.

Henri observa sa maman, décela une lueur de tristesse dans son sourire timide. Il lui saisit la main qu'il embrassa. François, ne voulant pas être en reste, sortit de son lit et se pendit à son cou. Ce fut un instant magique qui conforta la jeune femme dans son choix. Demain, elle leur annoncerait leur départ. Pour l'instant, leur sommeil comptait plus que tout.

— Je peux continuer ? demanda Henri.

— Bien sûr, mais ne traînez pas trop à éteindre la lumière, il est tard.

Au pied de son lit s'amoncelaient plusieurs caisses dans lesquelles elle avait emballé quelques bibelots en porcelaine qui lui venaient de ses parents, les livres de messe de sa mère, les vêtements qu'elle portait depuis qu'elle avait épousé Pierre Pradeau, du linge de nuit, des draps, une couverture, des objets de toilette. Enfin, une bonne partie de ce que contenait son coffre de mariée. Un pincement au cœur la saisit. Elle n'avait jamais pris de décision importante dans sa vie. C'était nouveau pour elle, une énergie inédite l'entraînait vers son destin sans fléchir.

Elle repensa à Géraud Pardoux, à sa manière de la toiser comme une bête de foire. Elle n'avait aucun regret si ce n'était ce grand vide qu'elle ressentait face à sa solitude. Elle avait fait sauter le bouclier de protection qui la maintenait depuis toujours. Elle allait en souffrir, elle le savait. Mais comment rencontrer maintenant un homme honnête qui accepterait une femme ayant fauté de manière si visible ? Elle se remémora le visage de Jean Dumond. Il était beaucoup plus âgé qu'elle. Les épreuves qu'il avait traversées avaient dû tempérer son jugement sur les êtres. Quand il reviendrait ici, elle serait partie depuis longtemps.

Elle enfila sa chemise de nuit en linon, s'enfonça dans son lit. Elle s'endormit en se persuadant qu'elle retrouverait un jour l'affection d'un homme.

* *
*

Le dimanche suivant, Léon sortit la charrette à bœufs, se fit aider d'un métayer pour charger les caisses, un vieux coffre, les lits des enfants qu'offrait généreusement la veuve Pradeau. Le tout fut bien amarré avec de grosses cordes trouvées dans la grange. À peine rentrés de la messe, les trois jeunes furent installés dans un coin de la charrette, contre les ridelles relevées. Leur grand-mère les avait embrassés sans chaleur et avait remis à chacun d'eux quelques pièces d'argent. Jeanne et François pleuraient doucement, Henri se tenait droit comme un I, le regard dur mais protecteur. À n'en pas douter, il avait choisi son camp.

Quand Élisabeth se pencha vers eux avant que Léon ne tire sur les rênes, il saisit le bras maternel, la regarda droit dans les yeux.

— N'aie pas peur, maman ! s'écria-t-il. Je serai toujours là pour te protéger.

Il avait onze ans.

Ce fut un départ sinistre. La veuve Pradeau ne s'attarda pas sur le perron tandis que, derrière les vitres du premier étage, se distinguaient les silhouettes d'Antoinette et de ses enfants. Sa belle-sœur n'avait pas salué Élisabeth, les cousins les avaient pointés du doigt en ricanant. Le pire, pour elle, restait Léon qui, comme candide, ne semblait rien comprendre à la situation et proposa tout aussi naïvement de conduire Élisabeth et sa fratrie hors de portée de sa propre prédation.

La vieille tante de Lubersac, prévenue du désastre en cours, attendait avec émotion sa nièce préférée et ses petits-neveux. Bonne chrétienne, elle se souvenait de ces paroles de la Bible : « Que celui qui n'a jamais péché lui lance la première pierre. »

9

Le dimanche des Rameaux

Trois ans plus tard, au printemps 1901.

D'habitude, c'était la tante Agathe qui achetait aux enfants chez le pâtissier de la place de l'Horloge, pour leurs Rameaux, des meringues et des bonbons en sucre. Élisabeth les attachait en guirlande à l'aide d'un ruban et les suspendait à leurs bouquets de buis. On leur donnait le joli nom de « faveurs ». Même Petit Louis y avait droit depuis ses deux ans. Dans le village, c'était à celui qui aurait le plus beau. Cette année, Agathe avait pris froid et confia la course à Élisabeth.

Elle enfila un vieux manteau de grosse laine claire, qu'elle avait remis au goût du jour en le pinçant à la taille et en l'agrémentant d'un col recouvert d'une fourrure de lapin rousse. Cette protection sur ses épaules la fit frissonner, comme un bien-être soudain. Elle posa sur sa tête un chapeau en feutre sur lequel elle avait cousu un camélia en soie trouvé dans une armoire. Il avait dû appartenir à sa mère. Des mèches blondes s'échappaient sur sa nuque, elle les contint sagement. Elle observa son reflet dans le miroir. Des ridules apparaissaient maintenant sur le coin externe de ses yeux. Elle conservait cependant une peau transparente. Ses prunelles gardaient un éclat vif. Les épreuves n'avaient pas entamé son élan de jeunesse. Ses enfants en étaient la principale raison. Le temps avait filé depuis son départ de chez la veuve Pradeau. Un temps heureux à revivre dans une maison pleine d'amour, avec une famille affectueuse et unie. La demeure semblait maintenant lui appartenir, elle en était la maîtresse. Sa tante vieillissait et lui en laissait les rênes.

Une petite somme d'argent était déposée sur le coin de la table dans la cuisine. Elle apprécia ce geste délicat. N'ayant aucun revenu, elle s'en remettait à Agathe, si discrète.

La fête des Rameaux marquait le début de la Semaine sainte. Depuis plus d'un mois, certains foyers pratiquaient le jeûne pendant la période du carême.

Ce matin-là, des cortèges d'enfants, des hommes, des femmes, jeunes et vieux, défilaient dans les rues, tenant à bout de bras leur branche de buis ou de laurier, en attendant l'heure de la messe. Les paysans cachaient dans leur poche une fiole d'eau que le curé bénirait. C'était un gage de bonne récolte. Quant aux rameaux consacrés, ils finiraient le plus souvent attachés à la croix suspendue au-dessus des lits.

Élisabeth entra dans la pâtisserie l'humeur joyeuse. L'abondance dans les vitrines, la place noire de monde avec le retour du printemps agissaient sur son moral. Cependant, il n'y avait plus beaucoup de meringues et seulement quelques œufs en chocolat, mais elle se souvint qu'Henri lui avait demandé de ne pas garnir la branche qu'il irait faire bénir. C'était presque un homme à présent !

Il restait assez de gâteries pour les trois autres qui les mangeraient avant la fin de l'office.

Elle sortait de la boutique, tenant son paquet ficelé, lorsqu'elle tomba sur Jean Dumond et Maria. Le chaumier la fixa, surpris, la salua sans condescendance, lui présenta sa fille.

Il gardait une ardeur dans le regard qui l'avait déjà frappée. Malgré son âge, il possédait un port de tête bien droit, des épaules dégagées. Il respirait une bonne santé.

Il était rasé de près, sa moustache peignée et portait une cravate fine qui s'enroulait autour d'une chemise de flanelle blanche. Sa veste de gros drap, son pantalon noir, ses bottines de cuir, l'ensemble donnait l'image d'un paysan prospère. Sa fille possédait les mêmes yeux gris que son père, mais des lueurs tristes traversaient ses prunelles et son sourire effleurait à peine la commissure de ses lèvres. Elle tenait un nouveau-né dans ses bras. Élisabeth se pencha vers lui.

— Comment s'appelle-t-il ?

— Alphonse, madame. Il a deux semaines.

— C'est un bel enfant, qui paraît sain et vigoureux !

— C'est le cas ! murmura Maria sans joie.

Les deux femmes se jaugèrent. Dignes et silencieuses dans leurs épreuves.

Jean Dumond avait ôté son chapeau. Un sentiment curieux l'envahissait en la présence de cette femme, comme un pincement dans la poitrine, comme une bouffée de bonheur.

Ces regards francs, cette politesse loyale, cette approche sans arrière-pensée mirent Élisabeth en confiance. Elle avait envie de s'attarder.

— Comment s'est terminé le procès de l'assassin de votre fils ? demanda-t-elle, comme si elle poursuivait une discussion engagée trois ans plus tôt.

— Vous n'avez pas su ? Il a été condamné à mort et guillotiné. Cette histoire tragique me hante parfois.

— Je comprends. Vous avez vécu une épreuve terrible !

Elle marqua un silence. Maria offrit son doigt à l'enfant qui commençait à s'agiter.

— Il a faim ! s'écria-t-elle. Je dois le nourrir avant la messe. Bonne journée, madame.

— Dieu vous bénisse ! répondit Élisabeth.

— C'est mon premier petit-fils ! expliqua Jean Dumond avec une pointe de fierté dans le ton.

Un client la bouscula, la projetant contre le chaumier. Elle se dégagea vivement, le temps cependant de respirer l'odeur d'une eau de Cologne fraîche et de deviner, à travers les vêtements, les battements d'un cœur. Elle en fut troublée. Elle se redressa, se recula tandis qu'il tentait de sortir de la boutique.

— Qu'est-il advenu des deux autres voyous ? questionna-t-elle encore pour cacher son émotion.

Il la regarda d'un air étonné. Avait-elle quitté la région pour ne rien savoir des événements advenus ces dernières années ?

— Toujours en prison. Mais pas pour longtemps. Le plus jeune va être incorporé dans l'armée, l'autre a eu des circonstances atténuantes comme père de trois enfants. Il doit faire encore deux ans et, après, il sortira. Votre domestique ne vous a-t-elle pas tenu au courant de ces affaires ? Vous sembliez proche d'elle !

Elle soupira, baissa les yeux. Son petit chapeau pencha sur le côté de sa tête. D'un geste vif, elle le redressa.

— Je dois y aller. Les enfants attendent leurs meringues. Je vous souhaite une bonne journée.

— J'ai entrepris un gros chantier chez votre belle-mère, l'année dernière, mais vous étiez partie ! ajouta-t-il alors qu'elle s'éloignait.

Son vêtement épais donnait l'impression d'une carapace sous laquelle elle se dissimulait. Jean Dumond se demanda pourquoi, ce matin de printemps, cette femme restait confinée dans son lourd manteau.

Ce fut la pâtissière qui lui ouvrit le tiroir du secret.

— Ne savez-vous pas ? Elle est retirée chez sa vieille tante depuis au moins trois ans !

— Elle n'a pas épousé Géraud Pardoux ?

— Vous plaisantez ! Sa belle-mère l'a mise à la porte. Elle a eu un enfant hors mariage. Vous imaginez le scandale dans la famille ! C'est une traînée, voilà tout...

* *
*

Élisabeth fut troublée par cette rencontre, tant et si bien qu'elle écrasa une meringue entre ses doigts. Elle en était là à observer les morceaux éparpillés sur la table quand Jeanne la rejoignit.

— Ce n'est pas grave, je vais faire comme Henri. Tu n'as qu'à tout donner à Petit Louis.

— Je vais en mettre aussi à François.

— Il n'en veut pas non plus. Nous avons grandi, maman !

— Je crois surtout qu'il ne veut pas se différencier de vous !

Élisabeth avait la tête qui tournait. Il lui semblait se réveiller d'un long somme. De graves événements avaient eu lieu depuis qu'elle était retirée à Lubersac. Ses enfants, Petit Louis en particulier, avaient accaparé toute son attention. Qu'était devenue Marinette après la condamnation de son homme ? Était-elle restée au service de la veuve Pradeau ? Et si elle avait été mise dehors, où était-elle allée ? Dans quelle galère se trouvait-elle aujourd'hui ? Élisabeth n'avait de contact avec sa belle-famille que de loin en loin, le temps pour leur grand-mère d'apprécier la croissance des enfants de Pierre. Elle balaya d'un revers de main ce passé douloureux. Restait tout de même Marinette. Comment avoir de ses nouvelles ? Comme une évidence, elle repensa à Jean Dumond. Il pouvait savoir, lui, puisqu'il était revenu là-bas. « Mais quand il va être mis au courant de ma situation, voudra-t-il encore me parler ? Les commérages vont bon train. Sans Agathe, j'aurais été obligée de quitter la région. »

— Viens, maman ! s'écria Jeanne. On va être en retard !

Elle se dirigea vers la chambre de sa tante dont l'état stationnaire ne l'inquiéta pas outre mesure. Assise dans son lit, la vieille femme lisait un passage de sa bible, égrenant dans le même temps son chapelet aux billes de nacre.

— Tu ne dois pas prendre froid de nouveau. Nous prierons pour toi ! fit Élisabeth en lui baisant le front et relevant machinalement le châle qui tombait de ses épaules.

— Tu es une bonne fille, ma nièce. Prends soin de ta famille.

Malgré l'air qui se radoucissait après un hiver rigoureux, restait un vent du nord sournois qui soulevait les vêtements des fidèles regroupés devant l'église Saint-Étienne. Tout le monde évitait Élisabeth et ses quatre enfants. Henri, du haut de ses quatorze ans, était conscient d'un malaise, mais n'en comprenait pas la raison. Il tenait dans ses bras son petit frère qu'il aimait tendrement. D'ailleurs, toute la famille fondait pour cet enfant blond aux yeux bleus si ressemblant à sa fratrie.

Les cloches sonnaient à toute volée, attirant la foule dans l'église, comme un flot vers la mer. Il ne restait plus de place debout. Élisabeth s'installa contre un pilier, Petit Louis dans ses bras. François suçait encore son pouce et, honteux, cachait son visage dans le manteau maternel. Henri avait besoin d'indépendance. Il s'était éloigné sans quitter pourtant la main de sa sœur. Ce fut l'image que découvrit Jean Dumond lorsqu'il pénétra sous la nef.

Il en fut tellement troublé qu'il en oublia la raison de sa présence ce matin-là à Lubersac. Il serra ses deux filles contre lui, comme un besoin de sentir lui aussi combien sa famille comptait. Louise avait maintenant quatorze ans et confirmait son attachement à la terre. Elle avait quitté l'école, entraînant dans son sillage Marguerite qui, malgré les années passées, ne guérissait pas de la perte de sa mère. Elles tenaient l'une et l'autre leur branche de buis. Elles n'avaient jamais eu droit à une meringue ou à un œuf en chocolat. Leur père assurait l'essentiel.

Jean Dumond ne quittait pas des yeux Élisabeth. Il s'accrochait à elle comme si sa vie en dépendait. À force de la regarder, il lui vint une idée incroyablement insensée qui creusait son chemin dans son esprit. À la fin de la messe, il était décidé, il allait lui demander de l'épouser. Après tout, cette femme seule avec ses quatre enfants dont un petit bâtard n'avait aucune chance de convoler de nouveau. Il allait saisir cette opportunité. Elle lui plaisait, il saurait la rendre heureuse.

Après la bénédiction et une dernière prière, le flot se déversa vers l'extérieur. Ce fut à ce moment-là qu'il croisa son regard. Il se précipita vers elle, abandonnant ses filles derrière lui, se retrouvant face à toutes ces paires d'yeux qui le contemplaient avec surprise. Mais rien ne se passa comme il l'avait imaginé.

— Monsieur Dumond, commença Élisabeth, puis-je vous demander un service ?

Il la scruta béatement sans répondre.

— Je vous importune, peut-être ! ajouta-t-elle. Je suis désolée.

Elle allait partir. Il la retint par la manche.

— Vous voulez quelque chose ?

Elle hésita, puis se reprit.

— Les enfants, allez m'attendre dehors. Tenez votre petit frère. Je n'en ai pas pour longtemps. Monsieur Dumond, vous devez savoir que j'ai quitté ma belle-famille. Je ne peux pas y revenir. Je pensais que vous pourriez me donner des nouvelles de Marinette. Vous m'avez dit ce matin que vous aviez travaillé sur les granges.

Il ne comprit pas tout de suite la requête, mais elle lui avait parlé sans crainte, c'était un bon début.

— Marinette ? demanda-t-il.

— Était-elle au domaine lorsque vous y étiez ?

— Oui, bien sûr, elle nous apportait de temps en temps un verre de cidre. C'est une femme dévouée.

— Je vous remercie.

Elle allait de nouveau lui échapper.

— Mais cela fait longtemps. Il s'en passe des choses en une année !

Elle baissa les yeux, remonta son col de fourrure. Elle allait abandonner.

— Attendez ! reprit-il. Je dois aller vérifier la tenue des bottes sur le bord des toitures. Il me sera facile de savoir si elle y est toujours. Après tout, je lui dois bien ça !

Elle remercia, fit demi-tour, hésita puis revint vers lui.

— J'habite à la sortie du bourg, sur la route de Pompadour. Je vous attendrai.

Louise et Marguerite empêchèrent Jean de manifester sa joie. Elles le bousculèrent soudain, le poussant par la main vers l'intérieur de l'église.

— Papa, viens, c'est le moment !

— Excusez-moi, fit-il à Élisabeth, je dois y aller. On baptise le petit Alphonse ! C'est un grand jour aujourd'hui.

Tous les yeux convergèrent vers l'autel devant lequel s'étaient regroupés les siens.

— Le mari de Maria est originaire de Lubersac. Il dirige le bureau de poste. C'est un brave garçon ! ajouta-t-il comme pour se persuader de cette évidence.

Élisabeth observa de loin cette assemblée familiale. Le jeune père qui couvait des yeux son épouse tout occupée à admirer son nouveau-né. Louise et Marguerite en habits du dimanche, tournant autour de leur sœur aînée. Enfin, une parenté tout en joie, des femmes chapeautées, des hommes dans leur costume de marié, tous un peu empruntés, silencieux et impatients.

Soudain Maria releva la tête, observa Élisabeth, la reconnut et lui sourit. Malgré la distance et la pénombre, l'éclat du regard lui transperça le cœur. Il y avait, à n'en pas douter, chez cette jeune mère, une âme tourmentée, une blessure encore ouverte.

Les deux femmes se fixèrent quelques secondes, échangeant en silence une semblable douleur.

10

L'aboutissement

Jean Dumond prit du recul afin de mieux examiner le résultat de son travail. Cela faisait plus d'une année qu'il était venu réparer les toitures des deux granges ovalaires. Tout était en ordre. Pas une tige de seigle n'avait glissé ou s'était redressée sous la poussée du vent. C'était parfait. Et pourtant, il eut un pincement au cœur. Comment ne pas penser à Antoine qui se passionnait pour ce métier difficile ? Il se retrouvait seul aujourd'hui et travaillait à son rythme. Tant qu'il le pourrait, il continuerait. En arrivant jusque-là, il était passé à distance de la maison de Marinette. Il en avait examiné le chaume et avait constaté des trous et un glissement de vieilles gerbes. C'était une occasion unique de savoir ce qu'était devenue cette pauvre femme.

La veuve Pradeau traversa la cour pour le rejoindre. Il la trouva amaigrie. Les traits de son visage s'étaient affaissés. Elle se frottait les mains comme si elle avait froid.

— *A Di siatz !* s'écria-t-il.

— *A Di siatz !* Il y a encore de l'humidité dans l'air, remarqua-t-elle. Mes rhumatismes me font souffrir. Vous venez vérifier la tenue de l'ensemble ? ajouta-t-elle en observant son visiteur.

— Je suis satisfait. Tout est parfaitement en ordre malgré les vents violents de janvier. Vous êtes tranquille pour de nombreuses années.

Il laissa passer un temps, puis s'élança alors qu'elle lui proposait de prendre un verre de cidre.

— Dites-moi, elle est à vous cette masure de métayer perchée à l'orée du bois de chênes ? Le chaume aurait grand besoin d'être entièrement refait.

Madeleine Pradeau se tourna instinctivement vers la masure qu'elle apercevait de la cour.

— Hum ! Je l'avais donnée à Marinette pour qu'elle ait un toit, après quelques réparations de fortune. Peut-être bien qu'il y pleut, là-dedans !

— Cette maison est occupée ?

— Marinette y est toujours. Elle ne m'a jamais parlé de fuites. Mais vous pouvez y aller voir. Vous avez raison, que vont penser les voisins si on n'entretient pas nos biens ? ajouta-t-elle, comme si la sauvegarde d'un domaine se gérait en fonction de l'appréciation des autres.

— Ce sera surtout plus commode pour votre employée !

Il avait son renseignement. Il allait même pouvoir parler à Marinette. Il suivit avec plaisir la veuve jusque dans la cuisine ; les dalles de pierre encore humides brillaient comme si elles étaient cirées. Il ôta ses sabots.

— Ne prenez pas tant de peine ! fit la vieille dame. Marinette repassera la serpillière, au besoin.

Il ne se rechaussa pas. Ils s'installèrent autour de la table. Elle but autant que lui et parla copieusement de la pluie, des chaleurs étouffantes, de ses problèmes de bêtes malades, des foins pas aussi abondants qu'autrefois. Le chaumier pressentait qu'elle avait un sujet à exprimer et n'y arrivait pas. Enfin, elle se lança :

— Vous êtes veuf depuis longtemps, mon bon moussu ?

— Ça fera six ans en mai.

— Vous n'avez jamais pensé à vous remarier ?

Lui revint le doux visage d'Élisabeth, son allure de reine à ses yeux. Mais l'image fut brouillée par l'accident mortel d'Antoine.

— Je n'y ai point songé et je me fais vieux maintenant. Mais vous-même êtes restée veuve.

Elle ne répondit pas à la question.

— Vous connaissez ma belle-fille, Élisabeth ? interrogea-t-elle.

Jean Dumond se troubla, se demandant où elle voulait en venir.

— Celle qui devait se marier avec Géraud Pardoux ?

— Vous êtes au courant, n'est-ce pas ?

— Ce ne sont pas mes affaires ! J'ai autre chose à penser !

Elle se racla la gorge, tourna son verre vide dans ses mains, piqua du nez, se risqua :

— Ça vous dirait de l'épouser ?

Jean Dumond venait d'avoir quarante-cinq ans. Il avait fermé les yeux de ses parents. Il avait appris le dur métier de chaumier et avait perdu sa femme et son plus jeune fils. Ses événements lui avaient apporté une certaine forme de sagesse dont ses voisins profitaient parfois. Sa réputation sans tache, ses enfants bien élevés, cet ensemble le rendait presque invincible et voilà que ce matin, devant cette femme en noir sans charme, il rougissait comme un adolescent timide.

Il bafouilla, se leva brutalement.

— Vous vous moquez de moi ! s'écria-t-il, troublé.

— Nous allons partager un lourd secret, Jean Dumond, fit Madeleine Pradeau sans trembler, asseyez-vous. Léon, mon fils aîné, s'est entiché d'Élisabeth depuis le premier jour. La mort de Pierre lui a ouvert une voie qu'il a franchie. Élisabeth a eu un bâtard. Mais cela aussi, vous le savez !

— Où voulez-vous en venir ?

— Si nous n'agissons pas, Léon va quitter Antoinette pour épouser Élisabeth. Il faut le devancer.

— ...

— Antoinette et Léon ont sept enfants. Comprenez-vous ?

— Pourquoi ne pas demander à Géraud Pardoux ?

— Elle lui plaisait beaucoup, mais il a une réputation à protéger ! C'est une belle affaire. Elle est encore jeune, elle est jolie, je le conçois, même si je la trouve un peu molle ! Elle élève mal sa progéniture. Elle manque d'autorité, ils ont besoin d'un père. Je vous en offre mille francs.

— Vous plaisantez, ce n'est pas une paire de bœufs !

— Réfléchissez, je sais qu'elle ne vous est pas indifférente. Je connais les hommes.

Il se releva en poussant sa chaise dont les pieds crissèrent sur les pierres du sol, troublé au plus profond de lui.

— Nous n'avons pas beaucoup de temps ! ajouta-t-elle.

Il enfila ses sabots, plongea ses prunelles claires dans celles noires de la veuve Pradeau.

— Vous pouvez vous les garder, vos mille francs ! s'écria-t-il en patois. Je vous prépare un devis pour la chaumière de Marinette. Il sortit sans hâte, fermant la porte aussi doucement que possible.

* *
*

Il n'en dormit pas de la nuit. Si bien qu'il n'osait même plus aller au rendez-vous qu'elle lui avait fixé afin qu'il la renseigne sur le sort de Marinette.

Il attendit la fin de la Semaine sainte. Ses outils avaient besoin d'un nettoyage de printemps et les travaux effectués entre Rameaux et Pâques portaient une bénédiction particulière. C'était le moment.

Une gaieté singulière recouvrait la campagne et les villages. Toute la jeunesse quêtait la nuit au son d'un accordéon ou d'un violon, psalmodiant des airs d'église et en particulier le chant de la Passion s'assurant une plus fructueuse collecte. Leurs paniers se remplissaient d'œufs et de morceaux de lard, ils se retrouvaient à l'auberge du bourg et dansaient des farandoles. Le printemps arrivait, la sève montait, filles et garçons se découvraient. Ces fêtes ramenaient Jean Dumond à son pauvre Antoine. Il aurait adoré cette coutume. Léonard était parti au régiment. Il avait su de son temps profiter de cette tradition. Malgré son travail dur dans la journée, il rentrait au petit matin, étourdi mais heureux.

De son côté, Élisabeth s'amusait d'entendre, à partir de la tombée de la nuit, la farandole des jeunes villageois. Il n'en était pas de même d'Henri. Il trépignait d'impatience.

— Laisse-moi y aller ! Il y en a de plus petits que moi ! Tu ne pourras pas me garder dans tes jupons le reste de ta vie.

Elle céda. Elle ouvrit la porte à son fils un soir. Il avait enfilé à la hâte son vieux manteau à la laine effilée. Il portait depuis peu de véritables pantalons longs, qui remplaçaient les culottes courtes des garçonnets.

— Je suis un homme, maintenant ! criait-il pour se persuader de son autorité.

Sa mère passait ses doigts dans les cheveux blonds, souriait, le laissait à ses rêves.

Elle le regarda s'éloigner dans la nuit, portant à bout de bras un falot que les courants d'air affaiblissaient parfois. Qu'allait-elle faire de lui ? Il refusait de travailler la terre, n'aimait que l'ordre et la propreté. Le contraire d'un paysan. Élisabeth en avait parlé à sa belle-mère, car il fallait bien lui présenter de temps en temps sa descendance. La vieille dame ne comprenait rien et restait sur ses principes, confiant la décision finale à sa belle-fille.

— Quand est-ce que les cloches reviennent ? demanda Petit Louis en tirant sur la robe de sa mère.

— D'abord, fit Élisabeth en saisissant l'enfant par la main, elles vont partir à Rome, ce Jeudi saint. Pour rencontrer le pape ! Elles seront là samedi soir.

— Comment on va le savoir ?

— Eh bien, elles vont se remettre à sonner, toutes, dans chaque clocher ! Tu ne pourras pas les manquer !

— Et alors ?

— Dès dimanche matin, beaucoup auront semé des œufs dans le jardin et tu pourras, avec Jeanne et François, aller les chercher ! Et tu devras en garder pour lundi. C'est la bénédiction des enfants, il faudra en offrir au sacristain et au prêtre.

François tapait dans ses mains. Il obligeait sa mère à raconter cette histoire chaque année, s'émerveillant toujours de la suite.

— Mais, coupa-t-il, on n'y va pas d'habitude !

— Tu es assez grand maintenant !

* *
*

Le curé de Lubersac avait décidé de bénir les enfants dans l'après-midi du lundi de Pâques. Après la cérémonie, ils marchaient en rangs jusqu'à la sainte table, baisaient le christ et chacun en s'en retournant remettait un œuf au fond d'un panier. À la fin, le curé prélèverait tous les œufs ramassés et se les partagerait avec le sacristain. C'était une manière pour eux d'apprendre la générosité, pensait-il.

Élisabeth et sa famille arrivèrent alors que la cérémonie avait déjà commencé. Bien sûr, Henri se tenait à l'écart, il n'était pas question pour lui de défiler avec tous ces petits. Jeanne avait tordu du nez. Elle se trouvait également trop grande. Elle avait eu gain de cause et s'était réfugiée près d'Henri contre un pilier sur le côté ouest.

Restait François qui tiendrait la main de son frère et le guiderait jusqu'à leur retour.

Élisabeth n'avait d'yeux que pour ce garçonnet blond chez qui elle retrouvait pourtant certains gestes de Léon. Le curé les fit mettre en demi-cercle autour de l'autel, tandis qu'un enfant de chœur amenait l'encensoir. Petit Louis serrait la main de son frère, l'obligeant à une immobilité totale. Si bien qu'au bout d'un moment François avait des fourmis dans les pieds. Mais il ne songea pas une seconde à le lâcher. Au moment où le curé leva son ostensoir pour la bénédiction, une femme sortit de la masse, montra du doigt Petit Louis en hurlant :

— Pas celui-là, c'est un bâtard ! Il porte en lui la honte de sa mère !

Tous les regards convergèrent vers l'enfant qui fermait déjà les yeux pour recevoir sur son visage la fraîcheur de l'eau bénite. Une onde de choc passa dans la foule déconcertée. Élisabeth sentit son cœur s'emballer. Henri s'était rapproché et observait la scène sans comprendre la scène.

— Sortez-le de là ! insista la femme.

Le curé suspendit son geste et blêmit, puis se tournant vers la folle qui tendait toujours le bras :

— Je les bénirai tous, sans exception. Le Christ n'a-t-il pas dit : « Laissez venir à moi tous les petits enfants. »

Sur ce, il leva son ostensoir et les aspergea tous, insistant sur Petit Louis qui riait de tant de sollicitude. L'assemblée, qui s'était dressée comme un seul homme, s'apaisa. La cérémonie put continuer.

Élisabeth tremblait de rage. Des sanglots lui brouillaient la vue.

— Va chercher ton frère, vite ! ordonna-t-elle à Henri.

Le garçon la regardait d'un air interrogateur, hésitant à soustraire Petit Louis et François de la chaîne qui marchait vers le sacristain, chacun déposant son œuf.

— Va chercher ton frère ! répéta-t-elle.

Il n'obéit pas, il attendit que ce gamin de trois ans ait remis son offrande. Il l'empoigna ensuite et le souleva contre sa poitrine.

— On s'en va ! ordonna-t-il à sa sœur.

Ils sortaient de l'église lorsqu'une force puissante saisit Élisabeth par le cou, la poussant vers la lumière du jour.

— Ne restons pas là ! s'écria Jean Dumond qui venait d'assister à la scène. Je vous ramène chez vous.

Il prit Petit Louis sur ses épaules, donna la main à François et Jeanne et, précédé d'Henri et de sa mère, ils rejoignirent la maison de la tante Agathe.

Ce fut ce soir-là, quand les enfants furent couchés, après un frugal repas, qu'il la demanda en mariage. Elle accepta la protection de cet homme et sa promesse d'en faire une femme honnête au regard de la société.

— Nous allons aller vivre chez moi. Personne ne vous connaît là-bas. Vous arrivez avec quatre enfants égaux et semblables.

— Petit Louis porte mon nom de jeune fille. Ma bellemère a refusé que je lui donne celui de Pierre.

— C'est l'enfant qui compte, ce n'est pas son nom !

Elle lui caressa la joue, il lui baisa le front. Elle était apprivoisée. Il était enfin heureux.

TROISIÈME PARTIE

1

L'installation d'Élisabeth

De son métier de chaumier, Jean Dumond avait développé un concept de l'ordre qu'il recherchait aussi dans sa propre famille. En paysan rempli de bon sens, il oubliait les profondeurs d'âme. Maria le payait. Son sourire triste, son air désabusé au soir de ses noces, qui aurait pu s'en rendre compte après que fut vidé le tonneau de vin rouge ? Et puis Auguste était si joyeux, si impatient aussi de montrer à son épouse l'ardeur secrète qu'il lui réservait.

Maria avait tant rêvé de Germain qu'il lui suffit de fermer les yeux, une fois allongés dans le lit, et d'imaginer ses mains douces pianotant sur sa peau tendre, son souffle chaud dans son oreille, son corps épousant le sien. D'ailleurs, la jeune femme prit vite cette habitude de se murer dans un rêve enfoui quand Auguste entrait dans la couche conjugale.

À la maison du Maleuvrault restaient Louise et Marguerite, mises sous la surveillance bienveillante mais distante de Marie Borderie, livrées à elles-mêmes pour les travaux du quotidien.

Louise s'efforçait du matin au soir de tenir le logis propre, de nourrir les volailles, d'entretenir le potager. Une coiffe de gros coton maîtrisait sa chevelure désordonnée, adoucissant le côté anguleux de son visage. Ses prunelles grises ne manquaient pas de se poser avec compassion sur Marguerite dont les épaules encore fragiles semblaient pourtant porter toute la misère du monde. Maria partie, son père l'avait un peu abandonnée. Son caractère taciturne ne l'aidait pas. Louise ayant quitté l'école, elle refusait d'y aller seule. Sa vie d'enfant se résumait à participer aux travaux domestiques.

Quand Jean Dumond annonça à ses filles son prochain remariage, cela provoqua une tempête dans ces âmes résignées.

— Quatre jeunes ! s'écria Louise. Mais où allons-nous les mettre ?

— Eh bien, j'y ai réfléchi. Les garçons s'installeront dans les alcôves de Léonard et de ce pauvre Antoine. La fillette prendra le lit de Maria. Le plus petit, peut-être dormira-t-il avec un de ses frères. En attendant, je vais faire rafraîchir les pièces. On va demander à Marie Borderie de cirer les meubles, le plancher et d'installer une paire de rideaux à la fenêtre de ma chambre. D'ailleurs, je vais acheter un sommier et un matelas neufs. Marguerite, tu iras cueillir des fleurs sauvages et tu les mettras sur la table !

— Mais je n'ai pas de vase !

— Je vais t'en trouver un !

Une révolution s'annonçait ! Rien ne serait plus pareil. Ce fut un beau chambardement.

Un voisin de la tante Agathe arriva un matin, menant un cheval de labour qui tirait une charrette remplie de meubles et de caisses ficelés comme des saucissons. L'ensemble bringuebalait, prêt à passer par-dessus les ridelles, mais au bout du compte tint bon.

Tout le monde cessa son travail. Les deux jeunes filles ainsi que Marie et Joseph Borderie s'installèrent comme au spectacle, eux qui n'avaient jamais assisté à un tel branle-bas de combat. Puis, sollicité, chacun s'activa à débarrasser la charrette. On disposa le tout au milieu de la pièce principale. Les hommes, satisfaits, observèrent, les mains sur les hanches, le résultat de ce déchargement. Les filles tournaient autour, dégageant une commode, tirant sur un bout de tissu. On abandonna l'ensemble pour partager un verre de cidre.

Élisabeth et ses enfants suivirent quelques jours plus tard. Jean Dumond s'était mis sur son trente et un et avait obligé les filles à s'endimancher.

— On pourra pas faire comme ça tous les jours ! avait fait remarquer Louise.

Ce fut un moment de grande émotion. Une lumière claire, comme transparente, annonçait une chaude journée. Déjà les poules s'activaient sous les vieux tilleuls, autant à la recherche de quelques vermisseaux que de la fraîcheur nocturne qui s'attardait.

La cour avait été balayée, l'étable nettoyée, le tas de fumier enlevé, les bêtes restées au pré.

Maria était là aussi avec son petit Alphonse qui tirait sur sa jupe. Émue par sa première rencontre avec Élisabeth, elle découvrit une femme au sourire tout en retenue, aux prunelles traversées par des lueurs de tristesse. Élisabeth lut-elle dans le regard de Maria la même lassitude ?

Sur la table trônait un bouquet de marguerites dans un vieux bocal de champignons. Marie Borderie avait confectionné des beignets et une bouteille de cidre attendait au frais. Jean Dumond avait déposé en offrande, près des fleurs, une corbeille de noisettes rondes et brillantes.

Élisabeth portait une simple robe de coton couleur feuille-morte, festonnée de blanc. Une coiffe limousine en dentelle ivoire recouvrait ses cheveux. Henri se mêla aux adultes, mais il avait prévenu, il ne s'installerait pas ici, sa vie était ailleurs. Jeanne et François marquèrent le pas, ébranlés par le bouleversement de leur routine. Ils avaient besoin de stabilité et se trouvaient obligés de reprendre de nouvelles habitudes dans une autre maison. Ils restèrent en retrait derrière leur mère, attendant d'être ballottés par les adultes. Seul Petit Louis, inconscient de la situation, se mit à tourner autour de ses frères et sœurs, de sa mère, de Jean Dumond, de ses filles, entraînant le jeune Alphonse à courir après les poules. Il riait en tapant dans ses mains tandis que piaillaient les volatiles. En repli, Bayard, assis sur son arrière-train, observait la scène, la truffe en mouvement, les oreilles pointées. Marie et Joseph Borderie, les bras croisés, raides comme des poteaux, tous deux debout sur la volée de marches de leur maison, ne perdaient pas une miette du spectacle.

Cette ronde enfantine détendit l'atmosphère. Insensiblement, les jeunes se détachèrent les uns des autres, courant vers leur petit frère pour sentir eux aussi un vent de liberté.

Jean Dumond saisit la main d'Élisabeth et l'entraîna dans la maison.

* *
*

Cet été-là s'étira mollement dans une langueur que les longues journées amplifiaient. Chacun prit ses marques. Les enfants, adaptables comme de la pâte à modeler, acceptèrent facilement de nouvelles habitudes. Jeanne, d'un tempérament heureux, trouva en Louise une « grande » pleine de ressources et ne la quitta plus. Marguerite, à la recherche d'une affection perdue, suivait ses aînées en silence.

Élisabeth avait été ferme. À la rentrée, elles retourneraient toutes à l'école. François, qui se découvrait une passion pour le soin aux animaux, n'y échapperait pas non plus. En attendant, il se levait chaque matin aux aurores et allait rejoindre Joseph Borderie dans la grange.

— Je serai un paysan ! criait-il au milieu de la cour après avoir fait courir les poules.

Henri était resté chez la tante Agathe, ayant trouvé un emploi à l'épicerie de la place de l'Horloge. La nouvelle de son départ pour Paris avait surpris tout le monde. Il était si jeune. Une première lettre était arrivée après un silence de plusieurs semaines. Il travaillait désormais dans la maison du comte de Saussignac, propriétaire de ce château de Prédevaut, perché au bord de la route de Ségur, à la sortie du village. Celui-là même que Géraud Pardoux avait convoité pour Élisabeth.

Avant son déménagement, la jeune femme s'était persuadée que son union avait pour seul but la protection de ses enfants et le rétablissement de sa réputation. Elle vivait mal les chuchotements qui la suivaient en ville, comme une traînée de poudre.

Elle avait un jour croisé Géraud Pardoux. Son regard insolent l'avait fixée avec insistance. Elle se savait la femme entachée à qui on tournait le dos. Sa culpabilité lui imposait de se taire. Soumise à la société qui l'avait jugée, elle s'en était allée sans se retourner.

Elle rentrait dans une famille plus modeste que les Pradeau, allait devoir se réveiller et se mêler aux travaux de la ferme. Déjà, chez la tante Agathe, elle avait su prendre possession des lieux et avait retrouvé l'allant de ses vingt ans.

Elle découvrit chez son nouvel époux une oreille attentive, un regard plein de compassion, une patience infinie, en un mot de l'amour. Jean Dumond était un gentleman. Il ne la brusqua pas, ne l'obligea à rien, respecta ses pudeurs de femme bafouée. Il l'estimait trop pour l'astreindre. Il se cala donc dans son tempo, déposant au coucher un baiser sur son front. Sa présence, sa chaleur suffisaient à son bonheur. Encouragée par un tel comportement, elle se réveilla de sa longue léthargie, inscrivant de jour en jour dans la maison son empreinte, jusqu'à ce qu'elle en devienne le cœur.

Enfin, un soir de la fin du mois d'août, alors que s'achevaient les fenaisons, Joseph Borderie, Jean et François rentrèrent exténués mais satisfaits d'être allés au bout de leur besogne. Elle remplit elle-même le seau qu'elle versa sur le dos nu de son mari, laissa glisser le morceau de savon sur les omoplates, caressa la peau humide, déposa enfin un baiser sur la bouche offerte. Elle était prête.

2

Sous le soleil de l'Algérie

Ce fut la lumière qui saisit d'abord Léonard. Le ciel de l'Algérie ne ressemblait en rien à celui de sa Corrèze natale. Il eut l'impression que le soleil lui brûlait les yeux. Il les ferma quelques secondes afin de les soulager. Quand il les rouvrit, il dut se résoudre à ne regarder que les parts d'ombre du paysage. Et il y en avait peu, car la ville d'Alger, tout entière de blanc vêtue, se reflétant dans les eaux calmes de la Méditerranée, baignait sous une éblouissante clarté. Plus que les odeurs d'épices et de jasmin qui embaumaient, la limpidité, la transparence de l'air donnaient une idée de la douceur de vivre. Il envia ce pays qui ne souffrait pas de la misère des grands froids, des fluxions de poitrine qui tuaient, des engelures abîmant les mains et les pieds des hivers entiers. Il se mit à l'aimer sans pourtant n'en jamais connaître le cœur.

D'autres malheurs accablaient la population. Car, où que l'on soit, la nature rappelait aux hommes qu'elle les dominait ; des maladies tropicales sévissaient, aussi assassines que la tuberculose qui déployait ses ailes sinistres dans les gourbis des quartiers pauvres des villes de la métropole ou la fièvre typhoïde qui ne connaissait pas de frontières.

Léonard découvrit un pays riche d'une agriculture développée. Il lui sembla que chacun trouvait sa place et qu'une cohabitation nécessaire s'était naturellement installée. Avant d'être un militaire, il était un nationaliste. La défaite de l'armée française contre les Prussiens en 1870 avait secoué le pays comme pour le réveiller. Tous les garçons ayant fréquenté les écoles publiques avaient été nourris au sein d'une revanche de la patrie. La colonisation était une partie non négligeable de cette puissance française qu'il convenait de chérir.

L'Algérie naquit de ce désir d'en faire une terre française. D'abord principauté vassale de l'Empire ottoman, cette mince bande côtière sera étendue jusqu'aux confins du Sahara, regroupant de multiples tribus en une seule entité. Dix fois plus de musulmans que d'Européens peuplaient cette contrée. Un statut colonial inégalitaire étranger aux principes républicains avait été mis en place. Règlements discriminatoires, pas de citoyenneté complète, pas de parité dans le vote.

La IIIe République menait une politique d'assimilation. Elle obligeait à franciser les noms de famille, à supprimer les coutumes musulmanes. Cependant, ce territoire devait s'inscrire naturellement dans l'espace français, s'intégrant dans une parfaite unité avec ceux de la métropole.

Dans le quotidien de sa fonction, Léonard accompagnait les convois de vivres et de munitions dans les endroits coupés du monde, desservis uniquement par des sentiers muletiers, le plus souvent difficiles à franchir. Les bêtes habituées aux escarpements, aux sols glissants et caillouteux tiraient sans hésiter les lourdes charrettes dont les roues parfois tombaient dans le vide ou s'échappaient sous la rupture d'un essieu. Avec les ânes voisinaient dans les convois des chevaux barbes originaires d'Afrique du Nord, robustes, endurants, peu exigeants en matière de nourriture.

Hommes et bêtes cohabitaient admirablement.

Les journées étaient longues et semées d'embûches. Les nuits au bivouac pouvaient être glaciales. Léonard aimait ces soirées au cours desquelles tous se regroupaient autour d'un feu de camp, chacun racontant l'histoire de sa courte vie ou les traditions de sa région. Il se liait des amitiés viriles. Léonard devint vite un cavalier habile malgré les brûlures sur ses fesses qui, petit à petit, s'estompèrent. L'armée lui avait octroyé une jument anglo-normande de couleur baie, lourde mais agile et douce de caractère. Il en avait pris possession à Montauban. Elle avait voyagé avec lui, la traitant depuis le début comme s'il ne devait jamais la quitter.

C'était un pays difficile à traverser. Peu de routes avaient été construites depuis que les Français l'occupaient. Les raisons en étaient multiples. Défauts de stabilité des sols, mauvaise qualité des matériaux employés, longues périodes de sécheresse ou pluies torrentielles dégradant les chaussées. En revanche, des travaux pharaoniques découpaient le paysage et le modifiaient en profondeur. Des voies s'ouvraient. Le chemin de fer avançait. Les villages sortaient de terre, transformant la manière de vivre des musulmans.

Comment ne pas admirer la plaine de la Mitidja, nantie de ces grandes fermes, de ces champs cultivés à perte de vue, de ces rangs de vigne, d'orangers et de citronniers respirant le travail accompli mais aussi l'aisance des colons. Pour un modeste paysan de ce Limousin pauvre et si arriéré, comment ne pas envier la banlieue prospère de Blida, terre sur laquelle se succédaient les vignobles de Miliana et de Médéa, les grandes exploitations de Marengo, les vallées généreuses de la Kabylie.

En connaisseur de la terre, Léonard restait persuadé qu'un jour sur ces hauts plateaux et leurs forêts épaisses, avec l'abondance des eaux pluviales et la fertilité apparente de leur sol, de nouveaux bâtisseurs s'installeraient. Partout des mines ouvraient, des usines voyaient le jour. Des ports, des barrages, des hôpitaux, des écoles, des bâtiments administratifs. L'Algérie, en quelques années, rattrapait le temps perdu.

Léonard engrangeait les odeurs, les saveurs des plats épicés, ne se mêlait pas à la population et ses coutumes singulières. Les femmes voilées, les hommes en djellaba ne l'impressionnèrent pas longtemps. Il préférait la compagnie de ses camarades et, malgré quelques incursions dans des quartiers entièrement arabes, les soldats de l'armée française restaient entre eux.

* *
*

Quand la 11e compagnie ne traversait pas le pays, il se retranchait dans sa caserne d'Alger. Des permissions étaient accordées. Léonard en profitait pour admirer sans arrière-pensée l'œuvre coloniale entreprise depuis plus de cinquante ans. Des ponts, des viaducs, un port de commerce florissant, les bâtiments somptueux du palais consulaire et de l'ambassade dont les fenêtres se miraient dans les eaux de la Méditerranée. La ville était couronnée d'avenues larges comme des fleuves, bordées de grands eucalyptus le long desquels se croisaient des coupés ouverts. Pour passer le temps, il remontait le boulevard de la République, entrait dans les galeries françaises. Même à Brive il n'y avait pas de magasin si vaste et si bien pourvu de tous ces articles manufacturés venus de la métropole. Les premiers mois furent, pour Léonard, un enchantement. Ses permissions ressemblaient à des villégiatures. Il restait cependant un homme dont l'absence de sa famille lui pesait. À force de respirer cet air si étrange, de supporter ce soleil de plomb trop présent la journée, trop lointain la nuit, il commença à s'ennuyer. Des lettres lui parvenaient. Son père remarié, une nouvelle fratrie s'était installée au Maleuvrault. Qu'en était-il de ses bœufs, de ses charrues ? Comment Joseph Borderie s'en sortait-il seul ? Jean Dumond, lui aussi, n'avait plus ce pauvre Antoine. Les journées devaient être bien longues ! Il se mit à trouver les semaines et les mois interminables. Ces années offertes à la patrie lui semblèrent bien inutiles. Le voyant se renfermer sur lui, ses camarades l'emmenèrent visiter la Casbah, le cœur de la ville ayant conservé ses traditions. Ces coutumes exotiques le dépaysèrent quelque temps. Mais il reprit son air maussade. Alors, afin d'oublier pour quelques heures la course des jours si lente, il se mit à fréquenter une fumerie d'opium. Autant respirer jusqu'au fond de l'âme le goût de l'Afrique et effacer jusqu'à ses propres origines. Ses rendez-vous nocturnes à s'évader vers un monde imaginaire devinrent une habitude.

Ce fut le lendemain d'une de ces soirées au cours desquelles il perdait tout sens des réalités que Léonard eut son accident.

Il rentra au petit matin le cerveau englué par les fumées de la drogue. Malgré quelques heures d'un sommeil lourd qui ne le reposa pas, il alla prendre son tour de garde devant le cercle des officiers. Comme tout bon « trainglot », il ne se déplaçait qu'à cheval. Il remonta l'avenue, la bête au pas, détendue et fraîche. Léonard connaissait par cœur le trajet et la ronde qu'il devait effectuer autour du bâtiment. Il salua, en arrivant, le soldat en faction dans sa guérite, tira sur la bride, reprenant le cours de sa tournée.

Peu de gens circulaient dans ce quartier, c'était loin du centre-ville. Quelques charrettes attelées passèrent, chargées de sacs de céréales ou de bois, conduites par des autochtones tout de blanc vêtus. Des officiers entraient ou sortaient du cercle. La chaleur montait, encore retenue par un air doux venu de la mer. Des oiseaux caquetaient dans les palmiers qui bordaient l'avenue.

Pour une raison inconnue, la jument fit soudain une embardée, perdit l'équilibre. Elle glissa sur la chaussée jusqu'à ce que son arrière-train touche le sol. Ce contact avec la poussière de la route la fit sursauter comme si elle effleurait une braise rouge. Elle se redressa vivement, trottina sans but comme abandonnée. Enfin, elle fit demi-tour et s'arrêta près de son cavalier.

Désarçonné, incapable de retrouver une stabilité, Léonard avait lâché les rênes avant d'être projeté par terre et de tomber brutalement sur son genou gauche. La douleur fut immédiate et effroyable. Il tenta cependant de se relever sans attendre, mais dut se résoudre à s'asseoir sur le bord du trottoir. Une chaleur inhabituelle lui traversa le corps, tandis qu'il suait de chaque pore de sa peau. Son cœur se mit à battre fort et ses mains à trembler. Il tenta de se raisonner, leva les yeux vers la jument dont il sentait le souffle sur son front. De ses immenses prunelles noires, bordées de longs cils, la bête observait son cavalier à terre, approchant son museau pour mieux le renifler. Si Léonard n'avait pas donné un coup d'œil rapide vers son genou enfoui sous son pantalon immaculé, peut-être aurait-il repris ses esprits. Mais une tache rouge s'élargissait sur le tissu blanc qui l'émut plus que de raison. Il se coucha sur le bord du trottoir et, cessant toute lutte, sombra quelques instants dans un état d'inconscience.

Le médecin qui examina Léonard avait ordre de délivrer un diagnostic optimiste.

— Certes, votre genou a subi un choc important. Malgré de fortes contusions avec épanchement sanguin, vous retrouverez vite toutes vos capacités. Vous pourrez remonter à cheval dans un temps très court. On ne va pas vous rapatrier pour si peu ! Dans quelques semaines, vous n'y penserez plus. Dans l'instant, vous devez vous reposer.

Les temps n'étaient ni à l'empathie ni à de longues effusions.

Il resta une dizaine de jours à l'hôpital, recevant des soins quotidiens, s'accommodant de son handicap. Il venait de fêter sa première année en Algérie.

Quand il rentrerait, il espérait avoir totalement oublié cet accident. Deux ans n'est-il pas le bout du monde pour un garçon de vingt ans ?

Aux bons soins d'infirmiers dévoués, la blessure guérit. En revanche, une douleur vive comme une lame de couteau lui traversait parfois le genou. Cette souffrance-là, il n'en voyait pas la fin.

— Ça te fera un souvenir de l'armée ! lui prédisaient ses camarades.

— Je m'en serais bien passé ! répondait Léonard en grimaçant.

Il boitait encore quand ses supérieurs décidèrent de le réintégrer dans le rang. Il remonta donc sur sa belle jument et reprit sa place dans les caravanes muletières contraintes et forcées de traverser l'Algérie.

3

Le domaine du Maleuvrault

1905, au Maleuvrault.

Élisabeth et Jean avaient trouvé un équilibre de couple qui les contentait. Un enfant allait bientôt arriver. Jean Dumond dévorait du regard cette jeune femme dont le ventre s'arrondissait de semaine en semaine.

Sans Léonard, le travail de la ferme avait été simplifié. Le troupeau était moins important. La culture du chanvre avait été abandonnée, ainsi que le seigle et l'orge. Les champs redevenus sauvages donnaient un bon foin. La paire de bœufs avait été mise en location chez un voisin. Au retour de Léonard, les animaux rentreraient. En attendant, la charrue et le semoir avaient été rangés dans le fond de la grange.

Joseph Borderie ne manquait pas de travail. Il sortait le purin de l'étable, fauchait les fossés, entretenait les haies, coupait du bois pour l'hiver, curait de temps en temps la mare, ce qui donnait l'occasion de manger les tanches qui s'y épanouissaient.

Louise était une femme maintenant et avait pris la relève de Maria. Elle trayait les vaches chaque matin, entretenait le potager, nourrissait et tuait les volailles. Jeanne, d'un an sa cadette, avait refusé de retourner à l'école. Elle était trop grande pour perdre son temps à ânonner des tables de multiplication. Elle avait mieux à faire. Elle se mit en tête de fabriquer du fromage. Jean Dumond vendait son lait à un jeune laitier qui passait chaque matin après la traite et chargeait dans sa charrette des bidons pleins qu'il rapportait le lendemain pour les remplir à nouveau. Avec la permission de son beau-père et les quelques sous qui lui venaient de sa grand-mère Pradeau, Jeanne prélèverait quelques litres chaque semaine. Elle s'acheta à la foire d'Uzerche des louches et des faisselles en fer-blanc. Le pharmacien chez qui elle trouva de la présure lui donna une leçon sur l'hygiène, les températures, les dosages, les temps de repos. Elle s'installa sur la pierre d'évier de la cuisine et commença une activité qui, jour après jour, confirma son talent. La grande pièce sentait cette odeur caractéristique du lait caillé, tandis que sur la claie au-dessus de la table séchaient quelques fromages sur un lit de paille. Quand elle fut sûre de son résultat, que la famille commença à la féliciter et à en redemander, elle partit vendre sa production à l'épicerie du village.

Cette activité l'épanouissait et son modeste commerce marchait si bien qu'elle sollicita la permission de posséder quelques chèvres. Ce qui lui fut accordé. Pour François et Marguerite cessèrent les années d'école. Le garçon n'avait qu'une idée : suivre Joseph Borderie et lui donner un coup de main dans sa besogne. Il arrivait qu'il lui fasse perdre son temps, mais le métayer s'attacha plus qu'il n'aurait voulu se l'avouer. N'ayant pas eu d'enfant, il le considéra vite comme son fils. Marguerite, sans amitié particulière, recherchait leur compagnie et se mêlait à leur besogne.

Sous les ordres d'Élisabeth, Marie Borderie maintenait la maison propre. Elle frottait le sol chaque matin, chargeait la cuisinière de bois sec et ne laissait pas mourir le feu de la journée. Les carreaux aux fenêtres étaient nettoyés et agrémentés de rideaux de coton fin retenus par une dentelle au crochet. Quelques bibelots et des assiettes de faïence ornaient un grand vaisselier rapporté de chez la tante Agathe.

C'était modeste, mais la jeune femme se sentait chez elle et aimait cette maison. Elle se posait parfois dans l'après-midi, regardait autour d'elle, rectifiait une fleur qui s'abandonnait dans le bouquet sur la table. Elle s'asseyait ensuite devant la fenêtre, se rappelant ce vieux dicton limousin : « Il vaut mieux un petit chez-soi qu'un grand chez-les-autres. » Elle souriait intérieurement et reprenait le travail d'aiguilles qu'elle avait laissé la veille. Petit Louis papillonnait autour d'elle ou courait après les poules, appelant sa sœur ou Marie Borderie. Il adorait piétiner les plants de Louise pour l'entendre s'égosiller à le mettre dehors. Tout le monde aimait cet enfant au caractère joyeux et curieux.

Jean Dumond poursuivait son travail de chaume. Les commandes affluaient et, pourtant, il n'avait pas remplacé Antoine. Alors il partait de plus en plus tôt et rentrait tard. La soupe était toujours prête quand, à la tombée du jour, il rangeait ses outils et se lavait les mains au puits. Le pain maintenant était blanc et il faisait *chabrol* avec un vin frais rouge qu'il achetait en tonneau à la foire d'Uzerche avant de le mettre en bouteilles avec l'aide des enfants.

Pour avoir épousé Élisabeth, la tante Agathe avait offert à Jean une jument noire, déjà débourrée. Un animal calme et obéissant qui logeait dans l'étable près de l'ânesse Fanchon. Il la montait le dimanche pour aller à la messe tandis que sa femme et les jeunes prenaient la charrette. François se chargeait de la nourrir, de la sortir et de la brosser avec un tel plaisir qu'il étendait cette activité à l'ânesse qui, étonnée d'une pareille attention à son égard, tournait ses grandes oreilles dans tous les sens.

Maria ne pardonnait toujours pas à son père de l'avoir obligée à cette union qui ne lui apportait aucune joie. Mais le sort d'une fille n'était-il pas d'obéir ? Elle s'en voulait à elle aussi, ayant vécu sa dernière sortie en forêt, à la veille de son mariage, comme une preuve de sa propre lâcheté. Elle n'avait jamais revu Germain, malgré une surveillance constante autour de la maison familiale. Elle n'avait jamais eu le courage d'aller frapper à la porte de sa tante. Elle en connaissait trop la suite. Plus le temps passait, plus résonnaient dans sa tête ces mots venus du ciel : « Germain t'attend ! » Elle vivait son rôle d'épouse comme s'il s'était agi d'une personne hors de sa tête qui parlait à Auguste, lui préparait sa soupe, lui lavait son linge, écartait les jambes pour le contenter. La naissance de son fils avait cependant changé sa réflexion sur sa propre existence. Elle avait maintenant un devoir vis-à-vis de cet enfant et s'y conformait. Mais son regard posé sur son mari ne variait pas d'un pouce. Le temps passant, elle finit même par se persuader qu'il était responsable de la disparition de Germain. En un mot, sa vie, en dehors de son rôle d'épouse et de mère, n'existait pas. En tant que fonctionnaire des Postes, Auguste ne fréquentait aucune veillée et, en bon républicain, n'allait pas à l'église. Maria ne rencontrait ses anciennes camarades que le temps d'une foire, chez le boulanger ou sur la place du marché.

Le dimanche, tandis qu'Auguste partait à la pêche sur les bords de la Vézère, elle montait au Maleuvrault avec son garçon. Elle y retrouvait ses sœurs pour une courte récréation. Malgré leur éloignement, elles gardaient une complicité que le temps semblait bonifier. Louise confectionnait une tarte aux pommes, son père sortait une bouteille de cidre. Après la vaisselle, cette grappe de femmes, comme un envol d'étourneaux, partait marcher sur les sentiers ombragés, traversait des landes en écrasant les fougères, se contant des histoires de sorcières et de loups-garous, riant d'un rien, rapportant un bouquet de fleurs sauvages, un panier de noisettes, quelques champignons suivant la saison. Le petit Alphonse passait d'une paire de bras à une autre, Jeanne ne lâchant pas la main de Louise, Petit Louis celle de Marguerite. Élisabeth et Maria marchaient en tête sur les traces de Bayard qui ouvrait la route, peu loquaces l'une et l'autre, pudiques comme des oiseaux blessés. Elles rentraient quand la lumière se parait d'une brume légère, attentives aux plaintes des jeunes, dont les joues rouges rassuraient leurs mères.

Ces rendez-vous cessèrent pendant la grossesse d'Élisabeth. Elles prirent l'habitude de se rassembler autour de la cheminée et épluchaient des châtaignes tandis que les gamins se disputaient un morceau de bois dans lequel Jean Dumond avait taillé un soldat au garde-à-vous.

Henri était parti si vite et si tôt. De ses nouvelles arrivaient de temps en temps. Il décrivait un monde que personne ne comprenait. Sa mère parcourait rapidement les quelques lignes dont il noircissait le dos d'une carte représentant un monument parisien. Néanmoins, elle ne s'attardait que sur la dernière phrase qui reprenait invariablement les mêmes expressions remplies d'affection.

Le facteur apportait de loin en loin des nouvelles d'Algérie. Léonard avait eu un accident de cheval l'ayant obligé à plusieurs semaines de repos. Il rassurait cependant sa famille, confirmant le fait qu'il ne serait pas rapatrié pour une si petite blessure. À la fin de l'année, il allait rentrer. Élisabeth et ses enfants ne l'avaient jamais rencontré.

* *
*

Élisabeth n'avait pas revu Marinette depuis son départ de chez la veuve Pradeau. Elle pensait à elle parfois quand lui revenaient en mémoire ces moments violents que la pauvre femme avait traversés. Elle se souvenait de cette curieuse troupe qu'elle formait cet après-midi-là, avec ses garçons et sa fille, alors qu'elle remontait la prairie pour lui rendre son morceau de savon. Elle avait eu des nouvelles d'elle par Jean Dumond. Le chaume de la masure délabrée qu'elle habitait avait été entièrement changé.

Elle cessa son travail de couture, releva la tête, jeta un regard à travers les carreaux. L'été se terminait, les foins avaient été rentrés à temps. Un violent orage brouillait le ciel depuis deux jours. La cour, devant la maison, était vide. Les portes de la grange, grandes ouvertes, provoquaient un courant d'air. Des brins de paille s'envolaient en tourbillonnant. François et Joseph Borderie finissaient de sortir le purin. Les bêtes étaient restées au pâturage.

Soudain, le chien aboya. Plus attentive, Élisabeth aperçut une silhouette longue et fine au bout du chemin, avançant calmement, d'un pas régulier et sûr. Elle cligna des yeux pour mieux la distinguer. C'était une femme, à n'en pas douter, mais aucune de la famille. Quand elle entra dans la cour, elle reconnut enfin Marinette. Le chien tournait autour d'elle en agitant sa queue.

— Qu'est-ce qu'elle vient faire là ? Dans quel guêpier s'est-elle encore fourrée ?

Elle se précipita dehors. Malgré la terre boueuse qui collait à ses sabots et son ventre lourd comme une amphore pleine, elle avança à sa rencontre.

— Ah, ma bonne dame ! s'écria Marinette avant toute forme de politesse. Le Joseph est sorti de prison et le voilà qui est revenu. Mais moi et les petits, on n'en veut pas ! Alors je me suis dit que peut-être vous auriez besoin d'une domestique pour l'entretien de votre maison. Surtout que si je comprends bien, ajouta-t-elle, la famille va s'agrandir.

Élisabeth observa cette femme prématurément vieillie par le labeur et les tourments. Elle lui sourit béatement, lui passa la main dans le dos. Elle n'était pas chez elle et n'avait pas le pouvoir d'un quelconque engagement.

— Finis d'entrer, on va parler !

Marinette quitta ses sabots et, pieds nus, traversa la pièce tandis qu'Élisabeth s'asseyait à sa place habituelle.

— Je ne peux rien te promettre, cette propriété appartient à mon mari. Ce sont les hommes qui décident, tu le sais bien ! Qu'as-tu fait de tes enfants ?

— Ils sont assez grands pour travailler. La veuve Pradeau les a mis à garder les moutons et les vaches. Ça lui coûte moins cher que d'installer des clôtures !

— Il y avait un troisième luron avec ton Joseph. Qu'est-il devenu ?

— Il est parti à l'armée. Dieu fasse qu'il y reste !

— C'était ce qu'il avait de mieux à faire !

Un silence passa. La vieille horloge comtoise égrenait les secondes, son tic-tac résonnait comme une infernale marche en avant que rien n'arrêterait. Marinette se racla la gorge. Élisabeth lui proposa un verre d'eau.

— N'allez pas vous déranger pour moi, madame, restez donc à couver votre petit. Voulez-vous que j'allume le feu pour la soupe ? demanda-t-elle.

— Ce n'est pas nécessaire, Marie Borderie va venir s'en occuper.

Élisabeth reprit son travail de broderie. Marinette n'était pas habituée à ne rien faire.

— Je vais devoir rentrer, fit-elle en se levant. Les gamins ne sauront pas se nourrir tout seuls et leur père est un incapable. En plus, il a la main leste. L'autre jour, il a battu l'Angèle comme un malpropre. Pour la soulager, j'ai dû acheter de la teinture d'iode à la pharmacie. Ça m'a coûté les économies d'un mois. Non, vraiment, je peux pas attendre.

— Reprends ta route, Marinette, je vais parler à mon mari et ne manquerai pas de te tenir au courant.

Jean Dumond resta dubitatif.

— Il y a bien la maison des parents qui est fermée. Mais je la garde pour Léonard. Un jour, il convolera. Il lui faudra son indépendance. Mais, j'y pense, la tante Agathe, avec sa grande demeure et sa pauvre vieille domestique plus courbée que debout, elle aurait bien besoin de quelqu'un de vigoureux ! Si Marinette logeait chez sa patronne, son Joseph ne pourrait pas y faire grand-chose. Quant à ses petits, ils trouveront toujours quelque travail dans les alentours.

La tante, consultée, donna son accord. Marinette s'installa à Lubersac juste avant Noël.

— Je prends du galon ! répétait-elle à qui voulait l'entendre. Je prends du galon !

Le Joseph tenta de faire valoir son rôle de mari et de père, mais son passé ne le servit pas. La porte de la maison de la tante Agathe lui resta fermée. Il retourna vivre un temps dans la masure abandonnée chez la veuve Pradeau jusqu'à ce que Léon et ses métayers, armés de piques, le chassent.

L'aîné des enfants allait sur ses douze ans. Il ne savait ni lire ni écrire, mais avait appris à compter. Le laitier l'engagea pour la tournée quotidienne. Il passait tous les matins au Maleuvrault. Louise l'aidait à remplir les pots, Marguerite lui préparait une tartine frottée à l'ail et lardée dont il se régalait. Il repartait de temps en temps avec un fromage blanc enveloppé dans un torchon qu'il remettait à la tante Agathe avec autant de gravité que s'il s'était agi du Saint-Graal.

Les deux plus jeunes eurent obligation de filer à l'école. Quelques centaines de mètres les en séparaient de leur nouveau point d'attache.

À la même époque, Élisabeth donna naissance sans trop de peine à un petit garçon sain baptisé Antoine qui apporta beaucoup de joie à tous.

Au tout début de l'année 1906, Léonard rentra à la maison.

4

Le retour du fils

Depuis la naissance du petit Antoine, chez Élisabeth et Jean, Jeanne avait déménagé son activité de fromagerie dans l'ancienne bergerie. François et Joseph Borderie avaient nettoyé l'endroit, installé des claies sous le plafond. Jean Dumond lui avait fabriqué une grande table, posée devant une trouée transformée en fenêtre, sur laquelle elle s'activait sans retenue. La proximité de l'étable des vaches permettait d'entreposer ici facilement les bidons pleins. Quant aux chèvres, elles avoisinaient la porcherie, dans un enclos protégé du vent. Entre deux traites, elles nettoyaient les haies en grignotant les ronces et grimpaient sur les talus pour mieux dominer leur territoire. L'odeur de lait caillé s'était donc déplacée de la cuisine à l'ancienne bergerie. Son petit commerce marchait si bien que Jeanne ne manquait pas les marchés de Lubersac, de Pompadour et d'Uzerche. Sa réputation traversait la région. Pour fidéliser ses clients, elle eut l'idée d'enrichir ses fromages tantôt de ciboulette, tantôt d'ail du jardin ou de noix broyées. Elle pliait ses trésors dans un papier blanc très fin acheté dans un bazar à Uzerche. Sa douceur encore juvénile, son sourire engageant complétaient le tableau.

Elle rentrait un soir de sa tournée hebdomadaire, après avoir vendu toute sa production. Sentant l'étable, la jument trottinait gaiement. À la sortie du village, Jeanne aperçut un homme qui avançait en claudiquant, portant sur son dos une besace ventrue. Elle sut instinctivement qu'il s'agissait de Léonard. Tirant sur le frein, elle s'arrêta à sa hauteur. Le garçon tourna la tête, offrant son visage buriné par le soleil d'Afrique, des yeux gris semblables à ceux de son père. Il lui parut vieux et fatigué. Elle était si jeune et si fraîche.

— Je suis Jeanne, la fille d'Élisabeth ! Vous êtes Léonard, vous rentrez d'Algérie ? Montez, je vous conduis jusqu'à la maison.

Il lui sourit, déposa son sac sur le marchepied, s'assit près d'elle, lui murmura un « merci » discret, resta muet. Lui revinrent le remariage de son père, l'installation d'une famille inconnue chez lui. Qu'allait-il advenir de lui, de ses habitudes enfouies pendant trois ans, qui, forcément, ressortiraient comme des secondes natures ? Qu'avaient-ils fait de sa paire de bœufs, de ses vaches, de sa charrue ? Il jeta un coup d'œil à la jeune fille qui maîtrisait la jument, observa quelques secondes son profil parfait, sa manière directe et précise de mener la bête. Il s'étonna qu'une femme dirige avec autant de talent la charrette. Les temps changeaient, à n'en pas douter.

Sentant le regard de Léonard posé sur elle, Jeanne tourna la tête, lui sourit avec une assurance qui le déstabilisa. Il avait si peu fréquenté de demoiselles pendant ses années d'armée. Comment allait-il se comporter face à sa belle-mère et à ses enfants ? Quelle place lui réservait-on ? Quelques secondes durant, un relent de nostalgie lui coupa le souffle, comme s'il tombait dans un trou d'eau.

— Votre père et vos sœurs vous attendent avec impatience ! s'écria Jeanne qui lui tendait une bouée. C'est un bonheur pour eux de vous revoir.

Il inspira une longue bouffée d'air, retrouvant soudain les odeurs d'humus et de mousse de sa campagne limousine. Un froid vif lui enveloppait les épaules, sa peau se cabrait sous cette agression, il aima cette sensation qu'il retrouvait soudain. Son cher pays lui ouvrait les bras.

* *
*

La famille Dumond fêta le fils tant attendu. Ses sœurs le cajolèrent, tournant et dansant autour de lui en tapant dans leurs mains. Il les trouva changées. C'étaient presque des femmes à présent, surtout Louise. N'étaient-elles pas à l'âge de la vie où le corps s'émancipe et s'envole ? Seule Maria restait la même. Toujours ce regard triste, à la recherche d'un visage perdu. Son fils ne semblait la consoler de rien. Elle prit son frère dans ses bras, le cajola.

— Raconte-moi ton accident ! Souffres-tu encore ? Veux-tu que nous allions voir une guérisseuse ? As-tu besoin de soins ?

— Chère Maria ! Tu resteras toujours notre seconde mère ! Il faudra un jour penser à toi.

— Cela ne me consolerait de rien !

Jean Dumond garda cette distance, comme une froideur, typique des paysans. Dans son milieu, on ne se gaussait pas, on ne s'exclamait pas, seul le regard pétillait plus qu'à son habitude. Élisabeth plut tout de suite à Léonard. Ses traits fins, sa douceur apparente, sa manière de le mettre à l'aise. Un enfant était né, agrandissant une fratrie déjà nombreuse.

Marie et Joseph Borderie se tenaient à l'écart, les yeux à l'affût de chaque réaction, partageant le bonheur de la famille. Léonard leur serra la main.

— Tu as dû en voir du pays ! s'exclama Joseph.

— Je te raconterai !

Même Bayard vieillissant lui fit fête. Léonard le caressa longuement, retrouvant les gestes amicaux qu'il offrait à sa jument en Algérie.

À la fin de la journée, Léonard avait la tête qui tournait. Ils l'observaient tous comme une bête curieuse, comme un étranger parmi les siens. C'était une vraie tribu bruyante et remuante qui hantait la maison de son enfance.

— Et encore, il en manque un ! s'écria Jean Dumond devant l'air étonné de son fils. Nous avons une belle couvée, n'est-ce pas ? Quand tu vas t'y mettre, on pourra former un régiment !

— Je suis trop vieux ! argumenta Léonard. Mon genou ne me laisse pas souvent en paix. Qui voudrait d'un boiteux ? Car je crains qu'avec l'humidité des hivers ça ne s'arrange pas !

— Ne te sous-estime pas ! Tu es resté un bon garçon, j'en suis sûre ! coupa Maria qui suivait la conversation.

— Pour une femme, ça ne suffit pas toujours. Je vais faire un tour pour me réhabituer à tout.

Il sortit dans la cour, inspira profondément pour tenter de combattre une inquiétude tenace. Comment arriverait-il à s'intégrer dans cette famille recomposée ?

Il pénétra dans la grange, caressa les bêtes que François avait rentrées, leur murmura quelques mots, évalua d'un coup d'œil la masse de paille entreposée pour l'hiver. Les bêlements des chèvres de Jeanne l'attirèrent vers la bergerie. Il aperçut la jeune fille à travers la fenêtre. Il se souvint qu'elle n'était pas restée pour fêter son retour. Il l'observa un moment. Elle nettoyait son plan de travail à grande eau, en fredonnant. Sa voix pure résonnait sous les poutres du plafond comme un chant de Noël. Léonard en fut troublé. Elle cessa cependant quand elle l'aperçut.

— Entrez ! Je vais retourner mes fromages.

Elle tira les claies vers elle. Sur un lit de paille s'alignait sa production de la semaine.

— Ceux-là, c'est de la vache, ceux-là, de la chèvre !

D'un geste sûr, elle saisit chaque boule blanche et lui fit faire une rotation. Quand elle eut terminé, elle repoussa l'ensemble avec fermeté.

— Voilà, demain soir, je recommencerai. Voulez-vous goûter un de ceux que j'emporte au prochain marché de Pompadour.

Sans attendre de réponse, elle sortit d'une étagère un joli fromage emballé dans un papier huilé. Elle prépara une large tartine de pain sur laquelle elle étala le cœur crémeux protégé d'une croûte épaisse et souple.

— C'est ma dernière production. Un chèvre que j'ai laissé vieillir une semaine. Vous m'en direz des nouvelles.

Léonard n'avait pas faim et n'était pas habitué à manger en dehors des repas. Il n'était pourtant pas question de refuser, surtout que l'aspect et l'odeur lui donnaient l'eau à la bouche.

— Vous aimez le goût ? Juste ce qu'il faut pour le différencier de la vache.

— Il est fameux ! Vous êtes une artiste !

Elle lui sourit, manière de le remercier. Il termina sa tartine pendant qu'elle s'affairait à préparer sa marchandise pour le lendemain. De temps en temps, elle lui lançait un coup d'œil tandis qu'il s'attardait.

Ce fut un moment étrange, comme un rayon de soleil au milieu d'une tempête.

À voir Jeanne aller et venir, parfaitement intégrée dans ce décor propre et modeste, Léonard reprit confiance en son avenir. Il avait bien toute la vie devant lui.

* *
*

Le nez au vent, Léonard parcourait la propriété avec gourmandise, claudiquant comme un vieux trop pressé. Il n'avait rien oublié. Il connaissait encore par cœur la pente d'une colline, la courbe d'une butte, le nombre de chênes bordant un pré, la profondeur des fossés. Il souriait parfois en découvrant un point de vue qu'il avait effacé de sa mémoire, en reconnaissant un bouleau trop vite grandi, une haie de noisetiers, un coin à champignons, un châtaignier ayant perdu une branche un jour de grande tempête. La famille lui donnait du temps, il en avait besoin.

Les bœufs retrouvèrent l'étable près de la jument et de la vieille Fanchon. Les charrues furent nettoyées, graissées. Une nouvelle machine dormait également dans le fond de la grange.

— C'est quoi ? demanda Léonard, caressant du bout des doigts les tiges recouvertes de fumier séché.

— C'est une épandeuse ! s'écria Joseph. Ton père l'a achetée l'année de ses noces avec Mme Élisabeth. On nourrit les terres, comme ça l'herbe est plus drue, plus épaisse. Ça fait plus de foin pour les bêtes.

— L'idée est bonne ! remarqua Léonard. On va pouvoir disperser du fumier quand on aura labouré les champs. On aura ainsi des céréales de première qualité.

Léonard redevenait le garçon curieux de tout, prêt à modifier ses habitudes pour participer au monde nouveau qui s'ouvrait devant lui.

— Ton père m'a emmené voir une batteuse à vapeur l'été dernier. Il attendait que tu rentres pour t'en parler !

— C'est pas pour nous ! On n'a pas assez de terre et de sous.

— On pourrait en louer une aux prochaines moissons. Ça permettrait de gagner du temps, on aurait moins de frais de main-d'œuvre !

— Qui t'a mis cette idée dans la tête ?

— C'est Mlle Jeanne. Chez sa grand-mère, ils en utilisent une. Elle dit qu'en une semaine ils battent trente hectares de blé.

Léonard resta silencieux. Tous le plaçaient face à la réalité. Les temps changeaient, il fallait en être.

— J'attends que mon père m'en parle, conclut-il en s'éloignant de la machine.

Jeanne rentrait de sa tournée du jour. Elle gara la charrette devant la porte de la bergerie, commença à décharger ses caisses vides.

— Je vais t'aider ! fit-il en se précipitant vers elle.

Elle se redressa, lui envoya un de ces sourires si lumineux que Léonard en oublia sa conversation avec Joseph.

Jeanne était volubile et gaie. Elle lui raconta sa journée, donna les chiffres des ventes, espérant faire mieux les jours suivants. Elle lui parlait comme s'il avait toujours fait partie de sa vie.

Inconsciemment, Léonard se rapprochait d'elle. Le matin, il lui remplissait ses cuves de lait, les portait sur la charrette, en vérifiait les freins, empilait les cagettes de fromages, l'observait tirer sur la bride et s'éloigner joyeusement. Il se tenait là le soir quand elle rentrait, soulevant les récipients vides, détachant la jument avant de l'emmener paître au pré.

5

Les vieux démons

Un matin d'automne, alors que le brouillard s'éternisait, Jeanne partit plus tôt que d'habitude.

— Je dois passer chez la tante Agathe. Elle m'a demandé des fromages frais et leur petit-lait. Je rentrerai peut-être plus tard. Dis à maman de ne pas m'attendre pour le dîner.

Léonard prit note puis, encourageant la jument d'un coup de main sans conséquence, regarda comme d'habitude s'éloigner l'attelage jusqu'à ce qu'il disparaisse dans la brume. Jeanne était devenue une bouée pour Léonard. Il la cherchait du regard quand elle était là, il l'attendait quand elle partait. Sa voix fluette de femme-enfant le calmait de toutes les humeurs. Elle savait le soulager du temps perdu pendant trois ans, lui changer les idées alors que l'humidité de l'air réveillait la douleur de son genou.

Ce matin-là, contrairement aux prévisions, Jeanne revint avant midi. Elle entra dans la cour de la ferme si vite que la jument, essoufflée, s'arrêta sans ordre devant la porte de la bergerie. Dans la charrette, les cagettes de fromages semblaient intactes. Dans la confusion, quelques-unes tombèrent à terre.

Léonard sortit précipitamment de la grange, Joseph Borderie à ses trousses. Le spectacle qui les attendait les stupéfia. Jeanne, immobile, comme pétrifiée, se tenait au bas de la charrette. Sa coiffe pendait par un lacet sur une épaule, ses cheveux en désordre donnaient l'impression d'avoir traversé une soufflerie. Ses yeux exorbités, ses joues rouges, Léonard pensa qu'elle avait vu un revenant.

— Le mari de Marinette ! se mit-elle à répéter. Le mari de Marinette !

— Quoi, le mari de Marinette ? s'écria Joseph Borderie.

— Il m'attendait au coin de la rue près de chez ma tante. Il a entravé la marche de la jument, m'a obligée à descendre sur le bas-côté. Il voulait que je lui donne l'argent de mes fromages.

Léonard sentait une sourde colère brouiller son cerveau. Afin de se maîtriser, il tendit le bras à Jeanne, qui se blottit contre lui. Elle pleura, le corps agité. Il ne dit rien, ne tenta rien, attendant, pour ne pas la brusquer, que son chagrin s'apaise.

— Tu lui as donné ? demanda-t-il enfin.

— J'ai bien été obligée !

— Va à la maison ! Joseph va s'occuper de tes fromages.

Tandis que Jeanne, rectifiant sa coiffe et séchant ses larmes d'un revers de main, rentrait au chaud, Léonard, débordant d'une colère sourde, détacha la jument, grimpa à cru sur son dos, tira brutalement sur les brides. La bête, surprise, s'élança au galop, ses sabots résonnant sur la terre battue du chemin.

Toutes les émotions ressenties à la mort d'Antoine ressurgirent dans le cœur de Léonard : le chagrin, les regrets, la colère. Ses trois ans d'Algérie n'avaient rien effacé. Un tiroir de son cerveau s'était fermé pour se rouvrir violemment. Il se dit, en chevauchant, que la justice était décidément bien faible de n'avoir pas plus puni un homme complice d'un assassinat.

La jument, peu habituée à une telle course, suait et crachait en arrivant devant la maison de la tante Agathe. Il ne frappa ni n'hésita et franchit la porte sans convenances. Marinette balayait la salle à manger. Elle prit peur en le voyant foncer sur elle.

— Sais-tu où est ton Joseph ?

La pauvre femme envoya à ce garçon fou un visage décomposé.

— Non, moussu. Il a disparu quand M. Léon l'a chassé de ma chaumière.

— Il doit tourner autour de toi !

— J'en sais rien, je vous dis que je l'ai pas revu depuis que je travaille là !

Attirée par l'agitation, la tante Agathe montra le bout de son nez.

— Le Joseph de Marinette vient d'attaquer Jeanne. Il lui a pris tous ses gains de la journée, expliqua brièvement Léonard.

Impuissante à toute aide, Agathe se signa.

— S'il a quelques sous, commença Marinette, il est forcément à la taverne de Lubersac. Il est pas assez malin pour aller les dépenser bien loin.

Se contentant de cet indice, Léonard salua rapidement les deux femmes, bredouilla une excuse pour son incursion, sortit sans plus de manières.

Marinette avait raison. Il trouva le Joseph attablé devant un pichet de vin, à la taverne de la place de l'Horloge. Léonard aurait pu discrètement alerter la maréchaussée. Mais il avait besoin de lui donner une leçon. Il l'attrapa par le col de sa chemise, le traîna jusqu'à dehors. Le Joseph criait au scandale, à la persécution, recevant devant les clients ayant suivi le curieux cortège une correction qu'il n'oublierait pas.

Les gendarmes furent alertés. Devant la détermination de Léonard, il leur fallut se mettre à trois pour le maîtriser.

— Enfin, Léonard Dumond, cria le brigadier, tu voulais le tuer ? Il a été jugé, il a fait sa peine. Le temps a passé.

— Dis-leur ce que tu viens de faire ! hurla Léonard.

Le visage du Joseph n'était qu'un tas de bouillie ; son nez éclaté, ses yeux disparus sous le gonflement des arcades sourcilières, sa bouche en sang. Léonard ne voyait pas que l'homme à terre était incapable de répondre à ses accusations.

— Allez, tout le monde au poste ! ordonna le brigadier. On y verra plus clair demain.

Après avoir attendu le retour de Léonard toute la journée, la famille envoya Jean Dumond aux nouvelles. Et elles n'étaient pas bonnes. Le Joseph était dans le coma, Léonard dans une cellule de la gendarmerie.

— S'il meurt, il va y avoir un procès ! expliqua le brigadier. Votre belle-fille aurait dû venir nous voir dès après son agression. On aurait mis le Joseph au trou pendant quelque temps.

— Avec ce genre d'individu, aucun raisonnement n'est possible, répondit Jean Dumond. La prison représente un refuge pour lui. En dehors, la vie lui est insupportable. Je le connais bien. Il a le mal en lui.

— En tout cas, il a son compte ! On a bien retrouvé sur lui le porte-monnaie de Jeanne Pradeau. Envoyez-la-moi pour qu'elle porte plainte, Léonard pourra sortir si le gars retrouve ses esprits.

Jeanne pénétra dans la gendarmerie avec le recul d'une accusée. Son agression du matin l'avait profondément choquée. Le brigadier, qui était un brave homme, la conduisit devant la cellule de Léonard dont le visage tuméfié indiquait que le Joseph s'était défendu. Se postant derrière les barreaux, le prisonnier se saisit de la main qui se tendait vers lui. Jeanne avait compris depuis longtemps que ce garçon taiseux au regard triste, ce boiteux bâti comme un colosse, serait l'homme de sa vie. Ils se parlaient en silence. Elle remerciait du regard, il lui confirmait d'un sourire de vainqueur qu'il la protégerait toujours.

— Allez, mademoiselle Pradeau, venez faire votre déposition ! cria le brigadier, interrompant ce tête-à-tête inattendu.

Elle chargea le Joseph tant qu'elle put. Ne se contentant pas de confirmer le vol de son argent. Elle déclara qu'il avait tenté d'abuser d'elle, empruntant force détails trouvés dans des journaux pour femmes dont elle se régalait.

Au bout de trois jours, le Joseph revint à lui. Semblant avoir perdu la mémoire, il disait ne se souvenir de rien. La bourse de Jeanne, dans sa poche, ce devait être le vrai agresseur qui la lui avait glissée après l'avoir fait boire. Il bafouillait tout et son contraire, confirmait ses incohérences par les coups portés à sa tête. Afin de lui remettre les idées au clair et de prendre une décision sur son sort, le brigadier l'enferma dans une cellule.

Léonard fut libéré. Il gardait de cette aventure le goût d'une vengeance à moitié accomplie. Pour s'apaiser tout à fait, fumer un peu d'opium lui aurait fait du bien et aurait calmé la douleur vive à son genou, réveillée par cette sourde colère qui ne le quittait pas. Mais il n'était plus en Algérie. Il eut droit à une leçon de morale en bonne et due forme à laquelle il ne répondit pas. Le souvenir d'Antoine, ses sentiments pour Jeanne, il avait le cœur à fleur de peau. Quand elle lui prit la main, doucement, comme pour apprivoiser un animal sauvage, il comprit que l'avenir leur appartenait.

* *
*

Qui aurait pu imaginer que naîtrait un amour aussi remarquable entre ce garçon de vingt-six ans, expérimenté, et cette jeune fille de dix-huit ans, toute frémissante et si pleine de vie ?

Léonard et Jeanne édifièrent jour après jour, mois après mois, une histoire si singulière que personne n'aurait parié sur son avenir. Et pourtant ces deux-là ne se séparaient plus que pour leur travail. Ensemble, ils rayonnaient comme deux lumières aveuglantes, se complétant magnifiquement par leurs caractères opposés.

Jean Dumond remarqua le premier l'attirance de l'un envers l'autre, leurs yeux qui se cherchaient, leurs mains qui se frôlaient. L'agression du Joseph révéla ce qu'il pressentait. Rien n'arriva pourtant. Deux hivers passèrent, et deux étés. Jeanne et Léonard continuaient à entretenir cette flamme qui les maintenait si vivants, si confiants dans l'avenir.

Ce fut Maria qui libéra ces deux cœurs entravés dans la peur des traditions. Sentant se répéter son propre malheur, elle décida de jouer les bonnes fées. Le repas du dimanche se terminait. Auguste ayant trop bu, il avait rapproché sa chaise de celle de sa femme, avait soulevé la robe et, de ses doigts agiles, remontait le long de ses jambes. Ce n'était pas la première fois qu'il agissait ainsi ; ce jour-là, elle en aurait pleuré. Elle se redressa vivement, saisit son verre de vin, le leva jusque devant ses yeux.

— Je bois à Léonard et à Jeanne. Je fais le vœu qu'ils se décident enfin à convoler. Ils ne méritent que cela !

Un grand silence s'abattit sur la pièce. Jeanne rougit, Léonard lui prit la main. Tous les regards convergèrent vers le chef de famille qui, pris de court, observa sa femme. Élisabeth feignit d'être surprise. Elle avait compris depuis longtemps que le bonheur de Jeanne s'appelait Léonard.

Jean Dumond fit ensuite des yeux le tour de la table. Il était vaincu. Il leva son verre à son tour.

— Je bois à Léonard et à Jeanne ! répéta-t-il. Qu'il en soit ainsi.

À n'en point douter, ce furent certainement les mariés les plus heureux de la terre. En revanche, leur pudeur, leur habitude de masquer leurs sentiments les retint de trop d'extravagance. Leur bonheur, ils n'en parlaient pas, ne le montraient pas, le gardant pour eux. Étrange noce que celle de la fille d'Élisabeth et du fils de Jean Dumond. Une alliance qui confortait les sentiments tardifs de cette femme et de cet homme et les plaçait au centre d'un cercle familial.

Ils s'installèrent dans la maison des grands-parents que Léonard occupait depuis son retour de l'armée. La tante Agathe leur offrit une commode et deux fauteuils ainsi que quelques bibelots ayant échappé à l'avidité de neveux trop gourmands. Marie Borderie lessiva les dalles de la pièce principale après avoir chassé les araignées. Elle rentra du bois dont elle fit un tas près de la cheminée.

Jeanne féminisa l'ensemble en installant des rideaux et des descentes de lit dans la chambre. Elle n'avait pas le temps de marquer le linge offert par sa mère. Élisabeth s'en chargerait pendant les longues soirées d'hiver.

Rien ne fut bouleversé, tout fut différent. Ils échangeaient toujours des regards tendres, se prenaient la main, se cherchaient, s'inquiétaient d'une absence prolongée. Ils s'enfermaient pour la nuit dans leur chaumière, impatients de se retrouver seuls.

La petite Suzanne naquit en 1909, la même année qu'Anna, la fille de Jean Dumond et d'Élisabeth.

6

La réunion de famille

Quatre ans plus tard, automne 1913.

De tout temps, chaque membre d'une semblable parenté répondait à de strictes lois. Comme des pions ordonnés sur un échiquier, pères, mères, enfants se positionnaient et prenaient la place que le groupe imposait.

Chez Jean Dumond, c'était une famille recomposée qui n'avait pas le temps de se questionner sur les états d'âme de chacun. La terre les nourrissait. Ils lui consacraient toute leur existence. Même le chaume, seigle ou froment, venait du sol.

Élisabeth avait retrouvé une vitalité toute maternelle. Les enfants de Pierre Pradeau maintenant adultes, restaient Petit Louis, qui venait d'avoir son certificat d'études, le jeune Antoine et sa jeune sœur Anna.

Suzanne était née à quelques mois d'Anna, chez Léonard et Jeanne. L'une n'allant pas sans l'autre.

Louise s'était conformée à la tradition en épousant le fils unique des voisins, un garçon de son âge, déjà gérant d'une belle terre ornée d'une maison certes modeste, mais assez grande pour y élever une couvée d'enfants. Marguerite restait le canard boiteux, celui qui ne s'ajuste pas aux us et coutumes. Mais ce n'était pas de sa faute. Son caractère renfermé, sa timidité maladive, un physique peu avenant mis en avant par ces particularités n'attiraient pas les célibataires de son âge. Car dans tout mariage, même arrangé, l'avis des garçons comptait.

Les années s'écoulaient, les enfants de ses frères et sœurs grandissaient, elle se transformait inéluctablement en une vieille fille toujours à la charge de son père. Marguerite restait derrière le miroir de la vie.

En cet automne 1913, la tante Agathe, sentant sa fin venir, pria Élisabeth et Jean de réunir les enfants. Le prétexte étant la pêche de l'étang qu'elle avait réservé à sa nièce sur son testament. Il n'avait pas été ouvert depuis avant la mort de Pierre Pradeau. Cela remontait à près de vingt ans.

La principale difficulté fut de convaincre Henri de revenir à la maison au temps de la Toussaint. Tous avaient suivi l'évolution de sa maladie des poumons qui l'avait exempté de l'armée. Un sujet d'inquiétude pour sa mère qui lui écrivait chaque semaine. Elle usa donc de son influence jusqu'à ce qu'il annonce le jour et l'heure de son arrivée.

* *
*

François l'attendait à la gare de Lubersac. Les deux frères avaient peu de choses à se dire. Leurs vies s'étaient définitivement séparées. En revanche, une affection indéfectible les unissait. François serait agriculteur, comme Léonard, comme Petit Louis qui allait quitter l'école.

— Tu vas bientôt partir à l'armée ? demanda Henri en embrassant son frère.

— Je vais avoir vingt ans l'année prochaine, ce sera le conseil de révision ! C'est pas de chance que tu aies été réformé ! C'est peut-être l'air de la ville qui ne te réussit pas !

— Te tracasse pas pour moi ! Je vais bien maintenant.

François saisit la valise, la déposa sous le siège d'une charrette anglaise dont Jean Dumond avait fait l'acquisition pour Élisabeth. Une jument baie remplaçait l'ânesse Fanchon, morte depuis longtemps.

Un vent glacial s'était installé depuis plusieurs jours sous un ciel gris et bas. La campagne avait perdu ses couleurs. Elle ressemblait à une carte postale en noir et blanc.

Henri releva le col de son manteau, resserra l'écharpe que Mme Marthe, la cuisinière, lui avait donnée à son départ. Il n'oubliait pas la faiblesse de ses poumons.

François tira sur les rênes. Une buée blanche sortait des naseaux de la bête tandis que ses sabots provoquaient un bruit sourd sur la route terreuse.

— Tout le monde se trouve chez la tante Agathe ! s'écria-t-il. On va pêcher l'étang dimanche. Ce n'est pas une mince affaire !

Henri sentit une bouffée de plaisir à l'idée de loger à Lubersac, dans cette maison qu'il avait quittée depuis plus de dix ans.

— Il doit y avoir des poissons énormes là-dedans ! s'exclama François. Ça fait une semaine qu'avec Léonard on a relevé la bonde. On a eu du mal, depuis le temps, tout était coincé. Les herbes s'étaient enroulées autour des montants en fer. Il a fallu donner des coups de hache. Maintenant, le flot s'écoule avec régularité dans le ruisseau en contrebas. Depuis hier, le niveau de l'eau étant assez bas, ça commence à grouiller de partout. On a passé la nuit à surveiller. N'importe qui pourrait venir se servir avec une bonne épuisette. Demain, c'est le grand jour !

— Et la tante Agathe ?

— Elle ne quitte plus son lit ! Marinette lui est très dévouée, elle répond à tous ses caprices. Et Dieu sait si elle devient difficile !

La vieille dame avait été installée dans un fauteuil décati devant une flambée entretenue par Marinette qui ne s'épargnait pas. Cette belle famille réunie bousculait ses habitudes mais, dans le fond, elle adorait cela.

Agathe se mit à pleurer quand elle vit son neveu. C'était la faiblesse des personnes âgées que d'avoir la larme facile. Élisabeth serra Henri dans ses bras, son cher enfant dont les traits lui rappelaient tant le visage de Pierre Pradeau. Comment était-il possible qu'un fils ressemblât autant à son père ?

Elle lui prit la main, déposa un baiser sur sa paume, caressa ses cheveux. Il se souvint qu'il aimait sa mère plus que tout. Aucune femme ne pourrait jamais la remplacer. Pourtant, elle ne lui appartenait plus depuis son remariage. Elle avait un homme qui dormait chaque nuit dans son lit. Elle avait mis au monde d'autres enfants qu'il lui fallait chérir. C'était peut-être la raison qui l'avait éloigné de la maison. Comment pouvait-elle partager cet amour maternel en tant de parts ? Que lui restait-il à lui ?

— Tu me manques, mon garçon ! murmura-t-elle comme si elle répondait à ses interrogations.

— Reçois-tu bien chaque mois le mandat que je t'envoie ?

— Tu n'es pas obligé. Je n'en ai pas besoin. Comme tu ne veux pas entendre raison, je garde cet argent pour tes frères et sœurs.

Il sentit une griffure dans sa poitrine. C'était bien cela, elle partageait tout. Elle les aimait peut-être plus que lui. Il observa le visage qui doucement se flétrissait. Mais cette lueur dans le fond de ses yeux qui ne faiblissait pas le rassura.

Il l'embrassa, lui caressa la joue.

— Tu ne m'oublieras pas, n'est-ce pas ?

— Comment peux-tu croire qu'une mère puisse effacer de sa vie son enfant, si loin soit-il ?

Une petite fille à la démarche incertaine s'élança vers Élisabeth en pleurant, se fondit dans ses bras. Henri se redressa, observa cette femme aux gestes tendres, aux yeux remplis d'amour. C'était une évidence, un lien les unissait tous à elle. Elle resterait à tout jamais le refuge. Il s'éloigna, la laissant à son rôle de consolatrice. Il chercha François, aperçut Jeanne qui nourrissait une fillette, reconnut la même attitude maternelle que celle d'Élisabeth.

En parcourant la pièce du regard, Henri se rendit compte qu'aucun homme n'était présent. Seulement les femmes et les enfants.

— Où sont-ils ? demanda-t-il à Marinette tandis qu'elle étendait une nappe blanche sur la table.

— Tous descendus à l'étang ! Demain, c'est le grand jour ! Il y a beaucoup de travail, surtout que les voisins vont venir acheter quelques brochets ou de la friture. M. François vous a gardé une paire de bottes et un ciré qu'il a pendu au crochet dans la réserve.

Alors qu'il s'apprêtait à franchir la porte, Marinette ajouta :

— N'allez pas prendre froid, monsieur Henri ! Souvenez-vous que vous êtes fragile !

L'attention de son frère, l'inquiétude de la domestique le touchèrent. Il lui semblait entendre les mots de sa mère. Malgré son absence, il eut confirmation de toujours faire partie intégrante de cette famille.

7

L'étang de la tante Agathe

Au lever du jour, la campagne était un enchantement. Le brouillard avait disparu depuis la veille au soir. La nuit avait été froide mais claire. Quand le soleil apparut, ses rayons se posèrent sur la rosée du matin, offrant le spectacle de milliers de gouttes scintillantes comme si les étoiles étaient tombées dans l'herbe. Le ciel se teinta de bleu pâle, l'automne dans toute sa splendeur apparut. Le vaste étang n'était plus qu'une large cavité de terre nue striée de rigoles sombres que séparaient de la prairie ses bordures sauvages recouvertes de roseaux et de fougères.

Sur la chaussée, au niveau de la bonde, les hommes s'affairaient déjà. De grands seaux de fer-blanc s'alignaient dans l'herbe ainsi que les épuisettes trouvées dans le fond de la remise dont il avait fallu raccommoder les filets mangés par les souris. Dans la dernière flaque qui restait s'agitaient comme dans un bouillon les plus gros poissons : les brochets, les sandres, des carpes dont le dos doré apparaissait fugacement. Dans la rivière en contrebas, François et Léonard avaient créé plusieurs réserves en les séparant par des grillages différemment percés. Dans la première s'arrêtaient les gardons et des tanches, dans la deuxième la petite friture qui commençait à arriver en frétillant. Ce fut Joseph Borderie qui dégagea d'un coup la bonde. Un flot boueux s'écoula tout à coup, obligeant les hommes à remplir rapidement les seaux. Tout était parfaitement organisé au moment où des acheteurs se présentaient en nombre. Les poissons étaient regroupés par espèce, les gros pesés à l'unité ou à la livre, la friture au kilo.

Malgré son genou douloureux, Léonard avait pris les choses en main. C'était le plus fort, le plus habile, le plus vieux. Il avait fait son armée. Il était aussi le mari de Jeanne. D'un tempérament généreux et consensuel, il avait distribué les rôles à ses beaux-frères suivant leur âge. Même le petit Antoine qui n'avait que huit ans devait, dès la première sortie de la friture, en apporter un seau à Marinette qui, pendant qu'ils mangeraient la soupe, la mettrait à griller. Pour l'occasion, elle avait préparé des pâtés aux pommes de terre et quelques tartes aux pommes et aux poires.

Jean Dumond avait remonté de la cave de vieilles bouteilles de vin de Bordeaux, oubliées depuis longtemps. Aidé d'une canne en noisetier, il descendit dans la matinée se régaler du spectacle de tous ces jeunes qui prenaient la relève. Ils s'entendaient bien, pourtant ils se côtoyaient chaque jour et les motifs de dispute ne manquaient pas. Il aperçut Henri que la boue et le froid ne rebutaient pas. Ce garçon différent, plus distant, plus apprêté, certainement plus volontaire. Un fils de paysan qui n'aimait que la ville.

François, tout en remplissant les seaux, donnait un coup d'œil à Petit Louis qui avait déjà de l'eau dans ses bottes.

— Papa, tu m'aides ? demanda Antoine, englué dans la boue. Ça y est, j'ai tout monté à Marinette !

— C'est bien, mon garçon. Tu devrais aller changer de chaussettes, tu vas attraper la mort ! proposa-t-il à son fils.

— Oh, j'irai plus tard, ici on a besoin de moi ! fit-il en haussant les épaules.

Jean Dumond sourit. Ce n'était pas un jour pour le contrarier. La matinée avançait. Ne restait que peu de poissons dans le fond de l'eau devenue noire.

— Dépêchez-vous ! criait Léonard. Ils vont s'asphyxier !

Henri avait oublié le froid, la saleté et l'odeur de la vase. Ses bottes collaient sur le sol, il avait les pieds mouillés. Il tenta de saisir les dernières carpes. Il aperçut deux anguilles qui frétillaient, attendant l'ultime moment pour s'échapper. Jean Dumond fit le tour de l'étang, observant la profondeur, la pente des bords, le sol sablonneux. Ils allaient patienter pour le remettre en eau. Le fond avait besoin de respirer un peu. Au printemps, ils le rempoissonneraient, juste avant le frayage. Le temps et la nature, ensuite, joueraient leur rôle de grands ordonnateurs.

Il remonta doucement vers la maison. Il sentait le poids des années dans ses articulations douloureuses. Il avait ralenti ses affaires, mais il fallait continuer, l'argent ne rentrait pas tout seul !

C'était une table large comme un champ de blé. Le couvert mis, Élisabeth tournait autour, ajoutant un verre, une fourchette, une bouteille de vin.

— Tu es heureuse, n'est-ce pas ? demanda Jean à sa femme en lui baisant le front.

Son sourire silencieux confirma la question de son mari.

— C'est la première fois que nous les avons tous ! Dieu merci ! s'exclama-t-elle en se signant.

La couvée était au complet ! Élisabeth, entourée de ses six enfants, Jean Dumond de son fils, de ses trois filles, de ses gendres. Il posa un moment son regard sur Marguerite. Aujourd'hui, elle portait une robe stricte sur le col de laquelle elle avait accroché une broche en métal doré agrémentée d'une minuscule perle d'eau. Elle souriait à son neveu, ce garçon d'une douzaine d'années à qui Maria n'arrivait pas à donner une petite sœur. Joseph et Marie Borderie étaient aussi de la fête. Joseph, épuisé, piqua du nez avant le café. Marie aida Marinette à couper les tartes et, plus tard, mit l'eau à chauffer pour laver la vaisselle.

Louise attendait un bébé. Cet état la rendait craintive, elle qui avait traversé son enfance sans redouter aucune épreuve. Elle restait gaie, prévenante, s'obligeant en revanche à limiter son travail et ses déplacements. Son Marcel la couvait du regard, la protégeant abusivement. La famille avait de l'amitié pour lui. Travailleur et brave, prenant comme un caméléon la même couleur que son auditoire, à la fin tout le monde ignorait le fond de sa pensée. Il hochait la tête comme pour donner son assentiment, aussi bien devant les propos républicains d'Alphonse, les points de vue antimilitaristes de Jean Dumond ou le nationalisme exacerbé de Léonard.

Comme à son habitude, Auguste tenta de soulever la robe de Maria. Comme à son habitude, Maria chassa l'importun, se leva vivement pour aller s'asseoir près de sa belle-mère. Personne ne l'aimait, Auguste. Il faisait le fier depuis qu'il avait été nommé responsable du bureau de poste de Lubersac. Anticlérical jusqu'au bout des ongles, il ne manquait jamais de moquer les signes de croix d'Élisabeth et de s'exclamer sur ce temps perdu à la messe du dimanche matin. Conscient du regard froid que posait la famille sur lui, il tançait sa femme pour un rien ou n'hésitait pas à gifler son garçon pour une peccadille.

Consensuel, Jean Dumond ne pipait mot. Maria traduisait ce manque de réaction par un assentiment. Auguste ne craignait que Léonard. Ce dernier l'avait vivement bousculé alors qu'il s'exclamait avec ironie sur le goût âcre d'un fromage de Jeanne. Et puis Léonard n'avait pas sa langue dans sa poche. Un jour d'enterrement, il croisa Auguste resté sur le parvis de l'église.

— Tu as peur qu'elle te tombe sur la tête ? hurla-t-il avec ce ton ironique que les villageois jugèrent vite.

— Eh bien dis donc ! susurra un collègue d'Auguste, ton beau-frère, il a pas l'air facile. C'est bien lui qui avait mis une raclée au Joseph de la Marinette. Je serais toi, je me méfierais.

Alors Auguste se méfiait. Ne lui restait pour exercer son autorité que le cadre très défini de sa famille.

Hors de chez lui, il quittait sa zone de domination. Le jeune Alphonse y avait des droits dont il usait à plein temps. Ayant permission de se lever de table, lui et Antoine couraient à travers la pièce, suivis par Anna et Suzanne que leurs jambes courtes limitaient. Elles poussaient alors des petits cris stridents qui agaçaient tout le monde. Jean se fâchait pour la forme. Le train d'enfer des enfants s'apaisait pour reprendre de plus belle.

À la demande générale, Léonard racontait des histoires de régiment. Après en avoir ri, Jeanne s'indignait, prétextant la présence des enfants.

On demandait à Jean Dumond de parler de ce temps où la France perdait l'Alsace et la Lorraine.

À la fin, François sortit d'un placard une vieille gnôle que les pères mélangèrent à leur café et les mères sucèrent sur un morceau de sucre. Jean Dumond, se levant de table, alla s'asseoir dans un fauteuil face à la tante Agathe. Les femmes chuchotaient, tandis que Léonard apprenait à compter sur les doigts à Anna et Suzanne. Leurs rires en cascade ne réveillaient personne. Une langueur, comme après une journée chaude, paralysait les adultes.

La tante Agathe, recroquevillée comme un escargot dans sa coquille, caressant un chapelet de buis, le regard d'un chasseur à l'affût, guettait chaque mouvement de cette famille recomposée à laquelle elle s'était attachée. Ils formaient un ensemble aussi parfait qu'un morceau de musique. Tous se complétant ou s'opposant pour, à la fin, remplir une partition.

Henri sentit la sollicitude de sa sœur, la tendresse de sa mère. Il aima les marques d'amitié viriles de ses frères et de Léonard. Même Jean Dumond, qu'il avait un peu méprisé au moment de son union avec Élisabeth, peut-être par jalousie, lui avait ouvert grand ses bras. Il les considéra avec émotion. Élisabeth semblait enfin en paix. Depuis son veuvage, trop d'épreuves l'avaient secouée. La promesse d'un autre mariage, le départ précipité de la maison familiale, l'installation sans préparatifs chez Agathe, la naissance de Petit Louis qu'il fallut baptiser en cachette, jusqu'à ce jour maudit où une foule abjecte avait décidé de la juger.

Henri observait avec curiosité et une certaine émotion ces enfants joyeux. Leur mère était aussi la sienne. Ils partageaient cette affection qu'il croyait unique et incompressible. Un pincement au cœur le surprit alors qu'une main amicale se posa sur la sienne. Jeanne cherchait à retrouver cette complicité devant l'épreuve.

— Tu rêves ? Reviens avec nous !

— Mais j'y suis ! Je maudissais le temps qui passe et qui sépare les générations. Qu'a donc à voir la tante Agathe, ses rhumatismes et son souffle court avec cette jeunesse pleine de vie, qui bientôt prendra sa place ?

— C'est nous qui la poussons vers la tombe. Ceux-là, ajouta-t-elle en désignant sa fillette et ses demi-frères, seront les fossoyeurs de notre génération. Nous-mêmes souhaitons faire mieux et plus que nos parents. Un jour, nous serons dépassés par le mode de vie de nos enfants. Ainsi va le monde.

Henri pensa à sa propre situation. N'avait-il pas le désir, lui aussi, de pousser dehors les plus vieux, ceux qui entravaient sa carrière ? Sa sœur avait raison.

— En fait, reprit Jeanne, nous sommes tous des passeurs. Nous offrons à nos enfants ce que nous avons appris de nos aînés. Chaque génération apportant un plus par rapport à la précédente. Espérons que restera ce qui fit notre richesse, dans le fond. Le respect dû aux anciens, les traditions.

— Vos traditions vous paralysent. Il faudra un jour vous en détacher. Je ressens, dans les campagnes, une sorte de langueur qui prend chacun. Le progrès a du mal à s'établir ici. En ville, tout va plus vite. Nous restons à l'affût du moindre mouvement en avant, comme un chat surveillant sa proie. Chez M. le comte, tu appuies sur un bouton et la lumière jaillit dans la pièce. Dans la cuisine, le charbon a remplacé le bois. Les rues de Paris sont éclairées de réverbères à gaz. Les voitures à moteur sont maintenant plus nombreuses que les cabriolets. Bientôt les chevaux ne serviront qu'à gagner des courses.

Il fut invité à décrire le monde dans lequel il vivait. Il n'essaya pas d'impressionner sa famille, il expliqua son quotidien fait de soucis domestiques à l'opposé des gens de la terre.

Toute la tablée s'était tournée vers lui, attentive comme une assemblée écoutant un prêche.

— Nous avons pourtant introduit les batteuses à moteur ! coupa Élisabeth. Souviens-toi comme ton père avait encouragé sa famille à acheter cette machine à vapeur qui formait et nouait les bottes de foin en un rien de temps !

— Il aimait le progrès, conclut Henri, le cœur gros à l'évocation d'une enfance heureuse.

Marinette, qui tournait autour de la table, sentit une larme couler le long de sa joue. Elle se reprocha ce moment d'égarement, elle qui n'était pas sentimentale. Tentant de se reprendre, elle lâcha le pichet qui se brisa en mille morceaux. Tous les regards convergèrent vers elle, personne n'ayant l'idée de la réprimander.

Cet incident permit à Henri de prendre conscience du trouble qu'il avait instillé dans les têtes.

— J'ai tellement de plaisir à revenir ! s'écria-t-il. Vous formez une si belle famille !

Marinette ramassa en silence les débris de ses émotions, Jeanne embrassa Henri, François lui tapa sur l'épaule. Élisabeth lui envoya un sourire plein de tendresse. À force de courir et de crier, les enfants s'étaient tus. Regroupés comme un essaim dans un coin de la pièce, ils écoutaient Auguste leur raconter des histoires.

Ce fut vraiment une belle tablée. Ce fut la dernière.

Henri reprit le train le lendemain. Un froid vif s'était installé sur la campagne. Il noua un cache-col épais autour de son cou, le remonta jusqu'à ses yeux. Élisabeth versa quelques larmes en l'embrassant. Tous avaient replongé dans un quotidien plein de labeur, d'odeurs de terre mouillée, d'étable et de foin encore sec.

Il les quitta en pensant les revoir l'été suivant, selon leurs habitudes. La vie passerait ainsi. Les enfants grandiraient, ses frères se marieraient, ses parents vieilliraient. Lui deviendrait majordome. Il s'épanouirait sur le sentier d'un XXe siècle plein d'espoir dans un monde meilleur. Le progrès n'était-il pas précurseur de l'égalité entre les hommes ?

* *
*

Au printemps suivant, l'étang fut refermé, il mit deux semaines pour se remplir de nouveau. De grandes herbes s'étaient avancées vers le fond, leurs longues tiges dansaient sous l'eau au gré des courants.

— C'est bon pour les carpes et les petits poissons ! s'écria Léonard. Ça complétera leur menu.

Avec François, ils déposèrent des alevins de brochets et de sandres qui grandiraient dans les profondeurs du milieu, des tanches, des carpes et mille poissons soleil et gardons qui évolueraient sur le bord à la recherche de moucherons et de larves de moustiques.

Les anguilles, s'il en venait, arriveraient par la rivière qui alimentait l'étang.

Au début de l'été, la tante Agathe s'éteignit comme une chandelle privée d'air. Marinette plia bagage et vint s'installer au Maleuvrault. À côté de la bergerie transformée en atelier pour la fabrication du fromage se trouvait une pièce dans laquelle on entreposait les sacs de grain. Joseph Borderie la débarrassa, Marinette donna un coup de balai sur le sol de terre battue, chassa les araignées des murs de torchis. Elle eut permission de rapporter les meubles de la chambre qu'elle occupait chez la tante Agathe. Élisabeth ajouta une table, un buffet, quelques chaises et un vieux réchaud qui fumait. Le bonheur de Marinette se lisait sur son visage. Il fut de courte durée.

Quelques semaines plus tard, alors que l'été accablait la campagne de fortes chaleurs, les livrets militaires de tous les garçons furent tamponnés de cette inscription : *Mobilisation générale du 10 août 1914.*

Ce bel amour que portaient les mères pour leurs fils, leur sacrifice pour les élever dans le respect de leurs parents et des traditions, tout s'envola comme des braises soufflées par un vent violent. La terre se mit à trembler. Ce fut une rivière de sang qui sépara les deux rives.

Léonard repartit à Montauban dans le train des équipages, en réserve d'active, il avait trente-trois ans, un genou douloureux qui le contraignait par temps humide à boiter légèrement. Auguste rejoignit son régiment, également en réserve d'active, ainsi que Marcel, le mari de Louise. François venait d'avoir vingt ans. Il serait en première ligne, dans l'armée d'active. Sa mère lui prodigua mille recommandations qu'il n'entendit pas. Il avait hâte d'en découdre, priant Joseph de l'attendre pour rentrer les foins.

Sur le quai de la gare de Lubersac, Élisabeth avait glissé son bras sous celui de Jean Dumond. Elle ne partageait pas l'enthousiasme général.

— Je marque ce jour d'une pierre blanche, murmura-t-elle, le temps sera long pour moi, avant qu'ils ne reviennent !

Petit Louis était trop jeune, il regardait embarquer ses frères et toute cette vigueur arrachée à la France profonde. Il tenait la main d'Antoine tout en rêvant de porter lui aussi un jour le bel uniforme. C'était une question de mois, il le savait.

Marinette embrassait pour la première fois son fils aîné qui, pas habitué à tant de cérémonie, grimpa sans plus attendre dans le wagon. Il serait en première ligne. Lui restait sa fille qu'elle avait casée chez un notable de la ville. Si la guerre perdurait, son second garçon serait appelé lui aussi. Ignorant quelle attitude avoir, elle observa tous ces garçons qui remplissaient le train en chantant *La Marseillaise*. Pour se consoler d'une situation qui lui échappait, l'idée lui vint qu'Antoinette et Léon, qu'elle avait aperçus au bout du quai, voyaient eux aussi partir leurs fils. Une impression de justice la soulagea soudain de toute sa peine.

Quelques semaines plus tard, une lettre d'Henri arriva. Il avait été convoqué à Cahors. Ses poumons ne le laissant pas en paix, il était de nouveau réformé.

Au Maleuvrault, la fougue de la jeunesse fit place à la retenue des femmes et à la modération des hommes en âge de se poser. Les enfants allaient ponctuer de leurs cris et de leur joie de vivre des semaines et des années assombries par des événements confus et tragiques.

* *
*

Au printemps 1915, Élisabeth vendit la maison, l'étang et les terres de tante Agathe dont elle avait hérité.

Quelques jours avant la signature, elle retourna une dernière fois ouvrir les volets et traverser les pièces toujours meublées. À part quelques bibelots, un ou deux fauteuils, une commode, le livre de messe de sa tante et quelques dentelles que la vieille dame avait conservées, Élisabeth se débarrassait de tout.

Marinette, qui l'avait accompagnée, créa un courant d'air pour que s'enfuient cette impression d'abandon et cette odeur de moisissure. Sa seule présence réveillait l'endroit. Elle avait gardé ses sabots tant le sol était froid et résonnaient, comme les coups d'un forgeron sur son enclume, ses pas sur les dalles de pierre.

Élisabeth balaya du regard tous ces objets inanimés qui constituaient le décor d'une maison dans laquelle elle avait été heureuse, enfin, il lui semblait. Laissant portes et fenêtres ouvertes, les deux femmes descendirent jusqu'à l'étang.

— N'avez-vous rien d'autre à vous mettre aux pieds que ces bottines qui ne vous protégeront pas de l'humidité ? demanda Marinette.

— Ne t'inquiète pas pour moi ! Je réchaufferai mes pieds plus tard, fit-elle en soulevant sa jupe dont l'ourlet touchait ses chevilles.

Une brume légère recouvrait la pièce d'eau comme un édredon. Un héron cendré s'envola, perçant l'air de ses grandes ailes grises. Un couple de colverts glissa sur l'onde en jacassant. Un vent doux secouait les branches encore dégarnies des bouleaux et des saules, laissant tomber des gouttes sur les épaules des deux femmes. Elles s'arrêtèrent un moment au niveau de la bonde, là où le sol avait été piétiné lors de la dernière pêche. Marinette aperçut une épuisette oubliée.

— Regardez-moi ça ! Je vais la mettre à l'abri, s'écria-t-elle en s'en saisissant.

Élisabeth s'éloigna de quelques pas. Cette paix lui montait à la tête comme un vin trop vite bu. Elle songea à son fils qui, à l'autre bout du pays, avait les oreilles arrachées par le bruit du canon.

— Allons, madame ! s'exclama Marinette qui, pour ne pas trop penser, s'agitait toute la journée. On s'en va, vous allez prendre froid.

Elles marchèrent sans hâte sur la chaussée. Des tiges de roseaux leur fouettaient les jambes. Le sol humide s'enfonçait sous leurs pieds. Pour se tenir chaud, elles se prenaient le bras comme deux cœurs solitaires.

Avant de quitter définitivement l'endroit, Élisabeth se retourna une dernière fois. Il lui sembla apercevoir, qui s'agitait au bord de l'eau, François donnant la main à Petit Louis et Léonard qui leur emboîtait le pas. Elle serra Marinette un peu plus fort contre elle, avant de remonter sans faiblir jusqu'à la maison.

L'argent de la vente resta quelque temps chez le notaire. Quand Petit Louis partit à la guerre en décembre 1915, après bien des soupirs d'impatience, sa mère souscrivit à l'emprunt de la Défense nationale, offrant au pays le gain de cette adjudication. Il lui semblait ainsi qu'elle achetait le retour du front de ses enfants.

8

Une génération sacrifiée

Auguste ne rentra pas de la guerre. Il mourut au chemin des Dames. Ceux en première ligne étaient si nombreux à tomber qu'il fallut bien, à un moment, les remplacer. On y mit les plus jeunes et les réservistes.

Auguste se vit partir. Il agonisa près d'une heure, tentant d'endiguer le flot de son sang après que sa jambe eut été arrachée par un boulet de canon, en vain. Il eut le temps de penser à Maria, au bonheur de l'avoir eue pour femme. Mais au moment de tomber dans le grand puits, un vieux remords vint lui troubler ses dernières secondes.

Maria apprit la nouvelle par le maire qui ce matin-là traversa la place du village, frappa à sa porte et lui tendit, sans un mot, le funèbre document de l'armée.

Elle ne pleura pas. Étrangement, elle ne ressentit rien et, le temps passant, se le reprocha. Il lui restait son fils. Malgré la guerre, il allait passer son certificat d'études. Il remplacerait peut-être un jour son père à la poste. Il parlait beaucoup de ce projet.

Un matin, elle se réveilla avec dans le cœur une impression de grande liberté. Elle n'avait plus de compte à rendre et occuperait ses journées comme bon lui semblerait. Son père et Élisabeth étaient descendus la voir. Ils lui avaient prodigué mille paroles apaisantes. Ils comprenaient tellement bien son chagrin. Maria les écouta sans les entendre, leur servit un verre de cidre, resta muette comme une carpe.

Jean Dumond sortit de chez sa fille inquiet.

— Elle réagit drôlement ! s'écria-t-il. On dirait qu'elle est absente. Je me demande si elle s'est rendu compte de notre présence.

Élisabeth, minée par l'angoisse, semblait mieux comprendre.

— C'est sa manière de résister au chagrin. Personne ne peut juger du réflexe d'une femme face à un deuil.

Une semaine après la funeste nouvelle, alors que le crépuscule embrasait le ciel de reflets violents, Élisabeth vit avancer, au bout du chemin, la silhouette toujours fine de Maria. Elle ne semblait pas encore réveillée de son grand cauchemar.

Elle embrassa sa belle-mère, se tourna vers le large champ que Joseph Borderie et Jean Dumond continuaient à ensemencer en attendant le retour de Léonard et de François.

— Je vais marcher par là-haut ! s'exclama-t-elle. Dommage que Bayard soit mort, il m'accompagnait autrefois.

— Ton père n'a plus voulu de chien après ! expliqua Élisabeth.

— Un jour, peut-être... murmura Maria.

Elle portait des bottines assez grossières qui ne l'empêchaient pas de se tordre les chevilles sur les cailloux et les mottes de terre. Elle passa devant la mare, aperçut de gros canards et des oies qui barbotaient, tandis que les poules grattaient un sol déjà bien retourné.

— Rien n'a changé ! remarqua-t-elle. Dans le fond, moi aussi je suis restée la même !

Elle remonta le champ à vive allure. Elle était encore jeune, lui semblait-il.

Elle trouva facilement les pierres moussues et le cercle de terre nue. Elle s'assit, attendit que doucement tombe la nuit. Des craquements éveillaient ses sens, pourtant pas un souffle de vent ne venait caresser les feuillages. Un pigeon ramier se posa sur un tronc pourri, près d'elle. Maria l'observa en silence. Il semblait, comme elle, paralysé par cette paix. Il se mit soudain à roucouler puis s'envola.

Maria fixa alors le cercle nu. Cela faisait presque vingt ans qu'elle n'était pas revenue ici. Avait-elle rêvé ? Germain était-il un fantasme dans son imagination ? Les ombres de la forêt s'étirèrent en silence, jusqu'à ce qu'elles recouvrent le plus misérable brin de fougère. Maria pensa alors qu'elle n'avait prévu aucune lampe pour se diriger dans le noir. Mais, curieusement, plus rien ne l'effarouchait. Quand elle ne vit plus le bout de ses doigts, une lumière blanche, faible, s'élargit au-dessus du cercle nu. Puis apparurent l'une après l'autre les quatre femmes qui formèrent une ronde en se tenant les mains. Elles se mirent à fredonner, à tourner de plus en plus vite. Leurs voiles s'envolaient, découvrant leurs jambes, leurs bras. Maria trembla d'émotion. Elle n'avait pourtant ni peur ni froid. Afin de calmer ses membres, elle se leva et se dirigea vers le puissant éclat. Mais une barrière invisible l'en empêcha. L'une d'elles se détacha de la danse, vola vers elle. Elle possédait les traits de sa mère.

— Germain t'attend ! murmura-t-elle.

— Mais il est trop tard ! Je l'ai perdu !

— Germain t'attend ! répéta-t-elle sur le même ton.

Alors, n'en pouvant plus, Maria se mit enfin à pleurer. Ses larmes inondèrent son visage, des sanglots secouaient sa gorge. Elle pleurait plus sur elle que sur son pauvre Auguste. Elle pleurait pour les regrets qui l'avaient tourmentée pendant toutes ces années. Puis, n'attendant pas que la vision ait disparu, elle fit demi-tour et, sans se retourner, reprit instinctivement le chemin de la maison.

À l'orée du bois, elle aperçut les lumières familières du logis, se mit à courir. Elle découvrit, quand elle atteignit la route, toute la famille dehors, s'agitant en tenant des lanternes au-dessus de leurs visages. Le couple Borderie, son père, sa belle-mère et les enfants criaient, dans le noir, son prénom.

— Enfin ! s'écria Jean Dumond quand il l'aperçut dans la clarté de sa lampe. Vas-tu me dire ce que tu fais dehors à cette heure de la nuit ?

* *
*

Parfois, tout était simple. La mort venait frapper sans prévenir comme la continuité évidente d'une destinée. D'autres fois, elle s'annonçait de mille manières différentes. Elle avertissait avant de s'abattre.

Fin novembre 1914, soit deux mois après son départ, François envoya à sa mère une carte sur laquelle étaient photographiés une dizaine de ses camarades et lui-même. Tous alignés sur deux rangs, les visages placides, comme indifférents. Devant le soldat assis par terre au centre étaient inscrits en lettres gothiques le nom et le numéro du régiment : *80e d'infanterie*. La sépia ne permettait pas de savoir la couleur des uniformes ni des casquettes. De toutes les manières, Élisabeth ne voyait que son fils dont le sourire à peine distinct lui suffisait. Il lui annonçait avoir été évacué parce qu'il était malade. Il allait passer Noël à l'hôpital. Une deuxième carte lui indiquait qu'il toussait beaucoup et crachait parfois du sang. Elle se demanda pourquoi Henri avait été réformé et pour quelle raison l'armée gardait François.

Enfin, en février 1915, elle apprenait que François, guéri, avait réintégré son régiment et repartait sur le front.

À peine six mois plus tard, une carte arriva représentant une salle d'hôpital installée dans un château. Elle apercevait, au-dessus des lits, un grand lustre de cristal qui pendait du plafond, de riches boiseries ornant les murs, de larges baies vitrées sans rideaux. Et des hommes couchés, la tête bandée ou amputés d'un membre. Elle suffoqua jusqu'à ce que François annonce une deuxième hospitalisation. Élisabeth comprit que ses fils ne lui appartenaient plus. Ils étaient propriété d'une nation qui les menait au gré de ses besoins. Elle éprouva une déchirure, comme si son cœur s'ouvrait en deux.

Lorsqu'en octobre 1916 un courrier des armées lui annonça que François était blessé et se trouvait de nouveau dans un hôpital, elle commença à se poser mille questions. Elle ressortit le chapelet de sa tante et, s'isolant dans un coin de sa chambre, pria beaucoup et longtemps. Son instinct la prévenait de quelque chose de plus sérieux encore. Dieu la préparait, elle en était sûre. François resta cinq mois à l'hôpital. Un temps long pour une mère, à s'enfoncer un jour dans la crainte d'une blessure si grave qu'il ne s'en remettrait pas, à se relever le lendemain en sachant son fils à l'abri des bombes. Pour elle, une saison à survivre.

Dans la confusion des sentiments, une ambulance militaire ramena un matin Petit Louis à la maison. Deux brancardiers le déposèrent sur le lit dans l'alcôve près de la cheminée. Il était vêtu de sa tenue de soldat qu'il n'avait pas dû quitter depuis le début de son recrutement. La chemise était recouverte de taches suspectes, ainsi que le pantalon et la vareuse. Il sentait fort. Un bandeau d'un tissu poussiéreux protégeait ses yeux. Il respirait par un tuyau relié à un ballon d'oxygène qu'il tenait contre sa poitrine.

— Je vous en laisse deux autres ! s'écria l'ambulancier en les déposant dans un coin. Il faudra aller en chercher d'autres à l'hôpital le plus proche. Sinon il va s'étouffer.

Élisabeth caressa les cheveux en désordre, baisa le front à la peau grêlée, saisit la main qu'elle enferma dans les siennes.

— Je crois qu'il est aveugle ou, au mieux, il souffre d'une conjonctivite persistante ! expliqua un des ambulanciers. Il a été gazé à Verdun. On leur avait pourtant distribué du coton hydrophile avec lequel ils devaient se protéger les yeux et les narines. Il faut avouer que c'était bien peu. Estimez-vous heureuse, madame, il est vivant. Cette saloperie de gaz moutarde a décimé des régiments entiers ! Avec le temps, il peut se remettre ! Soyez patiente !

L'homme tendit un document officiel.

— Signez ici ! enjoignit-il à Jean Dumond. C'est son ordre de démobilisation ! Vous avez d'autres fils à la guerre ?

— Deux autres ! répondit Jean Dumond avec des tremblements dans la voix. Deux encore à Marinette ! ajouta-t-il en tournant la tête vers la pauvre femme qui, livide, essuyant ses mains sur son grand tablier, observait la scène.

— Ma mère a ressorti son livre de messe ! s'écria le garçon en remontant dans l'ambulance tandis que son compagnon appuyait déjà sur l'accélérateur. Je vous conseille d'en faire autant !

Marinette haussa les épaules. Elle avait perdu la foi depuis si longtemps !

— Le bon Dieu m'a oubliée ! s'exclama-t-elle. Je n'ai jamais rien eu de plus que mes bras pour forcer le destin et donner à manger à mes gamins !

— Alors remettez-vous-en à la fatalité !

Il referma brutalement la porte du véhicule, qui avança dans un bruit d'enfer.

Élisabeth ne lâcha plus le chevet de Petit Louis. Il redevenait son garçonnet. Elle lui changeait ses bandages, badigeonnait son pauvre corps d'une huile rapportée de la pharmacie d'Uzerche, s'assurait que les ballons d'oxygène étaient bien remplis. Elle l'alimentait comme un nourrisson, alors que ses yeux demeuraient fermés. Il resta prostré de longs mois assis devant la fenêtre. Parfois son dos semblait pris de tremblements, comme s'il pleurait.

Elle apprit le retour de François sur le front, au printemps 1917. Son cœur recommença à saigner.

Quand il n'allait pas à l'école, le jeune Antoine remplaçait ses aînés pour aider, mais il n'avait pas la fibre paysanne. Les années de guerre se suivaient, Élisabeth et Jean voyaient le moment où il serait appelé sous les drapeaux. Léonard envoyait des nouvelles rassurantes. Son régiment du train ravitaillait le front. Il ne quittait pas les routes, allant des entrepôts de l'arrière aux postes avancés, prenant peu de risques.

Jeanne avait l'impression d'être une privilégiée. Elle remerciait chaque soir le bon Dieu pour lui avoir accordé un mari aimant, assez âgé pour n'être point en première ligne. L'herbe était grasse et épaisse. Les bêtes bien nourries donnaient du lait en abondance, ses fromages avaient le goût des prairies. Elle portait dans son sein l'enfant de Léonard conçu à sa dernière permission. Suzanne et Anna allaient à l'école du village en se tenant la main. Les voir ensemble adoucissait la meurtrissure des cœurs. Nées la même année, d'un père et de son fils, d'une mère et de sa fille, leur lien semblait indestructible.

* *
*

Le couperet tomba le jour de la Toussaint 1917. Quelques semaines après l'annonce de la mort d'Auguste.

Comme il en avait pris l'habitude depuis trois ans maintenant, le maire allait frapper aux portes de ces familles que la Grande Faucheuse visitait. Il trouvait la démarche plus humaine que d'afficher la liste des morts sur la façade de l'hôtel de ville. Le chagrin était chose intime qui ne devait pas s'exposer sur la place d'un village. Chaque mère, épouse ou sœur réagissait différemment. Dans le fond de leur cœur pourtant, la plaie saignerait longtemps.

François était tombé au champ d'honneur. Quelle belle formule qui cachait la misère, le froid, la boue, la souffrance, la mort.

Élisabeth ne poussa aucun cri, ne gémit pas, il lui sembla qu'elle attendait cette nouvelle depuis plus de deux ans. Dans le silence de ses entrailles, une certitude se fit jour. Sans Petit Louis qui se remettait doucement de ses blessures, sans Antoine et Anna, elle aurait plongé dans la mare jusqu'à ce que l'eau l'engloutisse. Pour elle, ce matin-là, la guerre était finie.

Dans le fond de sa chaumière, Joseph Borderie pleura. François était le fils qu'il n'avait jamais eu.

Marinette prit la nouvelle comme elle aurait reçu une volée de plomb dans la poitrine. Son plus jeune était parti, lui aussi. Ne lui restait qu'une fille, dont elle n'avait aucune utilité. Seuls comptaient les garçons parce qu'ils devenaient le centre de tous les tourments. Leurs chairs alimentaient la terre féconde du pays, faisant barrage à l'envahisseur.

La prémonition de cette pauvre femme se concrétisa en août 1918. Elle reçut, elle aussi, la visite du maire. Ses fils n'étaient pas morts officiellement, mais portés disparus. Cette notion étrange, abstraite, la dépassa. Elle se mit à prier un Dieu qui ressemblait plus à un diable, mélangeant quelques rites païens à ses péroraisons, perdit l'appétit, chassa sa fille, s'enferma dans une langueur infinie.

9

La vie reprend ses droits

Un matin froid de janvier 1919, Louise frappa à la porte de Maria. Elle tenait par la main son petit Jean, né l'année de la déclaration de guerre. Le temps que l'enfant embrasse sa tante, Louise sortit de son sac une carte postale reçue quelques jours plus tôt.

— Marcel rentre aujourd'hui. Il me l'a écrit ! Viens avec moi jusqu'à la gare ! s'exclama-t-elle en tendant à sa sœur le précieux papier cartonné. Léonard sera là aussi, Jeanne est déjà partie.

Maria fut saisie d'une émotion soudaine qui la fit frissonner.

— Je n'ai personne à aller chercher, et puis tu n'as pas besoin de moi !

Dans sa joie de retrouver son mari, Louise avait oublié le désarroi de sa sœur. Penaude, elle rangea le précieux document dans sa poche, entraîna vivement son fils vers la sortie.

— Oh, Maria ! Je suis si émue, pardonne-moi de mon égoïsme !

— T'en fais pas, tu le reconnaîtras vite ! Va.

— Tu viens pas avec nous, tata Maria ? demanda timidement l'enfant.

— Il connaît à peine son père ! s'excusa Louise. J'ai peur qu'il le rejette.

— T'en fais pas, mon garçon ! C'est une belle journée pour toi !

Maria encouragea sa sœur d'un mouvement de tête, la regarda s'éloigner. Un vent du nord soufflait à travers la place du village, emportant comme un coup de balai les dernières feuilles mortes, soulevant une poussière jaune. Le ciel bas donnait l'impression de toucher les toitures. Une petite agitation s'emparait pourtant de l'endroit. Elle aperçut alors la femme de l'ancien maire qui emboîtait le pas de Louise. Son cœur bondit dans sa poitrine, son souffle s'accéléra. Elle se retint contre le chambranle de la porte, jusqu'à ce qu'aient disparu les deux silhouettes noires. Elles avaient pris la route de Lubersac.

À partir de cette seconde, Maria ne tint plus en place. Une obsession vint se loger dans sa tête pour ne plus en sortir. Elle tourna en rond pendant quelque temps, hésitant à aller au bout de son idée. Enfin, quand elle eut suffisamment évalué le pour et le contre, elle enfila son manteau de veuve, posa sur ses cheveux retenus en chignon un petit chapeau de paille noir, chaussa ses bottines et, attrapant son sac à main, fila sur la route après avoir fermé sa porte. Cela faisait au moins deux heures que Louise était passée. Le convoi qui ramenait les soldats était peut-être déjà arrivé. Elle marcha d'un bon pas, courant presque. Quand elle parvint aux alentours de la gare de Lubersac, des familles apparaissaient, étouffant dans leurs bras un garçon au regard terrifié.

— Le train est là depuis longtemps ? demanda-t-elle à une femme qui s'accrochait comme une enfant à un homme au visage mangé par sa barbe.

— Quelques minutes seulement ! Mon Jules était dans les premiers à sortir.

Maria se précipita à travers une cohue indescriptible. Dans le petit hall, des infirmières de la Croix-Rouge poussaient des chaises roulantes, se dirigeant vers les wagons, ou en croisaient d'autres qui tenaient à bout de bras un blessé claudiquant, le bras en écharpe ou la tête bandée jusqu'aux yeux.

Lorsqu'elle arriva sur le quai, elle aperçut à travers la cohue Louise qui enlaçait ce pauvre Marcel, tandis que le petit Jean s'accrochait au pli du manteau de sa mère. Elle les observa un instant, le cœur vide, sans émotion. Elle était venue pour une autre raison. Où était passée la femme de l'ancien maire ? Elle se faufila dans la foule agglutinée jusqu'à ce qu'elle entende derrière elle une voix d'homme qui répétait son prénom :

— Maria, Maria !

Elle se retourna vivement. Germain se tenait là, près d'elle, dans son uniforme militaire poussiéreux, une besace sur l'épaule, mal rasé, le teint blafard, mais debout et les yeux pétillants.

— Maria !

— Germain !

C'était lui qu'elle était venue chercher !

Ils restèrent comme paralysés à se regarder, tentant l'un et l'autre de percer le secret de leur silence vingt ans plus tôt.

— Maria, pourquoi as-tu cessé de m'envoyer des nouvelles ?

— Mais je t'ai écrit même après que tu as renoncé à le faire toi-même !

Ils ne comprenaient plus rien.

— Ton mari est mort ?

— Je suis seule, à présent. Et toi, à part ta tante, est-ce qu'une autre femme t'attend ?

— Non, il n'y avait que toi !

Ils demeurèrent ainsi quelque temps, debout au milieu de la gare, comme s'ils étaient seuls au monde.

— Passe me voir un de ces jours, proposa Maria. Il n'y a pas de mal à visiter une veuve. J'habite la maison du postier sur la place du village.

— Je sais ! fit Germain. Je viendrai.

La femme de l'ancien maire approcha soudain, accaparant son neveu. Maria la salua froidement avant de disparaître mangée par la foule. Léonard et Jeanne sortaient de la gare en se tenant par la main. Il claudiquait toujours. La guerre n'avait dû rien arranger. Ils se dévoraient du regard, irradiant de bonheur. Elle allait bientôt mettre un enfant au monde. Maria se précipita vers eux, embrassa son frère, félicita sa belle-sœur pour son ventre épanoui. La vie se moquait des cendres dispersées de millions d'hommes, elle s'en nourrissait au contraire pour mieux apparaître.

* *
*

Maria se posait mille questions en reprenant la route de son village. Qu'avait voulu dire Germain ? Que s'était-il passé pour qu'elle ne reçoive plus ses courriers ? Elle se souvint alors que le remplaçant d'Auguste, au bureau de poste, lui avait apporté un matin un sac rempli de ses affaires. Elle l'avait négligemment posé dans la réserve au fond du jardin. De vieux papiers sans importance. « Un jour, s'était-elle dit, je brûlerai tout ça ! »

Elle ne prit pas le temps de se dévêtir. Elle traversa sa maison, emprunta l'allée gravillonnée qui séparait les deux parties du potager. Elle l'aperçut tout de suite derrière la roue de la brouette, il était affalé entre une pelle-bêche et un râteau. Sans considération pour les outils, elle le tira, sentant monter en elle une sorte d'impatience, l'apporta dans sa cuisine et l'éventra sans autre considération. De vieilles factures, des papiers sans importance, des crayons, une gomme, une boîte en fer qu'elle eut du mal à ouvrir. Elle insista pourtant jusqu'à ce que le couvercle saute, arrachant de leur oubli des dizaines de cartes postales qui tombèrent sur le sol. Maria hésita avant d'en saisir une au hasard, puis s'élança. C'était Germain qui avait écrit celle-là. Encore Germain pour cette autre, puis elle, de nouveau elle, puis Germain, puis elle. La dernière confiée à Auguste, ce bouquet de violettes dont les pétales avaient été rehaussés à la main, elle la contempla quelques secondes. Comme toutes les siennes restées à la poste, les timbres, bien sûr, n'avaient pas été tamponnés. Elle les ordonna par date d'expédition. D'un côté les cartes de Germain, de l'autre les siennes. La réalité lui sauta aux yeux, froide et silencieuse. Auguste avait délibérément détourné leur courrier pour s'approprier la jeune fille qui lui plaisait.

La prédiction des femmes de la forêt prenait tout son sens. « Tu vas le perdre, tu le retrouveras ! » Elles savaient. En revanche, pourquoi ne pas lui avoir ouvert les yeux sur le complot qui se tramait ? Un dégoût s'empara de Maria, comme si elle avait avalé du poison. Elle eut des haut-le-cœur et partit vomir dans son évier. Elle venait de perdre vingt ans de sa vie. Elle ne pardonnerait jamais à Auguste. Il pouvait reposer, elle allait tant le maudire qu'il ne resterait en aucun cas en paix. Quand elle eut retourné dans sa tête ses regrets et ses indignations, lui vint à l'idée de penser à son avenir. Elle était encore jeune et Germain, qui l'avait attendue, était bien vivant, lui.

Satisfaite du résultat de sa réflexion, elle remit toutes les cartes dans la boîte qu'elle rangea dans le tiroir de sa commode.

— Un jour, enfin, il faudra brûler tout ça ! répéta-t-elle pour se donner du courage.

10

Juste retour des choses

Le bonheur de Louise était complet. Son Marcel de retour, elle ne voyait que ce que les apparences lui montraient. Un homme entier, en bonne santé, ni blessé ni gazé, seulement recouvert de poux dont elle viendrait à bout après plusieurs lessivages dans la bassine de l'évier. Il était barbu, sa tignasse hirsute avait besoin d'être coupée. Ses cheveux blancs en quantité disparaîtraient alors.

Le plus important pourtant était ce qu'elle ne remarquait pas. Un regard halluciné, des gestes imprécis, de longues pauses dans un fauteuil devant la cheminée, des silences, des soupirs, des absences, un sommeil agité, ponctué de petits cris et de gémissements.

Marcel avait ramené dans ses bagages un camarade de régiment. Un garçon qui, comme lui, avait traversé quatre ans d'enfer. Louise l'installa dans une des alcôves de la cuisine. Jusqu'à l'arrivée du père, son garçon dormait encore dans la chambre de sa mère. Dorénavant, il dormirait de l'autre côté de la cheminée. Il ne serait pas seul.

Pierre, c'était son prénom, portait en lui les mêmes stigmates que Marcel. Célibataire malgré ses trente ans, personne ne l'attendait à part des parents âgés, heureux de savoir leur fils vivant. Après la fureur des canons et la peur comme compagne quotidienne, il avait du mal à s'adapter à cette autre vie et se laissait porter pareil à une feuille sur le courant d'une rivière. Il n'était pas mort, chaque jour il s'en étonnait. Il avait oublié la couleur d'un ciel d'été, l'odeur d'un sous-bois à la saison des champignons, le goût des confitures de son enfance. Il mangeait sagement sa soupe, allait marcher sur le chemin sans but. Parfois passait dans ses yeux le reflet de la souffrance d'un autre. D'un tempérament doux, peu porté à des extravagances, sa raison de vivre s'était envolée. Il ne se demandait même pas comment il allait organiser son existence future.

Les fêtes de carnaval approchaient, Jean Dumond y trouva l'occasion de sortir la famille de sa torpeur. Après tout, les enfants n'étaient pour rien dans le grand chambardement provoqué par cette guerre. Pour ceux qui étaient revenus et ceux qui souffraient en silence, il fallait recommencer à vivre. Il décida d'emmener Élisabeth à la foire d'Uzerche. La ville bruissait de rumeurs indistinctes, rythmée par toutes ces femmes en noir, cachant leur visage meurtri par leurs pleurs sous des voilettes sombres. Quelques éclopés traversaient le paysage : gueules cassées, unijambistes, trépanés, tentant de survivre dans une société qui courait vers son avenir. Des voitures à moteur pétaradaient, klaxonnant pour dépasser les carrioles tirées par des chevaux qui s'affolaient du vacarme ambiant. Jean Dumond eut toutes les peines du monde à maintenir sa jument sur le droit chemin. Il lui fallut emprunter la route de Lubersac pour souffler enfin. Près de lui, Élisabeth ne pipait mot. Il lui prit la main, la serra pour sentir ses doigts réagir. Elle posa sa joue contre l'épaule de son mari. C'était sa manière de le remercier de l'avoir sortie de sa léthargie. De courir d'une boutique à une autre, de revoir d'anciennes connaissances, de ne rien oublier pour préparer au mieux carnaval, tout cela lui avait redonné goût à la vie.

Malgré son terme qui arrivait, Jeanne prit rapidement possession de la cuisine, façonna des pâtes qu'elle mit en boule et laissa gonfler sur le coin du fourneau. Elle ordonna à Anna et à Suzanne de peler pommes et poires gardées dans la grange, obligea Marinette, qui traînait des pieds dans un chuintement monotone, à entretenir le feu, pria sa mère de confectionner de la crème épaisse et goûteuse. Petit Louis, dont la vue tardait à revenir, ouvrait ses narines et goûtait aux plaisirs de l'odorat. Le carnaval était considéré comme le jour de l'année où on mangeait le plus. La table croulait sous l'abondance de tourtières aux larges bords, de pâtés de viande, de poires, de pommes, de prunes, de tartes à la crème, de clafoutis, de flognardes. C'était un appel à la vie.

Depuis la guerre, les carnavals passaient sans que personne ne songe à les fêter. Aussi, pour les enfants, celui de 1919 resterait gravé dans leurs mémoires. À la fin de la semaine, Louise et Marguerite avaient pris le relais de Jeanne qu'une fatigue excessive clouait sur une chaise. Maria amenait Germain. Il lui avait demandé sa main. En avril, ils convoleraient. Si Jean Dumond avait découragé leur amourette presque vingt ans plus tôt, il l'acceptait aujourd'hui, prenant conscience de la profondeur de leurs sentiments. Leur projet le réjouissait. Bien sûr, Germain n'était plus le jeune homme fringant qui captivait son auditoire pendant les veillées. Il avait lui aussi dans le regard des lueurs d'effroi qui s'envolaient cependant quand il le posait sur la femme de sa vie.

À chaque coucher de soleil de cette semaine-là, Maria était revenue s'asseoir sur une des deux pierres moussues devant le cercle nu. Elle avait attendu des heures qu'apparaissent les dames blanches, en vain. Un silence de mort l'entourait, comme si la vie s'était échappée de ce coin de forêt. Pas un seul cri de chouette, pas une feuille tremblante, pas un craquement sur le sol, pas un souffle de vent, tout semblait figé.

Le dernier soir, cependant, elle perçut un chuchotement, des soupirs, et sentit une main se poser sur son épaule. Elle sursauta, se retourna. Elle reconnut le visage de sa mère dont les traits adoucis ne reflétaient aucun tourment.

— Adieu, Maria, tout est bien maintenant ! lui murmura-t-elle.

Elle disparut comme un feu follet entre les deux rochers, laissant quelques secondes un voile à la blancheur transparente monter dans l'air et s'évanouir tout aussitôt. Soudain, un oiseau piailla comme s'il était dérangé. Elle leva les yeux, aperçut le geai qui battait des ailes avant de disparaître dans la blancheur du ciel.

Elle sut, Maria, qu'elle ne retournerait plus jamais observer la danse légère de ces âmes perdues qui, rarement, approchent des vivants. Elle regagna la maison paternelle, se blottit contre Germain, soupira longuement.

— Tu es retournée voir les nymphes, souffla-t-il à son oreille. Elles t'ont enfin rassurée !

— C'était la dernière fois. Elles n'avaient plus rien à me dire. Mon destin m'appartient maintenant.

Apaisée et finalement heureuse, elle déposa un baiser sur la joue de Germain.

* *
*

Marguerite allait fêter ses vingt-cinq ans et coifferait Sainte-Catherine. Jean se désespérait de la voir se marier un jour. Et voilà que le traditionnel carnaval allait lui ouvrir enfin la porte de son destin. Pierre la remarqua tout de suite. Cette jeune fille discrète, modeste, tout occupée à servir ses neveux, à remplir le seau au puits. Elle s'asseyait à un coin de la table, prenant si peu de place qu'on la voyait à peine. Il l'accompagna au poulailler, tint la corbeille pendant qu'elle ramassait les œufs. Elle lui montra ses outils de jardin, il rajusta le manche du râteau et expliqua la manière de border les allées. Ils marchèrent côte à côte sur le chemin, parlèrent d'avenir.

Quelques jours plus tard, l'ami Pierre monta à la maison lui faire ses adieux avec la promesse de revenir. Elle attendit en silence. Quelques détails frappèrent son père. Elle se poudrait le visage, redressait son chignon avant qu'il ne s'écroule, portait des chaussures quand elle descendait au village.

Quand Jeanne mit au monde une deuxième fille, à la fin du printemps, Marguerite s'empressa autour de la mère et de l'enfant, avec une bonne humeur qui enchanta la famille.

Dans la seconde partie de l'année, Pierre revint la chercher. Il avait trouvé un travail, une maison. Son regard gris s'attardait sur la jeune femme, ses gestes s'étaient accélérés, il devenait tout à coup impatient. Ils laissèrent passer novembre, le mois des morts, et se marièrent en décembre. Ce jour-là, Maria comprit que les apparitions des nymphes et le sentiment d'avoir revu sa mère avaient entretenu une certitude sur leur avenir à toutes les trois. Marguerite aussi avait réussi. Le cercle nu pouvait vraiment disparaître. Marie Dumond allait pouvoir reposer en paix.

* *
*

Alphonse, le fils de Maria, profitait malgré lui de la disparition d'un grand nombre de personnel de la poste. Malgré son jeune âge, il avait commencé la tournée qu'effectuait son père autrefois. Maria lui gardait la petite maison de la place, caressée par les branches du vieux tilleul. En ces temps de paix retrouvée, il jouissait d'une jeunesse dont le destin avait échappé à la barbarie.

En cette fin de printemps, le village était en ébullition. Germain, de retour de la guerre, juste marié à Maria, mettait de l'ordre dans ses affaires. Ayant découvert chez le notaire le testament de ses parents, il prenait des décisions radicales.

Il venait de passer vingt ans à obéir tantôt à ses tuteurs, tantôt à sa patrie à laquelle il avait offert sa jeunesse. Pour son armée et ses années de guerre, il aurait presque remercié le destin de l'avoir gardé en vie. Pour sa relation avec sa famille, les reproches maintenant s'amoncelaient. L'argent envoyé chaque mois venait de ses parents, la maison du village qu'ils habitaient lui appartenait. Chaque don reçu avait été un impératif dont les termes, inscrits noir sur blanc, les obligeaient à s'exécuter sous peine de se retrouver sans toit. Tout cela aurait pu passer car il avait été choyé, soigné, un peu aimé aussi. En revanche, il n'avait cessé d'entendre et de supporter la litanie sans cesse répétée qui rabaissait Maria, la transformait en une sorte de sorcière usant de son pouvoir pour s'emparer du cœur fragile du pauvre garçon. Il prenait conscience combien sa tante avait tenté de creuser, pendant si longtemps, un fossé entre les deux jeunes gens. Il lui en voulait terriblement.

— Je souhaitais te protéger ! argumentait la vieille dame.

— Contre quoi ? objectait Germain.

Les éclats de leurs disputes traversaient la place, nourrissant les conversations.

— Pas une seule fois tu as franchi la rue pour lui donner de mes nouvelles.

— Elle était mariée !

— Jamais tu l'as saluée poliment.

L'oncle, le cœur tourmenté par tant de rancunes enfouies, tira sa révérence. Sa femme le retrouva sans vie, un matin, dans le fond de son lit. Une semaine après l'enterrement, la messe était dite.

— Puisque c'est comme ça, s'écria la tante, je pars chez mon frère ! Je ne vivrai pas une seconde de plus dans cette maison de malheur.

Elle emplit une vieille malle d'oripeaux sans formes ni couleurs, posa les clés sur la commode de l'entrée, grimpa sans plus de manières dans la charrette qui l'attendait sous le grand tilleul.

— Tu y es allé un peu fort, Germain ! soupira Maria en lui caressant la joue.

— Elle sait que j'ai raison. Je lui ai beaucoup écrit pour lui demander de tes nouvelles, ce que tu devenais, au moment où je ne recevais plus rien de toi. Elle n'a jamais répondu à mes suppliques. Elle m'a appris ton mariage avec autant de solennité que s'il s'était agi de celui du roi d'Angleterre. Elle semblait au comble du bonheur sachant qu'elle me crucifiait. Et puis moi aussi j'ai retrouvé des lettres. Auguste lui écrivait, lui parlait de l'avancement de votre relation. J'ai découvert que ton mari avait eu son poste de chef d'agence à Lubersac grâce à mon oncle. Ce n'est pas le destin qui t'a jeté dans les bras d'Auguste. Ils s'étaient tous ligués contre nous.

— Mon père aussi ?

— Ton père a été manipulé sans le savoir. Mon oncle et ma tante lui battaient froid et le regardaient de haut. À ses yeux, une union entre nous deux ne pouvait aboutir. Vingt ans, nous avons perdu vingt ans.

Ces années damnées au milieu d'une guerre sans merci l'avaient rendu impatient. Une seconde vie lui était offerte, qui balaierait la précédente. Il avait décidé d'en profiter. Il souleva Maria comme un fétu de paille, la conduisit jusque dans sa chambre.

— Germain ! Il fait encore jour !

Une réponse aurait été superflue. Il y avait tant à rattraper.

Épilogue

1921.

Petit Louis retrouvait doucement la vue. Il pouvait de nouveau travailler à la ferme et ne s'en privait pas. Cependant, le médecin l'obligeait à porter des lunettes achetées chez le pharmacien d'Uzerche. L'État français lui versait une minuscule pension qu'il mettait de côté chaque mois. S'il avait été en bonne santé, aurait-il quitté la campagne ? Il n'en parla jamais.

Jean Dumond n'exerçait plus son métier de chaumier. Il était trop âgé maintenant. Et puis le chaume était passé de mode. De nombreuses granges ovalaires avaient été démolies. Leurs matériaux servaient à l'agrandissement des maisons. Parfois des tas de pierres, restes pathétiques de leurs murs, attirant les vipères et les hérissons, formaient des masses informes dans un coin de pré. Le lierre les envahissait jusqu'à les faire disparaître. Certaines étaient encore debout, mais le coût et le risque d'embrasement du chaume amenaient les propriétaires à les recouvrir de tôles ondulées très légères et faciles à installer.

Le jeune Antoine avait quitté l'école après son certificat d'études. Il aurait aimé apprendre le métier de son père mais il était trop tard. Encouragé par Alphonse, il avait décidé de passer le concours des Postes. Il était attiré par la ville, comme Henri.

Jean Dumond était conscient des temps qui changeaient, des traditions qui s'oubliaient. Pour le mariage de Louise, de véritables tractations avaient abouti à la perte d'une châtaigneraie à condition de partager la récolte, ainsi que la moitié des ruches. La jeune fille y avait gagné en épousant un garçon bienveillant et en devenant maîtresse d'un beau domaine, son Marcel étant fils unique de parents très âgés. Pour Maria, Auguste s'était contenté d'une petite somme d'argent, de draps de lin et de vaisselle. Marguerite et Pierre n'avaient rien demandé. Le jour de leurs noces, son père avait offert à sa fille le collier de sa pauvre mère. Une guirlande fine en or agrémentée de quelques perles d'eau. À l'heure de son départ, il lui avait remis une enveloppe qu'elle avait acceptée en rougissant.

Léonard garderait la propriété. Il aurait pu épouser une demoiselle du voisinage pour agrandir son domaine. Les occasions ne manquaient pas et bien des pères attendaient cela depuis longtemps. Il avait choisi Jeanne. Cette sorte d'amour restait incompréhensible pour la plupart des paysans. Léonard n'avait pas demandé de dot pour épouser Jeanne. La tante Agathe avait, malgré tout, gratifié sa nièce de quelques louis d'or.

Jean n'avait-il pas épousé Élisabeth sans rien en retour ? Il avait refusé les mille francs de la veuve Pradeau. Un contrat avait pourtant été établi chez le notaire. On ne savait jamais comment pouvaient réagir les enfants. Et ils étaient nombreux ! *L'âme de la terre agissant sur les cœurs et maîtresse des destinées* n'était-elle pas en train de disparaître au profit de sentiments humains ? On abandonnait les coutumes. L'intérêt qui réglait les unions n'avait plus vraiment cours.

Alors qu'il bouchonnait sa jument, Jean Dumond en revenait inexorablement au passé. C'était à son âge la meilleure façon d'accepter l'avenir. La guerre avait bouleversé les habitudes, les mœurs. Elle avait saigné le pays. Les survivants devenaient impatients. En cette année 1921, il lui semblait être arrivé au bout de sa vie comme si rien ne pouvait plus désormais modifier le cours des destins. Mais l'ordre des choses n'était jamais établi d'avance.

Un vol de canards sauvages traversa le ciel en criant, un chien aboya au-delà des prairies. L'horizon vers l'est s'éclaircissait. Jean Dumond soupira. Les humains avaient beau s'activer et vouloir changer le monde, resterait toujours la course silencieuse du soleil.

Personnages

Les enfants de Jean :
Léonard
Maria
Antoine
Louise
Marguerite

Les enfants d'Élisabeth :
Henri
Jeanne
François
Petit Louis

Les enfants de Jean
et d'Élisabeth :
Antoine, né en 1905
Anna, née en 1909

Les enfants de Léonard
et de Jeanne :
Suzanne, née en 1909
Maria, née en 1919

Maria et Auguste ont eu un petit Alphonse, né en 1902.
Louise et Marcel ont eu un petit Jean, né en 1914.

deboree.com
livres@centrefrance.com

Achevé d'imprimer en septembre 2022
Sur les presses de la Source d'Or
Numéro d'impression : 208419
Dépôt légal : octobre 2022
ISBN : 978-2-8129-2796-6
ISSN : 1769-1788